京涛　子夜霜　屈平　主编

传记卷

跨越 时空 的 灵魂

一颗露珠，折射着缕缕情思；
一片枫叶，飘洒着绵绵思绪；
一粒沙子，磨砺出串串遐想；
一个微笑，传递的是拳拳善意；
一道风景，蕴涵的是深深哲理；
一段经典，演绎的是精神盛宴……

点点读点、微发你的艺术灵光，
处处批注，打开你的智慧锦囊；
一篇篇妙文，点燃你的人生梦想……

这辑美文呀，是天下最美最鲜的心灵鸡汤，
品悟它吧，你一生心里育滋养……

文心出版社

《品读经典》编委会

主编：

京　涛　子夜霜　屈　平

执行主编：

京　涛

副主编：

唐仕伦　张大勇

编委（以姓氏笔画为序）：

丁　武	万爱萍	王　臻	王连仓	王崇翔	左保凤
石　晶	乔　洪	仲维柯	刘　宇	刘道勤	吕李永
孙云彦	孙维彬	曲明城	朱　融	朱诵玉	许喜桂
何　晓	吴潇枫	宋　璐	张大勇	张金寿	张金萍
李　燕	李荣军	杨七斤	杨东民	杨刚华	杨景涛
杨新成	汪　明	汪茂吾	肖优俊	苏先禄	陈百胜
陈学富	陈锦才	周　红	周礼华	周波松	周流清
罗　胤	罗平昌	金　磊	姜全德	柯晓阳	贺秀红
唐仕伦	夏发祥	殷传聚	聂　琪	贾　霄	贾少阳
贾少敏	梁　娜	梁小兰	黄德群	曾良策	程欣杰
解立肖	詹长青	鲍海琼	臧学民	蔡　静	樊　灿
戴汝光	魏少云				

与书结缘

诸君嘱我为"品读经典"书系作序,颇为难。非名人亦非什么专家,作序于售书似无益;亦非权威,谈不出什么高深玄论,会让读者失望;学养有限,阅历又浅,啰里啰唆的,徒费学子寸金时光,深恐有负众望……辞几次,拗不过,只得鸭子上架了。

从何说起,我犹豫了颇久,还是从与书结缘谈起吧。

很小的时候,我不怎么读书,就是想读书,识字也不多呀。倒是在畅快淋漓地读大自然这部大书,常常"忙"些城里孩子做梦都艳羡的事儿,丛林里听鹊儿莺儿蝉儿唱歌啦,草丛里看蚂蚁抬青虫啦,小溪里捕鱼网虾啦,点煤油灯炸螃蟹啦,抽青藤编花环啦,追逐点点流萤啦,藤蔓上荡秋千啦,采山菌摘野果啦,竹林里捉迷藏啦,山岭上看夕阳白云啦,葡萄架下听故事啦……一切都是那么的有趣!

不过,也常常伴着危险。山林若是走得深了,会遇到狼,大人也跑不过狼,小孩子得就近赶快爬到树上,呼喊人们来救援。有时也会捣蛋地逗引公牛斗架,观战须格外留神,那硕壮的牛蹄子踢一下腿,轻则骨折,要是牛角剟着了肚子,那可就呜呼哀哉了。翻石块捉蝎子风险小一些,不过有时会突然蹿出一条蛇来,骇得你出一身冷汗。采野果安全些,但也会因不辨果性而中毒。有一种植物俗名叫红眼子,学名我至今也没有弄清楚,果实与刺莓很相像,味道也是酸甜的,只是红眼子有毒性,吃多了会出人命的。不过,眼珠子滴溜溜转的孩子是能区分的，红眼子枝干粗壮而无刺，刺莓茎蔓细弱而多刺。采药的时候，小腿胳膊脸啦，被划伤是家常便饭，最让你防不胜防的是蜂子的袭击，我就曾遭遇一群小拇指大小的土蜂的围攻。我刚碰到荆棘丛那株诱人的柴胡，忽地从地下旋出一群土蜂，我没作片刻犹豫，就地滚出数丈远。但蜂子仍如战斗机般地紧追不舍。山里曾发生过公牛被土蜂活活蜇死的事，我想自己是要死了，冒出了玉皇大帝、阎王爷还有菩萨究竟是什么样子的念头。蜂子蜇了我几下，我立刻清醒了，绝不能动，即使再蜇几下也绝不能还击，否则，蜂子攻击会更疯狂，而且还会有更多的蜂子飞来。蜂子绕着我尖叫着，十来分钟后便飞走了。结果我中了九毒针，三天都吃不下饭。土蜂留给我的纪念——九个褐色斑直到四五年后才消失……一切都是那么惊险而又刺激，男孩子的探险、坚毅、无畏也许就源自大自然吧。

父亲爱读书看报。他回家后的第一件事便是搬把圈椅放在老楸树下的石桌旁，沏杯菊花茶——野菊花山里多的是，坐在圈椅里读起来。嬉闹是孩子的天性，尤其是像我这样天不怕地不怕的顽童。不过，父亲读书的时候，我是不敢疯的。一边悄悄地玩耍，一边偷偷瞄几眼父亲，渐渐地，我发现父亲读得很陶醉，在书上画着批着什么的。其实，疯玩是影响不了父亲的，只是我那时并不晓得。父亲有时还微笑，父亲虽然不曾打骂过我们，却是个极严肃的人，我寻思，书里究竟有啥稀奇居然能让父亲笑？溜进书房，翻翻父亲刚刚读过的书，都是黑乎乎的字，这些字也"可笑"？这字里一定有什么不可告人的秘密，于是我自觉不自觉地开始认字了。

认字稍多些的时候，我渐渐从只言片语的小故事里沉醉到长篇里去，到生我养我的这片土地之外的神奇世界漫游了。我读的第一部长篇是儒勒·凡尔纳的《十五小豪杰》，大概是小学二年级吧。书中讲的是15个孩子流落荒岛，后来用风筝飞离荒岛，历尽艰险，最后成了一群小豪杰的故事。书是繁体字，那时简体字我也没认几个，读，不过是结结巴巴连猜带蒙的，主人公的机智勇敢，我倒还能深深地感受到。

这本书情节离奇，加上"看官"之类评书味道的语言，我第一次真切地悟到，这世界上有比玩耍还有趣的事情。就这样，我迷上了书，吃饭时读，路上也读，蹲茅厕也读，被窝里也读。放牛时候，如果遇到雨天，我把牛赶进山洼里，然后冲到山头，寻一块平坦的巨石，把化肥袋子铺在上面，盘着脚，在伞下读了起来。那时候探险、推理、科幻、传奇的书读得多，读得如痴如醉，后来被声嘶力竭的嚷嚷声惊醒，原来牛进了庄稼地。牛糟蹋了那么多庄稼，回到家里，教训是免不了的了，但我没有敢辩说是因为读书。读书实在是一件妙不可言的事。有人说读书"如雨后睹绚烂彩虹，如江岸沐温馨春风，如清晨饮清爽香茗"，这可能是年龄稍大的孩子或成年人读书的感觉吧，我那时读书，感觉就像是踩着彩虹桥去跨在弯弯的月亮上摇啊摇的。

父亲是个教书先生，在盆地里也算个小有名气的作家了。他教语文，教自然，也教美术，他的大书柜自然也是个杂货铺。我与语言文字打交道，就是从与这杂货铺结缘开始的。杂货铺里有《格林童话》《钢铁是怎样炼成的》《从地球到月亮》《唐诗选》之类的文学书，也有《东周列国志》《三国演义》《说岳全传》之类的演义书,也有《上下五千年》《史记》之类的历史故事书,也有《十万个为什么》《趣味数学》《新科学》《本草纲目》之类的科学书,等等。这些书,有的我一翻就入迷了,有的翻来翻去也不懂,便不感兴趣了,不过,有外人在跟前我还是煞有介事地读的。《本草纲目》是一部医学书,小孩子自然不感兴趣,但在随便翻翻中,我知道了李时珍写这部书很不容易,花了三十多年,中国人读它,外国人也读它。奇怪的是,我没有从医,却莫名其妙地懂一点医道,大概是与此有关吧。

我不怎么热乎书的时候,书柜好像没有落锁,迷上了书后,好像是突然落了锁。这书柜就像一块巨大的磁力方石,越是上锁就越有魔力。忽然发现,锁没有直接锁在门扣上,倒是门扣用一条松弛的链子穿过,再用锁锁着链子,可以"偷"书的哟!手伸进柜缝,能取出中间的书,但取两边的书就不容易了。我想了一个法儿,用铁丝钩想看的书。书钩出来容易,要还回去就不那么容易了。有次把书弄破了,心里打鼓了一两天,很快察觉打鼓是不必要的,父亲只是看了看那本书,就把它放到里面去了。

不久,我又发现,隔几天书柜中间总摆着一些我没有读过的书。有时书柜也不落锁,再后来就彻底不锁了,倒是父亲时常提醒我,专心读书是好事,但读上二十来分钟,眼睛要向周围望望,多看看绿叶啦青草什么的。有朋友说我读书写文章没明没夜的,却总不见我近视,很是嫉妒也很是纳闷。这可能得益于这一习惯吧。现在想想,书柜的落锁与开放,那是父亲教子读书的苦心与智慧。

有时,我也和父亲坐在老楸树下读书。父亲引导我怎么读书,起初让我点点画画一些词呀句呀段落呀的,后来让我写写自己的想法。父亲爱惜书是有名的,有个亲戚还书时不小心把书散落到泥地上,父亲心疼了好一阵子,但他从不在意我在书上画呀圈呀的。就这样,快上中学的时候,书柜里的书我几乎读了遍,尽管许多我还似懂非懂的,却隐隐约约感觉到有些知识老师似乎没有我懂的多。

父亲也让我读些报刊,给我订有《文学故事报》《中国少年报》《少年文艺》《少年科学》《向阳花》,等等。书是文明的沉淀,报刊虽不及书厚重,却是一扇通向新世界的窗口,读读报刊能呼吸到清新的空气。父亲读报有个习惯,哪篇文章写得精彩了,就把它剪下来,那时候山里没有复印机,若背页也有不错的文章,父亲就把它抄下来,然后,剪裁的和抄写的文章都贴在不用的课时计划里。父亲挑选的这些文章,更多的是让我们兄妹读。我迷上文学,可能就与父亲剪裁《文汇报》里的连载故事有关吧。

父亲爱写点东西,在我刚上小学二年级时,也硬让我开始写。那时候,我连"观察""具体"之类观念都还没弄明白,不过,写的无论长短,父亲都要细细看的,哪处写得好或不妥,都一股脑儿指出来,批改的比我写的还要多。不知不觉,我想什么就能写什么了。父亲从来没有给我买过作文书,但我的作文向来都不差。老师评讲作文时,大多是读我的作文,学校出校刊也常常有我的"大作"。语文老师在我日记、作文里批语说"有很好的文学素养""希望将来能成为什么什么"的。我因此陶醉了。

感觉良好的我，很快就得到了教训。我写了一篇两万余字的小说，自以为非常完美，寄给了父亲，"谦虚"地让他给提点意见。父亲读了三遍，没有改一个字，只是在文末批了四个字："华而不实！"要知道，那篇小说班里超过三分之一的同学都抄在笔记本里，连写作老师也大加赞赏。看到批语，我是多么沮丧啊！父亲料到我会失落，随批寄来一封信，信中说："孩子，浮躁是成不了大器的！曹雪芹披阅十载，增删五次，写就《红楼梦》，'字字看来皆是血'……福楼拜著《包法利夫人》，一天只写几百字，千锤百炼，字斟句酌，字字如珠……这些作品都是可以传世的。语言可以写得华丽，但不能没有思想，缺乏思想深度的语言，就像一件陈列在商店里而永远售不出去的漂亮衣服，好看而无用。缺乏思想沉淀，无论语言和技巧如何绝妙，无论长短，那就是废纸一张……大学里的书很多，你可以多读些经典。经典是有灵魂的，灵魂就是那不朽的思想。不想做蹩脚的作者，就要使你的作品有影响人的灵魂的思想；不想做平庸的批评家，就要使你的评论具有独到的前瞻的震撼人的观点……"看似说教，对我的影响却是刻骨铭心而深远的。

当下，出版业可谓繁荣，就我国而言，不说报刊、互联网、电子书、手机阅读，单是出版纸质新书，2000～2012年就达1890375种，全球历年出版的新书就更多了，加上流传下来的"古书"，数量之巨是无法想象的。不说读了，就是一本一本地数，我们一辈子恐怕也数不清楚。繁荣的背后，是品质的良莠不齐，浩瀚书海不乏有让你手不释卷的佳作，但更多的书是你不需要读的，或者就是粗制滥造，根本就不值得读。不知什么时候，国民迷上了出书，于是乎，但凡能写几个字的会说几句的都能出书了！这样的书，能读吗？生命是有限的，时间是宝贵的。作为学子，我们要选择那些必读的学业性书和能使我们受益无穷的经典书来读。

"品读经典"的入选作品，很早时候，编写者就寄给我了，这些作品就像白玉盘里颗颗璀璨耀眼的珍珠，许多作品令我沉吟至今。我不想刻意溢美"品读经典"，但编写者的两句话的确吸引了我："读经典，给心灵痛痛快快洗个澡；品经典，让审美如痴如醉做个梦！"这话说到了点子上。经典就像一泓思想圣水，浸润其中，给心灵痛痛快快洗个澡，灵魂就会得以升华。用经典滋养灵魂，那可没准儿，你也能成为一代大家的。

驻笔时，我想起了冰心赠给读者的话："读书好，多读书，读好书。"读者读经典，往往不觉其美，或不知其所以美，若读了"品读经典"，你会觉其美，也知其所以美。于是乎，我觉得冰心赠语也可以这么说："读书好，好读书，多读书，读好书，会读书！"

是为序，与学子共勉。

汗青　于静心斋

2013 年 5 月 22 日

目　录

纯真童年

两个好的教训

◇［德国］亨利希·曼

读点

以儿童的视角，审视童年的故事。
小故事大道理，得出人生的教训。

一

在一个晴朗的日子，我沿着篱笆走去，那时我11岁：像往常一样，我一个人走路，总是走得很快。我的思想，如果不是消沉和忧愁的话，那肯定是豪放和骄傲的。此时，我的思想好像一支大军，它征服了敌人的首都，正浩浩荡荡开进城里，我则和胜利的主帅走在一起，我们有相同的权力感，有相同的头脑。即使我在路上碰到一个心爱的小姑娘，也不会有那么大的勇气。她梳着两条小辫，睁大两只美丽的眼睛，注视着我，她最多不过期待我把那本答应了的图画书给她罢了。我却设想，在她碰到什么生命危险时，我把她抢救出来，同时阻止别的男孩子接近她。尽管如此，我们彼此理解。

当我沿着篱笆走去的时候，我的生活刚好开始一个新的篇章，因为我初中毕业了。我是在一所私立学校读初中，那所学校除小学班级外还设了初中班级，是胡滕纽斯博士私人办的。我们读的和公立中学一样，但高中必须进入公立中学，否则不能去考高等学校，只能到什么办公室当个小职员。

批：运用比喻，形象地写出了自己当时走在路上的趾高气昂。

批："新的篇章"意味着自己要从私立学校毕业，进入公立高中就读。

在胡滕纽斯学校里,我们读的不仅是和公立中学学生同样的书,而且和他们受同样的惩罚,庆祝同样的节日,经历同样的喜怒哀乐。这里同那里一样,只有遵守同样的规则才能成为好学生,否则就是坏学生。我们和他们本来应该携起手来,我们双方都是可怜人,我们都受到过重的家庭作业的折磨,每天都要遇到新的难题,只有我们那种年龄的精力才能克服这一切困难。不过,从根本上说,我们当学生的不像后来当低级职员或商店学徒的人那样互相疏远,也没有那样的安定和幸福。

但是,我们不仅不携起手来,反而互相敌对,正如一般人说的纯粹是出于任性。我却觉得,互相友好、和平共处对我们来说是失去身份的东西,因此我们就敌对起来。只有那种人才能够和平共处,友好往来,他们或者是初中学生,或者是高校学生,大多数能互相说说心里话,表示你我都是差不多的。互相敌对则不一样!在互相敌对中,大家就可以互相表现骄傲,表现自尊。那时人们就可以隔着篱笆对敌人叫喊:"你是畜生!"这样就可以给自己一个很好的安慰。

我,11岁的小孩。那天沿着篱笆走去的时候,没有隔着篱笆骂人。篱笆那边有一块草地,公立中学学生正在草地上玩,他们都是我们胡滕纽斯学校学生的敌人。篱笆是碧绿的,草地也是碧绿的,那天城外的天气又格外的好,我真想和他们一起玩。但我表面上却和往常一样,穿着长统靴子,一个人匆忙走过去。我没有骂他们,也没有看他们。我只是严厉地告诫自己:"我永远要做胡滕纽斯学校的学生!"

当时已经决定,下学期我要转到公立中学去读高中了。现在我决定永远要做胡滕纽斯学校的学生,那就必须永远是11岁,不会再长大了。

这一点,照我当时的观点来看,也是不可能的。尽管如此,我还是要下这个决心。那么我这个宣战是不是从心坎里说出来的呢?我这种自勉的话是不是真诚的呢?今天我还记得这句话,正是因为它包含着无比的荒谬,而且这种荒谬还含有派性的意味,它不是完全无意识地说出来的。

以后,每逢我敌视别人,或者别人敌视我的时候,我总要想一想:这种敌视是不是同我当时说的我要永远做胡滕纽斯学校的学生那句话差不多呢?每逢出现民族间的仇视以及世界上其他一切仇视的时候,我也总是要这样看。这样看确实没有什么帮助。我自己对别人的仇视并不是每次都可以用这种看法来避免的,因为世界上还存在着一些传统和习惯势力。但是我内心对于这些事情总是表示怀疑,认为其中暗藏着那个胡滕纽斯学校的小孩子,他永远不愿长大。

批:小时候的事情给自己的人生教训,敌视的时候要冷静地思考,以作出正确的判断。

二

这是一把小提琴,没有特别的地方,漆成红棕色,配上四条真正的羊肠琴弦,琴弓擦了松香,也和其他的一样。一个小男孩拿着琴弓在小提琴上拉出声音,声音也许很难听。但他是用内心的耳朵来听的,觉得声音柔和纯净。

批:这是属于一个孩子的快乐,尽管声音可能不好听,但他乐此不疲。

有时这声音使他快活,好像他自己经历过一件奇迹。这就是我!这就是我的本事!小提琴是表现自我感觉的工具。当然它有时失去了这种表现力。听小提琴的人有时要皱眉头,这是不必要的。小男孩自己有时也突然不用他的内耳来听,而是用他头上长的两只耳朵来听,这时他的头脑就清醒了,就不高兴了,觉得小提琴拉得实在难听。以前被那些值得赞赏的精神力量所压制的认识,现在就暴露出来了:原来他没有学会拉小提琴,原来他那把小提琴不过是儿童玩具,他自己还是一个小孩子,没有本事拉小提琴。真理战胜了他。

然而他每天要求幸福的希望当时就寄托在这把小提琴上。每天早上上学以前，他总要从那个漆得很漂亮的写字台抽屉里把小提琴拿出来拉几下，平时它就藏在那里面。不管他上算术课时如何头痛，那把小提琴总是在家里等着他。

批：小提琴是他幸福的寄托，时刻都挂在心上。

他是这样相信的。可是小提琴没有等着他，他的弟弟趁他去上学时拿出小提琴来玩。弟弟还没有上学，有时间玩小提琴。小提琴自己不管谁玩它都一样，它可以使每个人成为伟大的音乐家。漂亮的写字台抽屉没有上锁，弟弟还够不上去拿小提琴，总有人帮他拉出抽屉，把小提琴拿给他。谁呢？这真是一件可恨的事情，一件不公平的事情。这个人又把小提琴放进抽屉里，但有一条琴弦已经断了。谁帮弟弟做这件事情的呢？

哥哥不知道，弟弟没有告诉他，他们的母亲没有告诉他，家里的女仆也没有告诉他。每个人都应该告诉他的，弟弟也应该告诉他的。他们如果对他好，就应该告诉他，这样他就不会那么生气，那么感到受人欺负了。当他放学回到家，拿起小提琴要玩时，发现断了一根琴弦，便非常气愤。他猛烈地发泄他的气愤，认为家人欺负了他，侵犯了他的尊严。

批：自己心爱的玩具被弟弟玩坏了，却没有人告诉他真相，这让他很伤心，好像他受到不公正对待一样。

这时，弟弟只好躲起来，女仆说她不知道，妈妈板着脸不理睬他。妈妈的眼光和姿态都是要处罚人的，处罚谁呢？不是处罚侵犯者，而是处罚被侵犯者。这不是叫人对一切都绝望了吗？

他不拉小提琴了。他坐在那里，为了小提琴的损坏而发愁，而痛苦，小提琴已经有一条裂缝。这把小提琴曾是他的幸福——至少每天能许诺给他需要的幸福。现在没有别的东西可寄托他的幸福。因此他恨一切人，一切可能参加破坏他幸福的人，嫉妒心使他坐立不安，因为母亲不是保护他，而是保护另一

批：没有了幸福的寄托，母爱又被弟弟分走一半，这对一个孩子来说确实是一件够伤心的事了！

个儿子。他的正义感在他本人身上受到伤害,他本以为人家肯定不会伤害他的。

那时他还是个小孩子,他不会明白首先是他自己的过错促成了他的不幸,其次他不了解所谓正义并不是我们这个世界正常的事情,而且母爱也不是每一次都是公平分配给每个儿女的。就这样,他不再拉小提琴了,他也看不到其他出路。

后来,有一天,他放学回家,看见那把小提琴已经碎成几段,丢在地上——他看着,禁不住流下眼泪。以前他没有哭过,因为哥哥被弟弟逗哭是不光彩的事情。

这回他没有跺脚,也没有喊冤叫屈,只在那里哭。突然,他觉得有一只清凉的手抚摸着他发热的后颈。那是他的母亲。她走到他身边,安慰他。母亲亲切地说:"你看见了吗?不管小提琴是你一个人的,还是你们兄弟俩共有的,现在它坏了。"

母亲的话也许不完全符合逻辑,但小男孩立刻明白了。他觉得,他的眼泪渐渐地从悲哀的变成惭愧的,最后又变成快乐的。他明白,他所做的一切都是出于小孩子脾气。独占一件东西,不肯与人分享,那是幼稚的,没有用的,无补于他的幸福。他信任了大人,因为大人知道这个道理,他们会采取不同的方式来处理事情。

批:快乐是要分享的,而不能独享。也正所谓"独乐乐"不如"众乐乐"。

(郑晓方/译)

小故事中包含大道理

亨利希·曼(Heinrich Mann,1871年5月27日~1950年5月11日),德国批判现实主义作家,著名作家托马斯·曼的哥哥。1933年希特勒上台后,他被开除国籍,作品被焚毁,并被迫流亡法国。流亡期间,同高尔基、罗曼·罗兰、巴比塞一起,积极从事反法西斯斗争。代表作有长篇小说《帝国三部曲》[《臣仆》(1914)、《穷人》(1917)、《首脑》(1925)]、《亨利四世》(1938)等。

成长,是一个艰辛而又快乐的过程,就像化蛹成蝶的过程一样,艰辛的是要经历疼痛,快乐的是经历疼痛以后就可以自由飞翔。每个人都要经历这一过程,只是经历的艰辛、快乐多少不同而已。

　　本文的作者亨利希·曼也是这样,他以儿童的视觉讲述了自己童年的两个故事,并从中得出两个教训。第一件事是自己小时候读私立学校,本应该和公立学校的孩子携起手来友好相处,因为他们经历着同样的喜怒哀乐,但是自己却和他们相互对立,即使自己将要成为他们中的一员。这种做法在自己成年以后看起来很荒谬,但是自己当时却是那样固执地去做。这就告诉成年人,在敌视对方的时候要冷静地去思考,不要意气用事,以免做出荒唐的事情。

　　第二件事是自己拥有一把能够给自己带来快乐的小提琴,在每次用完之后就把它藏在自己写字台抽屉里,唯恐别人使用。而在他发现小提琴被弟弟玩坏之后,却没有人告诉他实情,他很生气,认为自己的快乐、幸福被别人侵犯了。其实他不知道,快乐就是要与人分享的,这才是真正的快乐。而他却独享快乐,还不明白问题所在。其实赠人玫瑰,才会手有余香。

　　两个小故事却包含着两个大道理,读来回味无穷,引人深思。(李荣军、京涛)

一件小事的震动

　　8月的一天下午,天气很热。我住处的前面有一群孩子正起劲地捉那些五彩缤纷的蝴蝶,这使我想起了我小时候的一件事。

　　那时候我住在南卡罗来纳州,12岁的我常常把一些野生的活物捉来关到笼子里玩,乐此不疲。我家住在树林边上,每到黄昏,很多画眉鸟回到林中休息和唱歌,那歌声悦耳动听,没有一件人间的什么乐器能奏出这么优美的乐曲。我当机立断,决心捉一只小画眉放到我的笼子里,让它为我一个人唱歌。

　　果然我成功了。那鸟先是不安地拍打着翅膀,在笼中飞来扑去十分恐惧。后来就安静下来,承认了这个新家。站在笼子前,我听着小音乐家美妙的歌声,兴高采烈,真是喜从天降。

　　我把鸟笼放到我家后院。第二天,我发现有一只成年的画眉在专心致志地喂小画眉,不用说这定是小画眉的母亲。果然在它的呵护下,小画眉一口一口地吃了很多类似梅子的东西。我高兴极了,因为由它自己的母亲来照料,肯定比我这个外人要好多了,真不错,我竟找到了一个免费的保姆。

　　次日,我又去看我的小俘虏在干什么,令我大惊失色的是,小画眉竟已经死了,怎么会呢? 小画眉难道不是得到最精心的照料了吗？我对此迷惑不解。

后来著名鸟类学家阿瑟·威利来看望家父，在我家小住。我找到一个机会，把事情说给他听。他听后作了解释。他说，当一只美洲画眉发现它的孩子被关在笼子里之后，就一定要喂小画眉足以致死的毒梅，它似乎坚信，孩子死了总比活着做囚徒好些。

这话犹如雷鸣，给了我巨大的震动，我好像一下长大了。原来这小小的生物对自由的理解竟是这样的深刻。从此，我再也不把任何活物关进笼子，一直到现在，我的孩子也是这样。

[美国]索尔·贝娄/文，小玉/译

 品读

任何生命都有对自由的追求，任何生命都有选择自由的权利。

面对人类的囚笼，画眉鸟妈妈作出抉择：用毒梅毒杀自己的孩子小画眉。可以想象，画眉鸟妈妈之前肯定在内心有过无比艰难的痛苦挣扎，但最后还是痛下决心，因为画眉鸟妈妈执着地相信：即使死去，也比在囚笼里过囚徒的生活好。不必谴责画眉鸟妈妈的无情，事实上，人类在对待异己的生命上，都有一种取乐的思想，有时还浅薄到以为把鸟放在笼子里圈养，是给了鸟儿无比幸福甜蜜的生活。孰不知，鸟儿和一切生命一样，热爱自由，崇尚自由，对自由有着强烈的渴望。

文中的"我"不仅对画眉鸟妈妈心存敬畏，对生命向往自由予以深刻理解，更对自己的行为作出了深刻的自省和矫正。这无疑是对鸟儿对生命作出的最大尊重。

作为人类，应该深刻认识到一切生命都有自己的生活，应该给予它们最广阔的生存空间，不去人为地破坏它们的生存环境，不去肆意扰乱它们的生活。

给予鸟儿自由，尊重鸟儿的自由，就是对它们进行积极的人文关怀！

假期的欢乐

◇[法国]西蒙娜·波伏瓦

读点

轻盈的文笔蕴含着生活的哲思。
铺陈列举,抒写田园风光中自由和爱的颂歌。

我最大的乐趣是黎明时去迎接草地的苏醒。我手拿一本书,离开尚在沉睡的房屋,轻轻推开栅栏。草地上覆盖着一层薄霜,无法坐下去;我踏着小路,沿着被爷爷称为"庭园"的种满奇花异木的花园散步。我边走边读书,清新的空气迎面扑来,滋润着我的皮肤。那一抹笼罩大地的雾霭逐渐消散,紫红色的山毛榉、蓝色的雪松、银白色的杨树闪烁发光,像天国的清晨一样晶莹。我独自一人享受大自然的美景和上帝的恩惠,同时由于腹中空虚,想起了巧克力和烤面包的美味。

> 批:本段主要写早晨环境清新之乐。开篇即点明乐趣所在。
>
> 批:多么令人惬意的晨读啊!令人神往!
>
> 批:不仅空气清新,而且景色优美,一切是那么令人陶醉。

阳光沐浴的紫藤散发着清香,蜜蜂嗡嗡叫着,绿色的百叶窗打开了。对于别人这是一天的开始,可是我同这一天已经秘密分享了一段漫长的时光了。家人互道早安并且吃早餐,然后我到木豆树下坐在一张铁桌旁边做我的"假期作业"。这对于我是愉快的时刻,因为作业很容易。我好像在用功,实际上却陶醉于夏日的喧阗:胡蜂的嗡鸣、珠鸡的咕哒、孔雀的哀叫、树叶的飒飒。福禄考花的芬芳和从厨房吹来的焦糖与巧克力的诱人香味混杂在一起,阳光在

> 批:晨读给人以静态的美,而此时给人以动态的美。
>
> 批:"分享"写出"我"对早晨时光的喜爱。
>
> 批:写学习轻松之乐。
>
> 批:景物描写突出一个"闹"字,与上段景物的"静"形成鲜明对照,"静"有静的惬意,"闹"有闹的趣味。

我的作业本上投下了朵朵跳动的圆圈。这儿，每件
事物和我自己都各得其所，现在，永远。

　　将近中午，爷爷下楼了，两道白颊髯之间的下巴
刚刚刮过。他拿起《巴黎回声报》，一直读到吃午饭。
他喜欢有分量的食物：鹧鸪焖卷心菜、烤仔鸡、橄榄
炖鸭、兔里脊、馅饼奶油、水果馅饼、圆馅饼、杏仁奶
油馅饼、烘饼、樱桃蛋糕。当菜盆托放着《角城之钟》
时，爷爷同爸爸逗趣，他们争先恐后说话，他们笑声
朗朗，时而背诵名句，时而唱歌。往事的回忆、奇闻
逸事、名言警句、家传的笑料都是他们谈话的素材。
饭后，我通常和姐姐一道去散步。我们跑遍了方圆
几公里内的栗树林、田野和荒原，荆棘刺破我们的手
脚……有时，我整个下午待在花园里，如痴似醉地读
书，或者凝视地上慢慢移动的阴影和翩翩飞舞的蝴
蝶。

　　雨天，我们留在屋子里。可是，如果说我对人为
的约束感到痛苦，我对大自然的限制并不反感。客
厅里有绿色长毛绒的扶手椅、挂着黄色纱幔的落地
窗，我在那儿是很惬意的。在大理石壁炉上、在桌
上、在餐具柜上，摆着许多逝去岁月的纪念物：羽毛
日益脱落的鸟类标本、日益干缩的花朵、光泽日益暗
淡的贝壳。我爬上凳子，在书架上搜寻。我在那儿
总会找到一本未曾读过的芬尼莫尔库伯的小说，或
者一期旧《风光画报》。客厅里还有一架钢琴，好几
个键已经不响了，弹出的声音不大协调。妈妈翻开
摆在谱架上的《大莫戈尔》或《让内特婚礼》的乐谱，
唱起爷爷爱听的歌曲，爷爷同我们齐声重复着副歌。

　　如果天晴，我晚饭后再到花园里兜上一圈。我
头顶银河璀璨的星斗，呼吸沁人心脾的玉兰花香，窥
伺横掠长空的流星。随后，我手执蜡烛上楼安寝。

（程依荣/译）

批：写美食丰盛之乐。

批：写家庭精神充实之乐。

批：写午后散步郊游之乐。

批：写身心自由之乐。

批：本段写即使是雨天，也不失其
乐，赏客厅摆设，看各类纪念
物，读读书报，唱唱歌曲，一家
人其乐融融。

批：写回味往昔时光的幸福之乐。

批：声音不协调是次要的，重要的
是情感和谐。

批：晚饭后花园观星之乐。从早晨
到夜晚，或晴或雨，都充满了乐
趣，处处紧扣题目"欢乐"。

自由和爱的颂歌

西蒙娜·德·波伏瓦(Simone de Beauvoir,1908 年 1 月 9 日~1986 年 4 月 14 日),法国存在主义作家,女权运动的创始人之一,让-保罗·萨特的终身伴侣。她最重要的作品是《第二性》。此书被誉为"有史以来讨论妇女的最健全、最理智、最充满智慧的一本书",甚至被尊为西方妇女的《圣经》。她以涵盖哲学、历史、文学、生物学、古代神话和风俗的文化内容为背景,纵论了从原始社会到现代社会的历史演变中,妇女的处境、地位和权利的实际情况,探讨了女性个体发展史所显示的性别差异。

波伏瓦笔下的自然和生活,无不张扬着生命的自由与活力,无不充满着诗意的和谐,无不洋溢着幸福和欢乐。《假期的欢乐》中,作者描写了假期生活的多个角度,突出了一个"乐"字。

自然之乐。这里每时每刻都让人欢乐:一天之中,黎明的空气"清新",夜晚"银河璀璨";植物给人欢乐:各种树木颜色各异,"闪烁发光",紫藤"散发着清香",福禄考花的"芬芳";动物给人欢乐:"蜜蜂嗡嗡叫着",胡蜂"嗡鸣",珠鸡"咕哒",孔雀"哀叫",蝴蝶"翩翩飞舞"……这些景物从嗅觉、视觉、听觉等多方面给人以熨帖的愉悦。

天伦之乐。这是一个幸福温馨的家庭,作者写了很多细节,吃早餐前"家人互道早安",吃饭时,爷爷和父亲互相"逗趣";饭后,"我"和姐姐"一道去散步";雨天,妈妈弹钢琴,"唱起爷爷爱听的歌曲,爷爷同我们齐声重复着副歌"……在这些细节中,父子、姐妹、翁媳关系和谐,虽然钢琴的好几处键已经不响了,弹出的声音不大协调,但却是一幅其乐融融的画面。

学习运动之乐。作者在晨风中读书,在阳光下做假期作业,跑遍方圆几公里内的栗树林、田野和荒原。在作者笔下,学习没有人逼迫,活动没有人限制,实在是自由而轻松。

美食之乐。作者列举的诸多美食,让人感到一种从内心升起的富足感。(左保凤、屈平)

童年的发现

我在 9 岁的时候就发现了达尔文有关胚胎发育的规律,这完全是我独立思考的结果。

听完这句话,你大概忍不住会哈哈大笑,愿笑你就笑吧,反正笑声不会给你招来祸患;我跟你可不同,事情过去了三年,有一次我想起了自己的发现,情不自禁笑出了声音,竟使我当众受到了惩罚。这件事回头还要细说。

我的发现起始于梦中飞行。每天夜里做梦我都飞,我对飞行是那样迷恋,只要双脚一点,轻轻跃起,就能离开地面飞向空中。后来,我甚至学会了滑翔,在街道上空,在白桦林梢头,在青青的草地和澄澈的湖面上盘旋。我的身体是那样轻盈,那样随心所欲,运转自如,凭着双臂舒展和双腿弹动,似乎想去哪里,就能飞到那个地方。

　　经过反反复复的梦中飞翔,再和小伙伴们见面的时候,我看着他们就想笑。我扬扬自得,对他们既同情又怜悯,我以为在我们中间只有我一个人具有飞行的天赋。可是,有一天我终于弄明白了,每到夜晚,我的小伙伴也都会在梦中飞腾。那时候,我们几个人决定去见我们的老师,让他来解答这个奇妙的问题。我们的老师列昂尼德·伊万诺维奇,报考托姆斯克大学没有成功,就到我们的学校来教书。他是个不太年轻的小伙子,沉默寡言,和成年人很少交往,但是和我们这些调皮的毛孩子倒是蛮谈得来。

　　"梦里飞行,说明你们是在长身体啊!"老师解释说。

　　"为什么只有晚上睡觉时才长?"

　　"白天你们太淘气,妨碍细胞的生长。到了晚上,细胞就不停地繁殖。"

　　"那么为什么人在生长的时候就要飞呢?这究竟是什么道理?"

　　"这是你们的细胞回想起了远古时代,那个时候,人还是飞鸟。"

　　"人怎么会是鸟?"我们万分惊讶。

　　"岂止是鸟!人还曾经是草履虫,是鱼,是青蛙,是兔子……还曾经是猴子……所有这些知识,等你们升入高年级,上课时老师都会给你们讲解。"

　　高年级,离我们是那样遥远,而飞行却仍在继续。和老师的一场谈话,只不过更加激发了我的想象力。我渴望弄明白,人究竟是怎么来的,我想得是那样痴迷,以至于从河里抓到一条鳊鱼,我都会翻来覆去地看个仔细,恨不得从鱼身上能够发现将来的人应该具有的某些特征。

　　我们这些男孩子,一个个像马驹子一样顽皮,几乎所有的空闲时间,都要泡在河里、湖里。我虽然长到9岁,但没有人带我去下田耕地,老马嫌累赘。对我说来,这当然是巴不得的开心事。假期里,我们总是一大早就去河里洗澡,天擦黑才回家。有一次,刚走到村口,就听人们说,村里来了电影放映队。发电机已经隆隆隆地转起来了。只要放映机上的两个圆圆的轮盘一转动,大家就能从银幕上看电影。听说这回要演的是一部新片子。我们看过很多片子,最近看的一部讲的是一个土匪女头领玛卢霞的故事,这女人胆子大,脾气暴。她冲一个男人说:"钻你的被窝去!"一句话逗得全村人哄堂大笑。

　　我本来想给管发电机的人帮帮忙,可是没有成功,三个小伙伴比我跑得更快,捷足先登当了放映队员的小助手,买票得花五戈比。我拔腿就跑,冲进家门奔到妈妈跟前:

　　"妈,给我五戈比看电影!"

　　"凭什么给你五戈比!"妈妈挺生气,"整天见不到你的人影儿,不知在什么地方疯跑,现在倒好——进门就要五戈比!劈柴没有劈,院子没有扫……"

"妈妈,这些活儿我都干!"

"干完活我就给你钱。"

不到一个小时,我把一大堆桦木劈成了劈柴,码成了柴垛,用耙子清理了地上的木屑碎片,然后抄起扫帚打扫院子,扫干净的小草儿,绿茵茵的,散发出清新的气息。劳动虽然挺累,我的脑子却没有闲着。我一边扫地一边想远古时候人的翅膀,想人所经历的道路,真是奇异到难以置信,却又是那样幸运——由肉眼看不见的细胞,到活生生的人,简直是一大奇迹! 鱼……青蛙……兔子……啊,看起来,人们最好别伤害青蛙,也别冲兔子开枪射击!……

乡村的孩子们从小就知道,他们不是从白菜畦里降生到这个世界上来的。我们甚至还懂得一个秘密:母亲怀胎九个月才生下婴儿。"为什么是九个月呢?"我自己给自己提了个问:"为什么不是八个月,不是十个月,偏偏是九个月呢?"我的扫帚缓缓地滑过地面上的小草儿。我绞尽脑汁思考这个问题的答案,想啊想啊,嘿! 终于想出了个眉目:"哈! 我总算明白了! 这就跟画地图差不多。地上的距离很远很远,在地图上画出来只不过几厘米。人是由细胞构成的……从细胞变成小鱼,大概经过了一百万年。现在,这一百万年就折合成一个月。从小鱼变成青蛙又得经过一百万年,这又是一个月。这样推算下来,到变化成人,正好是九个月。"我的发现竟如此简单明了,我为此感到格外高兴。我想,大概还没有人发现这个道理。"这件事讲起来倒叫人不好意思,"我在心里又想,"不过,这有什么不好开口的呢? 等我长大了,一定好好钻研这个问题。"

我从妈妈那里拿到了汗水换来的五戈比,匆匆忙忙就朝演电影的地方奔跑。

以后又过了三四年多,我已经上了六年级。老师开始给我们上生物课。有一次上课,年轻的女教师一本正经板着面孔讲达尔文,讲人的起源,讲人的发育和进化。这时候,我清清楚楚听见老师说,按照达尔文的观点,母腹中的胎儿再现了人的历史发展的每个阶段。当时教室里安静得出奇,大家都默不作声。可是我忽然想起了自己的发现,就情不自禁地笑出了声音。老师狠狠地瞪了我一眼,目光中甚至流露出几分厌恶。

"费奥多罗夫! ……你笑什么! 再笑就从教室里出去!"

"奥尔加·伊万诺夫娜,我……我想起了自己的发现……"

教室里一阵笑声。奥尔加·伊万诺夫娜气得脸色苍白,大步朝我走来。

"费奥多罗夫! ……你立刻从教室里出去! ……"我的脸由困窘和羞愧一下子涨得通红。只有这时候我才意识到,老师误解了我的笑声,以为我的笑不怀好意。幸亏她没有容我解释,不然的话,同学们听见我说自己三年前就发现了达尔文的进化论,他们还不笑塌了房顶! 不过,被轰出教室,站在外面,我倒想出了一条自我安慰的理由,我明白了——世界上所有重大的发明与发现,总是伴随着驱逐和迫害。

[苏联]费奥多罗夫/文,谷羽/译

品读

阿·阿·费奥多罗夫·达维多夫(1873~1936),苏联儿童文学作家。其编著《伊·伊·列维坦:书信、文件与回忆》(回忆录部分出版时名为《回忆列维坦》)是研究俄国抒情风景画大师列维坦(1860年8月30日~1900年7月22日)必备的最基本的资料汇编。

素质教育的核心是创新教育,而创新教育最需要的是什么呢?费奥多罗夫的《童年的发现》,似乎给了人们很好的启迪。

文中的"我"本是个9岁的小学生,在"梦中飞行"和老师传给的那点生物知识的影响下,竟然异想天开地探索起胚胎发育规律来。说也奇怪,就这么个小不点儿,其探索结果竟与大生物学家达尔文进化论的有关知识不谋而合,难道"我"是神童吗?否!"我"的神奇发现,与求知若渴、乐于探索的个性和自由、欢快的生活氛围密不可分。

时下,素质教育轰轰烈烈,应试教育踏踏实实!校园里不乏为探求"标准答案"而勤奋拼搏的优秀学子,他们在一堂堂补习课、一本本复习提纲、一张张试卷中谋取高分,追求所谓的"名次"尊严。这些孩子们早已习惯了"老师怎么说""书本上怎么讲"等教条,早已适应了面对书本、课本、作业本单一色彩的生活。创新呀,创新,谈何容易!

钱学森之问:中国为什么培养不出大师?答案便在这《童年的发现》里。

拯 救

◇[美国]兰斯顿·休斯

读 点

语言幽默诙谐，视角独特，自传性的真实描述。
场面描写与心理描写结合，闹剧揭露宗教的虚
伪性。

我快到 13 岁时才得到救赎。其实哪里是真的
救赎。事情的经过是这样的。那时，吕德婶婶的教
堂正经历巨大的复兴。几个星期的晚上连着布道、
唱赞歌、祈祷，还有嘶喊，连不少顽固不化的罪人都
皈依到基督的身边，于是，教堂的信徒激增。就是这
次复兴活动结束前夕，他们专为孩子们举行了一次
特别的祈祷，"把这些迷途的小羔羊带回羊群"。婶
婶谈论这件事已好几天了。到了那天晚上，我被护
送到前排送葬者的长凳上，与所有尚未被召唤到基
督跟前的小罪人挤在一起。

婶婶说过："得救时能看得见一缕光芒，接着内
心就发生了变化！这是耶稣进入了你的生命呢！从
此上帝将与你同在！"她说："你看得见、听得到，能感
觉出耶稣就在你的灵魂里。"我相信了她。我早就听
许多老人——这档子事该他们知道——讲过同样的
事。于是，我不紧不慢地坐在又热又挤的教堂里，等
待着耶稣向我走来。

牧师的布道抑扬顿挫，其间充满了呻吟、呼叫、

批：一语道破宗教伪善的本质。

批：基督教说有罪的人只要皈依基
督，就会得到宽恕。

批："我"也经历了这样一场宗教的
救赎，以"我"的视角叙述这场
救赎，具有真实感。

批：这是基督教的说法，说人获得
救赎后，上帝便与他同在。

批：童心应无欺。为下文迟迟不肯
皈依埋下伏笔。

批：信以为真，缘于耳濡目染。

批：没有耶稣"光芒"笼罩的温馨，

孤零零的哭诉，一幅幅地狱的可怖图景。接着，他唱了一支歌，歌中说九十九只羊会在羊栏里得到庇护，还会有一只小羊羔留在外面挨冻。他接着说："难道你们不过来吗？难道你们不想来耶稣身边吗？小羊羔们，难道你们不想过来吗？"他向我们这些坐在送葬人的长凳上的小罪人们敞开了胸怀。这时，小女孩们哭了起来，有的跳将起来，径直奔向耶稣。可我们大多数还死坐在那儿。

老人们蜂拥而至，跪在我们四周祈祷起来，有漆黑的脸、编着辫子的老太太，有干活干得指节弯扭的老头儿。全体教徒唱起一首歌，大意是，微弱的灯儿燃着，可怜的人儿将赎去罪孽。整幢房子就在祈祷和歌声中震荡。

然而我还在等着见耶稣。

最后，所有的孩子都登上了祭坛，得到了拯救，只剩我和另外一个。他是酒鬼的儿子，名叫韦斯特里。他和我被淹没在姐妹们和执事的祈祷声中。这时教堂里很闷热，天也很晚了。终于，韦斯特里对我悄悄地说："见他妈个鬼！我可坐腻了。我们上前去被救算了。"他站起来，就赎了罪。

这样我就一个人留在送葬人的长凳上了。婶婶走了过来，跪在我的膝下，哭着，而祷告声和歌声如凶猛的波涛把我卷在这小小的教堂里。全体教徒为我一人祈祷呻吟，呼喊声呼天抢地。

我安详地等待耶稣的到来，等呀，等呀——可他没来！我要见他，可什么也没发生。什么也没发生！我想要让自己身上发生点什么变化，可什么都没发生。

我听到歌声，听到牧师说："你为啥不过来？宝贝儿，你为啥不过来？耶稣等着你呢。他想要救你呢。你为啥不过来？吕德姐妹，这孩子叫啥？"

"兰斯顿。"婶婶呜咽道。

有的只是地狱般的恐怖。

批：这些孩子并非有罪，但宗教认为人是有原罪的，所以牧师布道是来"拯救"这些所谓有罪的孩子。

批：小女孩们是因为恐惧而入教，并非见到耶稣。

批：老人们及全体教徒的所作所为目的是让"我们"入教。荒唐的闹剧！

批：纯真的孩子正在经受真实与虚假的考验。

批：韦斯特里受不了教堂里的闷热和无聊的等待而登上祭坛而得到拯救。孩子入教竟是这样的。

批："我"孤独的留守与众人的祈祷形成对照，实则是真与伪的对照。

批："安详"说明"我"的等待是十分虔诚，然而，"我"什么也没有见到，自己身上什么也没有发生。

批：牧师直接唆使"我"入教。

"兰斯顿，你干吗不过来？不过来，不想得到救赎吗？噢，上帝的羔羊！干吗不过来？"

这时，天的确很晚了。我开始为自己害羞了，都是我，让大伙儿耽搁这么久。我想弄明白上帝会对韦斯特里怎么想了，他准没看见耶稣，可瞧他现在在祭坛上那个得意劲儿，一边晃荡着空灯笼裤的双脚，一边和我扮着鬼脸，还有执事和老太太们团团地跪在周围为他祈祷。上帝并没有因他玩弄自己的名义，在教堂里撒谎而将他用轰雷劈死呀。于是，我明白，要避免进一步的麻烦，我最好也撒个谎，说看到耶稣来了，站起来，去得救。

我站了起来。

霎时，整个大厅成了欢呼的海洋。欢腾的声浪席卷着小教堂。女人们向空中雀跃，婶婶双臂围住了我，牧师拉住我的手，领我上了祭坛。

等平静下来，四周一片静默，不时听得几声狂喜的"阿门"，在这种气氛中，所有的小羊羔都以上帝的名义得到了祝福。接着，欢乐的歌声响彻大厅。

那天夜里，我哭了——这是倒数第二次哭，我毕竟已是十几岁的大孩子了。我哭着，一个人在床上，哭得不能自已。我把头埋进了被窝，婶婶还是听见了。她醒来告诉叔叔，说圣灵来到了我心中，说我看见了耶稣，所以我哭了。可其实我哭是因为我不忍心告诉她我撒了谎，我骗了教堂里所有的人，而且实在没有看见耶稣，而我现在再也不相信有耶稣，不然，他总得来帮我一把呀。

（陶乃侃/译）

批：善良的孩子，终于找到自己的"罪过"了。

批：滑稽的表演，老人的庄重与孩子的嬉闹形成了鲜明的对照。

批：以事实证明上帝的虚无，"我"的顿悟增强了讽刺分量。

批：宗教称入教能使人"获救"，而"我"竟是因为"避免进一步的麻烦"。极具讽刺力量！

批：虔诚换来的是"哭声""衰求声"，虚伪却得到了"欢呼"，颇具讥讽意义的对比。

批：为妥协于巨大压力而哭，为背叛真实而哭。

批：成人迷信的谎言！

批："我"的善良、真实和心灵上的痛苦即使入了教，也还是得不到上帝的拯救。是宗教的虚伪让"我"相信上帝并不存在。

极具讽刺意味的拯救

兰斯顿·休斯（Langston Hughes，1902年2月1日~1967年5月22日），美国诗人、社会活动家、小说家、剧作家和专栏作家，哈莱姆文艺复兴的代表人物之一。他在美国黑人文学方面是一个举足轻重的人物。他写过小说、戏剧、散文、传记等多种文体的作品，但主要以诗歌著称，被誉为"黑人民族的桂冠诗人"。1963年8月28日，黑人领袖马丁·路德·金在华盛顿林肯纪念堂发表的那篇流传至今、脍炙人口的《我有一个梦想》跟休斯的关于"梦想"的诗歌有直接的联系。

《拯救》选自休斯的自传《大海茫茫》，记述了"我快到13岁时才得到救赎"的经过，真实地描绘了孩童的纯真与诚实是如何在成年人谎言的编织下慢慢消磨掉的。

那时当地的教堂正"经历巨大的复兴"，教堂专为孩子们安排了一场特别的"救赎"祈祷仪式。"我"也在其中，并被告知，"得救时能看得见一缕光芒"，那是"耶稣进入了你的生命"。"我"信以为真，与其他的"小罪人"一起坐到教堂前排等待着基督的召唤。在牧师的布道和祈祷声中，孩子们一个个"登上了祭坛，得到了拯救"，最后连酒鬼的儿子韦斯特里也"得救"了，虽然没看到什么光芒。只有"我"还在痴痴地等待，但耶稣最终也没有来，但"我"在教徒们的哭号和哀求声中，为了"避免进一步的麻烦"，决定"站起来，去得救"。而"我"居然还使得教徒们欢呼雀跃起来。这一经历，使"我"终于明白了这其实哪里是真的救赎，从此"再也不相信有耶稣"。一场"拯救"仪式最后变成了一出荒唐可笑的闹剧。

"拯救"在文中具有双重含义，一方面是指基督教意义上的"救赎"，即摆脱所谓基督教意义上的"原罪"，重回上帝的怀抱；另一方面是指明白了耶稣基督的荒谬性，因而远离它。作家的意图在于后者，因为看清了耶稣基督是人为编造的虚幻之物，从此也就不再相信它了。

本文含讥带讽地揭露了教堂里"拯救"仪式的荒谬本质。语言幽默而俏皮，尤其是对牧师祈祷时的语调的形容，精当传神："牧师的布道抑扬顿挫，其间充满了呻吟、呼叫、孤零零的哭诉，一幅幅地狱的可怖图景。"这里没有耶稣"光芒"笼罩的温馨，有的只是地狱般的恐怖，牧师的布道是为了让孩子感到恐惧而尽快入教，作者的讽刺不可谓不深刻。（子夜霜、左保凤、屈平）

 ## 认识错误是拯救自己的第一步

你以为你是唯一经历过悲伤和沮丧的人吗？即使异国的风光都未能使你摆脱悲哀和沮丧之情吗？不，这并不奇怪，因为你需要的是改变性格，而不是改变环境。虽然你渡过了无边无际的海洋，用诗人维吉尔的话来说，"陆地和城市都留在了后面"，但无论你的目的地是哪里，你都总是被你的过失、缺点所跟随。曾经有人发出同你一样的抱怨之声，苏格拉底便对他自己说道："你总是随身携带着你自己精神的负担,又怎能惊讶于你的旅行未能给你带来幸福? 正是驱你向前的东西本身成了压在你身上的重担。"新奇的外部环境和领略国外的城市风光,那能有什么帮助呢? 到处瞎逛瞎荡,到头来总是徒劳无益。你离开了家,但并未摆脱自我。你必须卸下你的精神负担才行,否则是不会有哪个地方使你感到满意的。如果你现在的处境像那位女预言家的情况,维吉尔对她的描写是:神志清醒,心情激动,被一种并非她自己的精神所欺骗:"像一个鬼迷心窍的人一样胡言乱语,出于梦想,她可能驱逐自己心中那伟大的神灵。"你到处冲撞,是想卸去牢牢系在你身上的重负,但其结果只会使它给你造成更多的烦恼——这像是在船上的货物,如果不去搬动就会将船没入水中。假如无论干什么都于你不利,那就是行动本身对你有害,因为你实际上是在猛烈地摇撼着一个病人。

　　一旦你消除了心头的痛苦,无论眼前是什么样的场景,都会给你带来快乐。你可能被放逐到天涯海角,但无论在世界的哪个偏僻角落,你都会觉得自己有个安身立命之地,都会感到那里就是你的家,而不管它可能是个什么样子。你来到的是什么地方并不要紧,重要的是到达之时你自己是怎样的一种人。所以我们应永远倾心于世界的任何一块地方,而必须带着这个信念生活:"我不是为某个特别的角落而生,整个世界就是我的家园。"如果你明白这个道理,你就不会对旧环境产生厌倦之感而不断奔向新的环境。不管你身在何处,只要你相信它就是你的家,它就会使你感到满意。但如果你无法理解这一切,你就并非是在旅行,而是到处流浪,四方漂泊。然而你所要寻找的东西,亦即美好幸福的生活,却是到处都有的。

　　还有比罗马城更为动荡骚乱的地方吗? 但即便在那里,如果需要的话,你仍然可以随意过上宁静的生活。要是可以自由选择居住之所的话,我会从这附近的地区远远地逃离开去,更别说离开罗马城了。我要让它远离我的视线,因为这里的气候令人很不愉快,甚至体质最强的人都忍受不了。其他方面也同样对于头脑无所裨益,因为即使是健全的头脑,也还是处于不够完美的状态,还有待更加成熟。有些人的主张我是不赞成的,他们提倡暴风骤雨式的生活,鼓吹迎风斗浪,一生日复一日地对人世间的障碍发起精神上的进攻。智者情愿容忍这些障碍,也不会不怕麻烦地对付它们,因为他们宁愿要和平状态,不要战争状态。一个人要是老指责别人的缺点,同人争论不休,就算他设法摆脱了自己的缺点,这对他也没有很大的意义。人们将告诉你:"苏格拉底头上压着30个自以为是的所谓'强人',但他们却未能折服他的精神。"一个人有多少主人,这有什么要紧呢? 奴隶制只有一种,但不受奴隶思想影响的人都是自由人,纵使他周围有一大群主人。

　　"认识错误是拯救自己的第一步。"我认为伊壁鸠鲁的这句话说得非常正确。因为一个人要是尚未认识到自己在做错事,他是不会有改正错误的愿望的。在改正错误以前,你得发现和承认自己犯了错误。有些人吹嘘自己的错误,你能设想那把自己的毛病当美德的人会想到要去医治他的毛病吗? 因此你要——就你所能——暴露你的罪行,要把对你的审问引向所有的对你不利的证据。你要首先当原告,然后做法官,最后才做辩护律师。有时候必须对自己严厉些。

[古罗马]塞涅卡/文,佚名/译

吕齐乌斯·安涅·塞涅卡（Lucius Annaeus Seneca，约前4～65），古罗马政治家、哲学家、悲剧作家、雄辩家、新斯多葛主义的代表。著有《道德书简》。

一个不被心灵改变的现实是一个现实，一个被心灵改变的现实也是一个现实，但后者更有价值，也就是说，主动和快乐的生活更有价值。这篇文章，讲的就是主动和被动的关系。一个生活在现实中的人，关键就是要消解内心的痛苦，而消解痛苦的第一步是发现痛苦，看见它，分析它，面对它，捕住它，扑灭它，痛苦不在，心灵的空间还在，幸福和快乐就必然来填补，人的生活因此就改变颜色了。一个不被内心错误和痛苦捕获的人，就是一个快乐的人。

"认识错误是拯救自己的第一步"，是伊壁鸠鲁说的话。在伊壁鸠鲁看来，缺乏自省可怕，不正确的自省同样可怕。有些人一旦陷于失败或遭受打击，唯有自怨自艾，强吞下失利的苦果，从此一蹶不振。还有些人又走到了另一个极端，将自省意识等同于严苛的自责，他们对自己求全责备，这只能助长自卑的心理，不仅于事无补，还会加深内心的苦痛。

自省既不等同于自怨自艾，也不是求全责备，它是精神层面上的反省，是对灵魂的追问。自省的前提是承认过失，即知其"失"，同时要知其所以"失"，进而在行动中纠其"失"。自省不是外在的强加，而应该像吃饭、睡觉那样成为人的自觉行为。

开 门 炮

◇[中国]鲁彦

读点

以对比手法叙述童年往事。
细腻描绘表现率真感情。

　　新年,新年,这在许多人应该是快活的。然而我却怕它。

　　我无须掩饰,我现在年纪不小了,看着时光的迅速流动,难免起悲哀之感。但是我这么说,是说我从来就怕它,即使回溯到我不知道悲哀的童年。

　　当我们还是小孩子的时候,新年一到,有好的东西吃,有好的衣服穿,有龙灯马灯看,应该是快活的,然而我却怕它。

　　我从十二月二十前后起,一直怕到正月二十前后,整整的一个月。正是人家最快活的时候。

　　十二月二十前后,也正是大家最忙碌的时候。这时我们的年糕多半已经做好,落缸的落缸,炒干的炒干。接着便是磨汤果,扫灰尘,祭灶,送年,做羹饭。

　　我的父亲几乎每年不在家里,我又没有兄弟,于是我很小的时候便被派做一个主要的角色,代表着父亲。

　　送年是最敬虔的事。那一天,我先得剃头,洗澡,从衬衣换到长袍马褂,说是送年的时候越净越

批:反复对比,开篇明志。"怕"字统领文章前半部分。

批:观点鲜明,"但是""即使",突出强调。

批:回忆儿时,排比叙事。"然而"将话题一转,紧承上文,突出对新年之怕。

批:"我"的"怕"与"人家最快活"形成对比;"整整的一个月",足见"怕"的时间之长。

批:具体交代"怕"的原因,为后文作铺垫。

批:从送年的准备、时间、地点到祖堂的环境、摆设、烛光、声响,

好，时间常在夜间十一二点，我老是睡眼蒙眬地在祖堂的角隅里暗暗地战栗着。门外的祭桌上虽然点着两支明晃晃的红烛，但四周是漆黑而且静寂。尤其是祖堂，又高又大又空又冷，黯淡地映着外面的几许烛光，更显得可怕。这里上面供着牌位，下面是时常摊摆着死尸和棺材的。叔叔进厨房端菜的时候，这可怕的祖堂里外，便只剩下了我一人。姐姐和妹妹都不能到这里来陪我，因为她们是女人。这时可怕的声音常常起来了：窸窣窸窣……吱吱……笃笃……

以及自己的孤独感和恐惧心理等方面，具体描写"送年"之怕。

仿佛有什么在走动，有谁在说话，从外面晃进来，从背后播出去，又像有谁在推动我的新做的缎袍和马褂，发出沙沙的摩擦声。我战栗了一会儿，立刻镇定下来，用假定来安慰自己：那像是猫的脚步声，那像是老鼠的叫声，那像是狗嚼骨头的声音，那像是烛花的爆裂声……但忽然可怕的影子显现了，祭椅上有人坐了下去，有人伸出宽大的袖子来遮住了烛光，有谁带着彻骨的冷气朝我走了过来。

批：紧承上文，深化文意，具体描写可怕之声响。

批：具体描写可怕之影子。

待到收拾进去吃送年点心，已是一二点钟，我吓得没有一点力，只想睡了。那些肉，那些鸡，虽然在我们是高贵的稀有的食品，但我从来就不喜欢吃。

批：这一折腾，时间已晚，虽有美味，已无食欲。

送年完了，第二天就是做羹饭，接着二十三的祭灶，我都穿着缎袍马褂，跪在蒲团上拜了又拜。那衣服又长又大又硬，穿在身上好不容易动弹，还须弯腰屈膝。

批：写行礼不便，流露出厌恶之情。

但这还是暂时的，我所怕的还在后面。

批：过渡，深入一步，总起后文。

那是从元旦起，我必须整整的几天穿着那可厌的缎袍马褂，这里那里的对人鞠躬、下跪。这就是所谓拜年，所谓贺年了。

批：接下来写元旦开始的拜年、贺年的烦琐习俗。两个"所谓"，不屑厌烦之情溢于言表。

别的小孩子喜欢这个。拜了天地，大家成群结队地拥到这一家那一家，叩头作揖，前襟兜满了拜岁果：年糕干、炒花生、大豆、黄豆、冻米、印糕、橘子、金

批：承上文，别的小孩子喜欢拜年而"我"怕拜年，对比描写，具体展示自己厌烦拜年的习俗，细腻

柑……装不下了,回到家里,倒在桌上,又去了,到了家里又去了。大家叫着跳着。

但是我怕出门。我不愿意对人家叩头作揖。拜岁果,家里也有,并不想到人家那里去换取。母亲逼了又逼,我总是延了又延。没有办法时,终于出去了,但是到了人家面前,便红了脸,用作揖代替了跪地,用鞠躬代替作揖,有些地方索性坐了一下就走了,不等人家拿出拜岁果来。

"你自己家里的拜岁果快给人家骗完了,你不去骗一点回来,吃什么呢?"母亲常拿这话来鼓动我出去。

但是我并不希罕什么拜岁果。我只怕拜年。

近的邻居族人一天一天拜完了,于是该拜远的亲戚。这里须亲自提着一对莲子桂圆之类的软包,那里须提着一对胡桃黑枣之类的硬包去送亲戚,真觉得难为情。早上到那里,照例不准在申时以前回来。吃了莲子或桂圆,还须吃中饭,吃了中饭还须吃汤团。这些都是上好的食品,但我没有一次吃得下,只在那里呆坐着挨时辰。"进门不拜,还是出来拜!"我老是游移着,但到临走,想着想着,对门外红着脸走了,依然没有拜。"到过就算拜过了!"我回到家里,老是这样地回答母亲。

有一个可纪念的亲家母,她最爱我,只想我对她亲近,只想我对她像对母亲似的跪下去拜年,年年在我带回家的软包里暗暗塞着红纸包的二元压岁钱,一面又明白地告诉我母亲,给了压岁钱是必须认真地拜年的。但我愈加坚持不肯拜了,而且总要挨着日子到最后。

从初三到十五,我一面须出门去拜年,一面还须在家里等候亲戚来拜年。男客来了,母亲姐姐妹妹都在厨房忙碌起来,我便被派做陪客,须受人家的口试,回答这样那样。随后陪着他吃饭,给他斟酒。有

生动。

批:母亲鼓励"我"拜年的原因及"我"的独白,也揭示了"我"厌烦拜年的原因。

批:深入一步,进一步具体描写拜年的烦琐。即使"最爱我"的"亲家母","我"也"坚持不肯拜",总要"挨着日子到最后"。

批:先概括后具体叙述初三到十五自己既要"出门拜年"又要"在家里等候亲戚来拜年"的劳苦。

些客人会喝酒，可以慢吞吞地一直吃上一二个钟点，我也只好呆坐着陪他。

十五过了，十六便是蟠桃会。我又该穿着缎袍马褂去一次一次地拜菩萨，跟着人家端着香到黄光庙去叩头，把菩萨接了来，随后又得把它送了回去，整整地做一天大人。

真的，我怕新年，我怕送旧年，从很小的时候就这样。

然而新年也曾经给我一次快乐的，我紧紧记得。

那好像是在我12岁的那一年。

元旦的黎明，很多的人家是要放三个开门炮的。但只有我们，自我知道的时候起，从不这样做。我的父亲最相信静穆，他有什么快乐，向来不肯轻易露出来，也正像什么忧愁不肯露出来一样。这样说，并非说他是一个居心叵测的人，他实在是世界上最忠实坦白的。他也并不是冷着面孔的人，他一生只有笑容，因为他非常达观。人家的父亲是严父，我的父亲是慈父。他相信静穆，一半是因为他对神的敬虔，一半是因为他脚踏实地，处世的谨慎，不肯虚张声势。很明显地，故乡元旦的爆竹声中，除了快乐的意义之外，还含着对人家显示很深的骄傲的意味。我父亲不喜欢这个，因此年年的元旦，我们静默地开开了门，和送年那晚一样地静默着。但这样的情形，只听人家的爆竹声，在我这小孩子是不满意的。我几乎年年对母亲吵着要自己来放开门炮。

那一年父亲回家过年了。他很快地答应了我，在年底就买了六七个爆竹来。那爆竹非常地大，差不多和现在的笔筒那么粗，在我那时的眼光中几乎大得和水桶一样地可怕。然而我要自己放，因为我知道只要站得远一点，它是不会伤人的，父亲也答应了。

批：略写十五过了，十六蟠桃会到庙里去拜菩萨。拜年习俗也确实太烦琐了，难怪"我"是如此厌烦害怕。

批：总结上文，两个"怕"字，力重千钧。

批："然而"将话题一转，峰回路转，柳暗花明。

批：具体描绘自己12岁的那一年新年燃放开门炮，给自己带来无比快乐的情景。这一年，不仅"几乎每年不在家里"的父亲回来了，而且"最相信静穆"的父亲爽快地答应"我"放开门炮，焉能不高兴？

元旦清晨打开门来,父亲给我点了一支长香,把爆竹扳开药线,摆立在院子里,要我去引火。

于是我胆战心惊地而又非常快乐地在爆竹的远处蹲下了。距离得那么远,我伸直手臂和长香,刚刚可以触及药线的尖端。

我扎起长袍,看了看后背的阶沿,预备好了后退的姿势,便把燃烧着的香火轻轻地去触那药线的尖端……

吱……药线发火了!……一阵触鼻的可爱的气息。

我立刻倒跳到父亲的身边,闭上了眼睛,两手按住了耳朵……

"通!——嘭!"仿佛在很远的地方响着。

我定了神,睁开眼睛看,爆竹的碎纸片像蝴蝶似的从半空里旋转了下来,散了一地。

这是什么样的快乐!那一次元旦的早晨!一生中的那一个新年!

但这样的新年只有一次。

现在呢,即使父亲还在,即使我又变成了小孩,我也怕放开门炮了,因为我现在已经懂得了和爆竹相同的另一种可怕的声音。

它时常在我的耳鼓里响着。

虽然许多人在拍手,在跳跃,在欢迎,在庆祝……然而我怕。

我怕送旧年,怕迎新年,更怕放开门炮。

批:具体描绘放开门炮的情景:从点香到扳开药线到摆立开门炮到点引火线,以及点火的心情、姿势、距离、后退的准备,乃至点燃引火线后的气味、声响,开门炮爆炸后的情状,可谓细致入微,细腻生动。

批:总结上文,议论抒情,欣喜之情洋溢在字里行间。

批:议论收束,画龙点睛,含蓄深沉。

批:以别人的乐反衬"我"的怕。

批:总结全文,"怕……怕……更怕",意思递进,豹尾重锤。

率真感情的真实抒写

鲁彦(1902年1月9日~1944年8月20日),原名王衡。现代乡土小说家、翻译家。1920年,鲁彦在北京大学旁听并学习世界语,在旁听课程中有鲁迅讲授的《中国小说史》,大受裨益。他在北京时想在某部谋一小位置,但部限的资格是大学毕业,于是他托人借了一位名唤"鲁颜"的大学毕业证书,这样就冒名"鲁颜"进去任职。后来写小说,索性就署了"鲁彦",这可能也含有对鲁迅的仰慕之情。后来出名后,也就不再改回本名,只在"鲁彦"前又加王姓而已。主要作品有短篇小说集《柚子》《黄金》《童年的悲哀》《屋顶下》等,散文集《驴子和骡子》《旅人的心》等,长篇小说《野火》《春草》等。

开门炮,本是我国人民迎接新年的一种习俗。大年初一凌晨,天刚亮,人们便起床,家家户户所做的第一件事就是争先恐后打响"开门炮",用以宣告新年开始,象征开门大吉。

作者以此为题,采用对比手法深情地讲述了自己童年时一段害怕过年、害怕拜年的刻骨铭心的极不愉快的往事。

文章写得层次井然。全文分为三部分,开头到"真的,我怕新年,我怕送旧年,从很小的时候就这样"为第一部分;"然而新年也曾经给我一次快乐的,我紧紧记得"到"但这样的新年只有一次"为第二部分;"现在呢"到结尾为第三部分。第一部分,作者以时间为序,将详写与略写、概括描写与具体描写有机结合,从送年到做羹饭到祭灶到拜年到拜菩萨,不厌其详地叙述了自己童年时代替父亲"送旧年,迎新年",无比惧怕的往事。第二部分,则以活泼欢快的笔调具体描绘了自己12岁那年放开门炮的快乐情景。与第一部分形成鲜明对比,给读者以一种峰回路转、柳暗花明的愉悦感受。第三部分,作者以凝练的笔墨议论抒情,画龙点睛,总结上文,有力收束。

文章用朴实的文笔,通过细腻的描绘,抒写朴实率真感情,表达真实感受。既对家乡送旧年、迎新年的陈规陋习进行了有力的抨击,又抒发了儿童对自由快乐生活的无比渴望。(唐仕伦、京涛)

虽然只有5分钟

那时我大约只有14岁,年幼疏忽,对于卡尔·华尔德先生那天告诉我的一个真理,未加注意,但后来回想起来真是至理名言,嗣后我就得到了不可限量的益处。

卡尔·华尔德是我的钢琴教师。有一天,他给我教课的时候,忽然问我:"每天要练习多少时间钢琴?"我说每天三四小时。

"你每次练习,时间都很长吗?是不是有个把钟头的时间?"

"我想这样才好。"

"不,不要这样!"他说,"你将来长大以后,每天不会有长时间的空闲的。你可以养成习惯,一有空闲就几分钟几分钟地练习。比如在你上学以前,或在午饭以后,或在工作的休息余闲,5分钟、10

分钟地去练习。把小的练习时间分散在一天里面,如此则弹钢琴就成了你日常生活中的一部分了。"

当我在哥伦比亚大学教书的时候,我想兼从事创作。可是上课、看卷子、开会等事情把我白天晚上的时间完全占满了。差不多有两个年头我一字不曾动笔,我的借口是没有时间。后来才想起了卡尔·华尔德先生告诉我的话。

到了下一个星期,我就照他的话实验起来。只要有5分钟左右的空闲时间,我就坐下来写作一百字或短短的几行。

出乎我意料之外,在那个星期的终了,我竟积有相当的稿子准备进行修改。

后来我用同样积少成多的方法,创作长篇小说。我的教授工作虽一天繁重一天,但是每天仍有许多可资利用的短短余闲。我同时还练习钢琴,发现每天小小的间歇时间,足敷我从事创作与弹琴两项工作。

利用短时间,其中有一个诀窍:你要把工作进行得迅速,如果只有5分钟的时间给你写作,你切不可把4分钟消磨在咬你的铅笔尾巴上。思想上事前要有所准备,到工作时间届临的时候,立刻把心神集中在工作上。

我承认,我并不是故意想使5分钟、10分钟随便过去,但是人类的生命却可以从这些短短的闲余时间中获得一些成就。

卡尔·华尔德先生对于我的一生有极重大的影响。由于他,我发现了极短的时间如果能毫不拖延地充分加以利用,就能积少成多地供给你所需的长时间。

[美国]爱尔斯金/文,佚名/译

品读

歌德曾说:"善于利用时间的人,永远找得到充裕的时间。"时间由分秒积成,5分钟虽然短暂,微不足惜,但把生活中无数个短暂的5分钟焊接起来,便是一条长长的"金项链"了。

鲁迅曾说:"时间就像海绵里的水,只要你愿挤,总还是有的。"时间总是有的。生活中的时间是要靠自己挤出来的,只有积少成多,抓紧分分秒秒,不浪费一分一秒,才能有所作为。

每个人的生命中有多少个5分钟,也许我们无法计算,但是,我们不要认为人生很漫长,还可以去做很多的事。因为我们会在不知不觉中浪费掉许多个5分钟,真正有意义有价值的5分钟有多少,便屈指可数了。

滴水成海,聚沙成塔,集5分钟可以成就精彩的人生。紧紧抓住生命中的每一个5分钟,不要嫌它短暂而疏忽而丢弃。把握好生命里的每一个5分钟,或许美丽的梦想就在那5分钟里成为现实。

我的自白

自 绘 像

◇[法国]卢梭

读点

这是思想家的最真实的人生观的自白。

敢于呈现最真实的自我，将自己的本真展露给世人。

两种近乎水火不相容的东西，以我无法想象的方式统一在我身上：热烈的性格、奔腾的感情和缓慢凝滞的思想。似乎我的心灵和我的思想并不是属于同一个人的。比闪电更迅疾的情感攫取我的心灵，但它并不给我启示，而是使我激动，使我迷惑。我感觉一切，但我什么也不领会。我暴躁易怒，但又麻木不仁；我在冷静下来之后才能思考。令人惊讶的是，只要别人能够耐心等待，我仍然可以表现出相当可靠的直觉、洞察力，甚至敏感。"只要时间充裕，我可以写出极好的即兴诗。"（注：莫里哀的喜剧《可笑的女才子》中的一句戏言）但我从来不能即兴写出任何像样的文字，也不能随口讲出任何有分量的话语。在通信中我可以侃侃而谈，就像人们所说的：西班牙人下棋。在我读过的一本书里，作者叙述萨瓦公爵在从巴黎返回故乡途中回身叫道："巴黎商人听着，我不会饶过你的！"我想："这就是我！"

这种同敏锐的感受力共在的凝滞的思想不仅表现在交谈中，即使我独自一人，或者我工作时亦是如

批：这实际是情与理的矛盾，此句是理解本文内涵的金钥匙。

批：情与理的矛盾，是每个内心世界丰富的人都能深切体会到的。有了这两种精神力量，只要涵养、发展、运用得好，就会产生巨大的创造力，对于作家、画家、音乐家、思想家等来说，就能创作不朽的作品。

批：即兴而谈不会有什么高明的见识，思想家静思时往往能产生思想的火花。

批：借某书中的萨瓦公爵的所作所为，说明自己思想的产生不是即兴式的，而是在思索中产生的。

批：上承敏锐的感受力，下启凝滞的思想。

此。要把我头脑里的思想调理好，是一件异常困难的事情：它们在其中缓慢地运动，在其中沸腾，直到使我动感情，使我振奋，使我激动；而在这整个情感激荡的过程里，我眼前的一切是模糊的，我一个字也写不出来，我必须等待。这心灵的激荡不知不觉逐步平息，这混沌的一团逐渐露出端倪，每样东西各就各位，但这一切是缓慢的，而且必须经过长时间混乱的骚动……如果我能够等待，而且能够再现那些在我头脑中浮现过的事物的美好的面貌，那么很少有作家能够超过我。

批：等待什么呢？不是稍纵即逝的灵感降临，而是美好面貌的事物再现。情感激荡中是产生不了深邃的思想的，它需要理性的疏导，才能找到合适的奔涌渠道。

　　我之所以下笔艰难，原因就在这里。我的文稿字迹潦草、杂乱，而且由于反复涂改无法辨认，这就是我付出的代价的证据。我没有一份文稿不是经过四次或五次缮写才送去付印的。面对桌子和纸张，我无法提笔写出任何东西，只是在漫步中、在林壑间、在夜深人静时，我才能在头脑中创作，尤其对于我这样一个完全没有文字记忆力、一辈子不会背诵六行诗句的人来说，可以想象我写作起来是何等缓慢。有些音调和谐的长句子在见诸文字之前，我曾经一连五六个夜晚在头脑中反复斟酌。我之所以更擅长写那些需要雕琢的作品，也是由于这个缘故。即便是一件无关紧要的小事——写一封信，我也要付出几个小时的辛劳；或者，如果我要记述一件我刚才经历的事情，我不知道怎么开头也不知道怎么结尾；我的信是连篇的废话，读起来令人费解。

批：思想不是冲动，需要酝酿，那样才会深刻。

批：上承思想的凝滞。

批：没东西可写，若硬写，写出的只能是垃圾，相反，转换一下环境、脑筋，无疑会利于写作。

批：借写信来真实地描述自己写作的实际情况。

　　我不仅拙于表达思想，而且甚至难以形成看法。我对人进行过研究，并且自认有相当敏锐的观察力，然而我对眼前的东西丝毫不能领悟，我只能洞彻那些回忆起来的东西，而且我的理智只存在于我对往事的回顾之中。对于人们当我的面所讲的一切、所做的一切、发生的一切，我毫无感觉，我茫然不解。给我印象的仅仅是外部的征象。这一切在我脑海中

批：过渡句。

批：在回忆和反思中，才能洞悉事物的本质。

批：在回忆和反思中才能洞悉本

有时重新浮现：我记住了地点、时间、声调、目光、动作、环境，一切又都历历在目。这时，根据人们的行为或言谈，我竟能够洞悉人们的思想，而且极少弄错。

既然我独处时无法主宰自己的思想，人们可以想见在交谈中我是什么模样。为了说话得体，必须同时而且立即考虑许多因素。礼仪那么烦琐，而我终不免有所疏忽，这就足以使我望而却步了。我甚至无法理解人们怎么敢当着众人讲话：因为每词每句都要考虑所有的在场者；必须了解所有人的性格，知道他们的经历，才有把握不讲出什么得罪人的话……我觉得两个人面对面交谈更令人尴尬，因为不停地讲话是一种需要：对方讲话必须应答，对方沉默时又必须使谈话重新活跃起来。这种无法忍受的拘谨已经足以使我对社交生活失去兴趣；无话找话说就必须说废话，这是令人厌烦的……因此人们在我身上看到了许多异乎寻常的举动，人们往往归咎于我性情孤僻，其实我的性情并不如此。如果不是由于我深知自己在社交生活中的形象非但于己不利，而且同我本来的面目截然不同，我可能同别人一样也会喜欢社交生活的。投身写作并且躲藏起来，这于我是最恰当的选择。

（程依荣／译）

质，洞悉人们的思想，这是思想家最本质的特点。

批：社交场合需要考虑的因素更多，作者不善于交谈，也可以看出其拘谨的性格。作者能清醒地认识到自己的不足是非常难得的。不过，著名的思想家也往往就是在独处静思中诞生了他那伟大而深刻的思想。

批：孤独的思想家，寂寞的文学家。认识别人不易，其实认识自己更不易，卢梭能理性地认识自己的潜质，源于对自己深刻的自剖。一个人只有深刻地认识到自己的不足和潜质，才会扬长避短，创造出不朽的价值。

勇于解剖自我的精神

让-雅克·卢梭(Jean-Jacques Rousseau，1712年6月28日～1778年7月2日)，法国思想家、哲学家、政治理论家、作曲家、文学家。主要著作有《论科学与艺术》(1749)、《论人类不平等的起源和基础》(1755)、《新爱洛漪丝》(1761)、《社会契约论》(1762)、《爱弥儿》(1762)、《忏悔录》(1788)等。

《自绘像》是卢梭的一篇自传，借情与理的对立和统一来真实地剖析自己。

一个人要敞开心扉，坦诚地面对自己、面对世界，并不是一件容易办到的事。法国启蒙思想家卢梭就很善于解剖自我，并且善于把自己人性中的弱点揭示出来，给公众展示一个真实的自己。这与他崇尚自然的理念是一致的。

他认为自己是一个很矛盾的人，"热烈的性格、奔腾的感情和缓慢凝滞的思想"集于一身。由于这种矛盾，尤其是"缓慢凝滞的思想"，使他不能与人自由地交谈，甚至让他写不出一个字来，更糟糕的是，他的"文稿字迹潦草、杂乱""由于反复涂改无法辨认"，就连写一封信他都要付出几个小时的辛劳……这些在常人身上都很难全部发生的事情，竟然在一个作家身上都占全了。如果不是作者自己把它们一一讲述出来，恐怕极少有读者能知道。

这种真诚的坦白，体现了作家的勇气和良心，更体现了他的坦诚。可以想象，这可能是作家憋在心里很久想说而没有说出的心里话。对一个不虚伪的人来说，这何尝不是一种解脱！他不想在虚幻的"伟大"中度过一生，既然不能自由地与外界交往，与他人交流，就把自己躲藏起来，以投身写作来躲避尘世的烦恼吧。

所以，卢梭的伟大，不仅在于他的思想具有划时代的意义，还在于他能勇于解剖自我，不畏世俗嘲讽和讥笑的写实精神。（子夜霜、汪茂吾、杨新成）

自画像

本人身材矮小粗壮，面部丰满而不臃肿。性情嘛，半开朗半忧郁，合乎多血质（注：古代生物学用语，属多血质的人可能有忧郁症）与激动之间。

"双腿、前胸，满布浓毛。"（注：古罗马诗人马提雅尔的诗句）

身子结实，体魄强壮，虽则年事相当，但极少受疾病之苦。也许这是我暂时的情况，因为我正步入衰老之年，四十大寿早已过去了……

"年岁渐长，体魄日衰，/盛年不再，暮境即来。"（注：古罗马诗人、思想家卢克莱修的诗句）

今后的我，将不是完全的人，再不复是原来的我。我一天天消逝，已再不属于自己。

"岁月之流，渐次将我们的一切带走。"（注：古罗马诗人贺拉斯的诗句）

我的身体状况与精神状态，二者十分相称。我并不活跃好动，但精力充沛、持久。我能吃苦耐劳，但只有我主动去接受劳苦生涯的时候是如此，只有我乐于去这样做的时候是如此。

"乐然后不知艰辛。"（注：贺拉斯的诗句）

否则，倘若我不能被某种乐趣所吸引，倘若不是纯粹出于我个人的意愿，而是受别的什么支配，我就会一事无成。因为我是这样的人：除了健康和生命能令我担忧之外，我是什么都不想去操心的,而且我也不愿意以身心之苦去换取任何东西。

"如果竟以此为代价,/我宁愿不要那/奔流入海的塔古斯河/夹带而下的全部金沙。"(注:古罗马诗人尤维纳利斯的诗句)

因为我性爱悠闲,而且十分喜欢无拘无束,我是有心要这样做的。

我尽量密切观察自己,眼睛不停地盯在自己身上,就像一个没有什么身外事的人那样。

"不管北国谁家君主施威,/不问底里达特王因何失势。"(注:贺拉斯的诗句)

我发现自己的懦弱和虚荣心,好不容易才敢于直说出来。

我立足虚浮不稳,觉得会随时摇晃,失去平衡。我的目光无定,自感空腹、饭后都不一样。当我身强体壮或是风光明媚的时候,我便和颜悦色、喜气扬眉。但如果我的脚趾长了鸡眼,我就会愁眉苦脸,对人不予理会。

同一匹马的步伐,有时我觉得沉重,有时则觉得轻快。同一段路,这一回我觉得很短,另一回我又觉得很长。同一样事物,有时觉得有趣,有时则感到乏味。某个时候我什么都能够做,换另一个时候我什么都做不了。今天我认为那是乐趣,明天也可能变成烦恼。

千种易变无常的行为,万般反复不定的思绪,集于我一人之身。我既郁郁寡欢又暴跳如雷。有时是愁肠百结,不能自已,有时却满怀欢畅。某一时候我捧起书本,读到某些段落,会觉得美妙至极,激起内心的波澜;换一个时候再读这些段落,不管我如何反复翻阅,如何琢磨,我总觉得晦涩难懂,兴味索然。

即便就我自己所写的东西来说吧,我也有许多时候体会不出原先的想法。我不知道自己想说的是什么。我打算修改一下,加进一点新的意思,往往弄得更糟,以致失掉了原来较丰富的含义。

我不断前进,复又折回,反反复复。我的思想总不能笔直前行,它飘忽无定,东游西窜。

"宛如大海上一叶扁舟,/在狂怒的风暴中漂流。"(注:古罗马诗人卡图卢斯的诗句)

任何人只要像我那样观察自己,在谈及本人的时候,都会说出差不多类似的话来的。

[法国]蒙田/文,梁宗岱、黄建华/译

 品读

　　米歇尔·德·蒙田(Michelo de Montaigne,1533 年 2 月 28 日~1592 年 9 月 13 日),法国文艺复兴后期、16 世纪人文主义思想家、散文家。他是启蒙运动以前法国的一位知识权威和批评家,是一位人类感情的冷峻的观察家,亦是对各民族文化,特别是西方文化进行冷静研究的学者。主要作品有《随笔集》。

　　随笔是文章写作方式之一,或讲述文化知识,或发表学术观点,或评析世态人情,启人心智,引人深思。表现形式灵活自由,可以叙述、描写、抒情和议论,行文缜密而不失活泼，结构自由而不失严谨，富有生活情趣又闪耀着哲理智慧的光彩。

《随笔集》分三卷，共107篇。全书朴实无华，蒙田对随笔体裁运用娴熟，下笔气平心和，不加雕饰，语言平易晓畅，生动隽永，文章亲切活泼，妙趣横生。蒙田开创了随笔式作品之先河，由此赢得了"近代随笔之父"的赞誉。

《随笔集》是一部描述自我并通过自我而透视人类一般思想的百科全书。作者在"引言"中说："我描述的乃是自我……我自己就是这部书的内容。"真诚与坦率，是它的内核。

《自画像》选自《随笔集》，是作者的自传。人对自己的了解往往不如别人对自己的了解。所以，要给自己"画像"并不是一件容易的事，这里不是用线条、色彩，而是用文字。它需要像蒙田所说，"尽量密切观察自己，眼睛不停地盯在自己身上"。这篇短文中，作者把自己的外貌、个性、思想表现得非常清楚，尤其对自己内心矛盾的诸多方面，剖析得深刻入微。蒙田在用文字展示自我的同时，也完美地表达了自己对人和人性的认识。其实，每个人只要冷静客观地解剖自己，都能发现自己的缺点，并深刻地认识真正的自己。

"苦命人"自传

◇[苏联]高尔基

读 点

展现了一代文豪在苦难环境中成长起来的人生历程。

化苦难为力量,从而增强意志与才干。

书海寻觅,读书励志终成大器。

1869 年 3 月 14 日(注:据文献查明,高尔基出生于 1868 年 3 月 28 日),我生于尼日尼诺戈罗德。父亲是士兵的儿子,母亲是小市民。祖父做过军官,因残酷虐待部下而受到尼古拉一世的降职处分。这个人粗暴到这种程度,致使我的父亲在 10 岁到 17 岁之间从家中逃跑五次。父亲最后一次成功地永远脱离了家庭——他从托波尔斯克徒步到尼日尼城,在那里给一个挂帷幔的匠人当了学徒。看来他有天赋,也识字,22 岁时,科尔沁(现为卡尔波瓦)轮船公司就指派他做阿斯特拉罕办事处的主任。1873 年由于受到我的传染,死于霍乱。从外祖母的话中可以看出,父亲是一个聪明、善良和非常愉快的人。

外祖父是从做伏尔加河上的纤夫发迹的。沿伏尔加河拉了三趟纤,他就成了巴拉赫纳的商人扎耶夫的商船队的纤头,后来从事染线,发了财,在尼日尼城开设了大规模的染房。不久他就在城内购买了几所房屋和三爿印花和染布的作坊。当选为行会的

批:"苦命人"生活在一个矛盾重重的家庭。"降职处分"突出祖父的粗暴造成了父亲的不幸,"我"也因此介入了苦难。

批:父亲"受到我的传染"为后来母亲把父亲的死归咎于"我"作伏笔。外祖母对父亲的评价,一方面说明父亲的死加剧了"我"的"苦难",另一方面暗示外祖母的善良。

批:从外祖父辞职的原因,可以看

首领,他在这个职位上干了三届共九年,后来因为没有选他做手工业行会的头领,他感到受了污辱,辞了职。他笃信宗教,专横到残忍的地步,吝啬到病态的程度。活到92岁,在临死前一年,1888年,发了疯。

父亲和母亲是"私奔"结婚的,外祖父当然不能把自己心爱的女儿嫁给一个出身卑微、前途渺茫的人。我的母亲对我的一生没有任何影响,她认为我是父亲死亡的原因,因而不爱我,她将要再嫁之前,就已把我完全交给了外祖父。外祖父从《圣诗集》和日课经开始了对我的教育。后来,7岁的时候,送我上了学。我在学校学习了五个月,学习得不好,我憎恨学校的制度,也恨同学们,因为我总是喜欢独自一个人待着。我在学校感染上天花之后就辍了学,以后再也没有复学。这时我的母亲患急性结核病死了,外祖父也破了产。外祖父家是个非常大的家庭,因为两个儿子已经结婚并且有了孩子,都同他生活在一起。在这个家庭里,除外祖母这位善良得令人惊叹的、勇于自我牺牲的老太婆外,谁也不喜欢我。我终生都将带着热爱和崇敬的感情怀念她。我的舅父们都喜欢日子过得痛快,也就是喝得、吃得又多又好。喝醉之后,通常是互相殴打,或者与客人打(我们家里的客人向来是很多的),再不就是殴打自己的老婆。一个舅父打死了两个老婆,另一个打死了一个老婆。有时候也打我。在这样环境里谈不上任何智力的影响,况且我的亲属都是半文盲。

8岁那年我被送进鞋店当"小伙计",但两个月后,我被滚开的菜汤烫了双手,被老板打发回外祖父家。伤愈后,外祖父把我送到远亲绘图师家做学徒,但过了一年,由于生活条件非常艰苦,我从他那里跑了出来,跑到轮船上给厨师打下手。他是近卫军的退伍军士,米哈依尔·安东诺夫·斯穆雷,一个有着惊人的体力、粗鲁、读过很多书的人,他唤醒了我读

批:出他特别的"自尊",这种"自尊"往往反映其脾气比较粗暴。

批:寄人篱下的生活本身就是人生的一大苦难,更何况"我"的外祖父是如此"残忍"与"病态"。

批:父亲死去,母亲改嫁,自然也把"我"推进孤独、冷酷的世界里。

批:憎恨学校和同学与其孤独的性格有密切关系。

批:母亲的死,外祖父的破产,使"我"的生活雪上加霜。

批:在苦难的岁月里,善良的外祖母就是冬日之阳光,给予"我"温暖与力量。

批:充满暴力的环境,怎会有智力方面的增长呢?

批:小小年纪便被迫谋生。

批:对书的兴趣与热爱,无疑是"我"人生的一个重要的转折点。

书的兴趣。在这之前，我厌恶书籍和一切印刷品，但是，我的教师用打骂和爱抚迫使我相信了书的伟大意义，使我爱上了书。第一本使我高兴得发狂的书是《大兵如何搭救彼得大帝的故事》。斯穆雷的整整一个箱子都塞满了大多是皮革面的小开本书。这是世界上一个非常奇特的图书馆。那里既有涅克拉索夫的作品，也有埃卡尔特高森的书；既有《同时代人》杂志，也有安·拉德克利福的书；有1864年的《火花》杂志，也有《信仰的盘石》，还有小俄罗斯语的书。

批：驳杂丰富的书刊阅读，给"我"带来了一个丰富的精神世界。

从生活的这个时刻起，我开始阅读所有落到手上的书籍。从10岁开始写日记，把从生活中和书本中得到的印象记录进去。后来的生活各种各样，非常复杂：我离开厨房，再度回到绘图师那里，以后卖过圣像，在格里亚齐-察里津铁路做过守夜人，烤制过面包，住过贫民窟，几次徒步游历过俄罗斯。1888年，在喀山生活时，第一次结识大学生们，参加了自学小组。1890年，我感到在大学生中间没有找到自己应做的事，又去旅行。从尼日尼走到察里津，穿过顿河区、乌克兰，进入比萨拉比亚，又从那里沿克里米亚南岸到库班，到黑海。1892年10月，我住在第比利斯，在那里的《高加索报》上发表了我的第一篇特写《马卡尔·楚德拉》。我受到很多赞扬，返回尼日尼后，我尝试为喀山的《伏尔加信使报》写短小的故事。报社都满意地接受并登载出来。我把特写《叶美良·皮里雅依》寄往《俄罗斯新闻》——也被接受并发表出来。或许我在这里应该指出，地方报纸发表初学者的作品，确实容易得惊人。我认为，这应该表明，或者是编辑先生们极为善良，或者是他们根本没有文学嗅觉。

批：从书中获取力量，从写日记中记录人生。写日记可以说是成长为作家的重要因素之一。

批：丰富的人生经历为作家提供了难得的写作素材。

批：初尝甘果，意义非凡。

批：这段议论，是"苦难"中走出来的"我"，对于自己的成功而不敢相信的真实心理。有"世无英雄，竖子成名"的快感。

1895年，《俄国财富》(第六期)登载了我的短篇小说《契尔卡什》，《俄国思想》杂志(不记得是哪一期了)发表了对它的评论。同年,《俄国思想》刊出了我的特写《错误》——似乎没有反响。特写《苦闷》1896年发表于《新语》杂志,评论见《教育》十月号。翌年3月,在《新语》发表了特写《柯诺瓦洛夫》。

迄今为止还没有写出过一篇使我自己满意的东西,因此我没有保存自己的作品,所以不能寄去。我的生活中似乎没有什么非凡的事件,而且我也不明白,这些词的含义到底是什么。

(张羽/译)

批:没有使自己满意的东西,表明"我"不断追求的进取心态。"似乎"含蓄地表明看似平凡的生活,给"我"以人性的思考。19世纪俄国小市民阶层庸俗自私、空虚无聊,下层劳动人民的正直、纯朴、勤劳,都浸入"我"的灵魂,诉诸"我"的笔端。

苦难是一种力量

阿列克塞·马克西莫维奇·彼什科夫(1868年3月28日～1936年6月18日),笔名马克西姆·高尔基,苏联无产阶级作家,社会主义现实主义文学的奠基人。

"让暴风雨来得更猛烈些吧"是高尔基在《海燕》一文中的名句。我们也常用此句表达自己不怕艰难困苦的意蕴。"高尔基"在俄文中是"苦命"的意思。高尔基4岁丧父,8岁起开始在社会上奔波,先后当过学徒、装卸工人等,在俄国各地颠沛流离,受尽了常人难以想象的生活苦难。但就是这样一个"苦命人",依靠自己的努力,成为世界著名作家。

父死母嫁,高尔基寄居外祖父家。外祖父开了家染坊,但随着家业的衰落,他变得吝啬、贪婪、专横、残暴,经常毒打外祖母和孩子们,狠心地剥削手下工人。两个舅舅粗野、自私、市侩,整日为争夺家产而争吵斗殴,酗酒而疯狂地虐待自己的妻子。在这样一个弥漫着残暴和仇恨的家庭里,幼小的高尔基过早地体会到了人间的痛苦和丑恶。而慈祥善良、聪明能干、有着圣徒一般宽大胸怀的外祖母犹如一盏明灯,照亮了幼年的高尔基那敏感而孤独的心。

本文以其对当时俄国现实描写的真实性和深刻性,以其弘扬真善美、鞭挞假恶丑的爱憎观和正义感,以其高超绝伦的艺术技巧和平凡而又伟大的人格魅力,强烈地感染和影响了一代又一代的读者。(周波松、京涛)

致命的一年

1975 年,亨利·福特开始极力挤我,想把我一口口吃掉。

在这以前,他一直是大胆放手让我干的。1975 年,他开始出现心绞痛。他看上去确实健康不佳。从这时开始,亨利国王意识到自己将不久于人世。

他失去了理智。我猜得出,他的第一个念头就是:"决不能让那个意大利人插进来接替我。有朝一日我的心脏病突发而一命呜呼,将会给我的家族企业带来何等损失?总有那么一个夜晚,他会神不知鬼不觉地闯进这里,将我的名字从大楼上刷去,而换成艾柯卡汽车公司。如果真的如此,我给我的儿子留下点什么呢?"

当亨利认为我已危及他的家族利益时,他不得不摆脱我。但他又缺乏足够的勇气,明目张胆地从事赶我走的肮脏勾当。另外,他自己也深深地懂得,个中关系,错综复杂,十分棘手。于是,他玩弄起马基雅维里(注:马基雅维里,为达目的而不择手段的意大利政治家)式的手法,决心羞辱我,迫使我自己离开。

趁我不在家的时候,亨利扔下了第一颗炸弹。1975 年初,我出国去了。我参加了由美国《时代》杂志组织的一个企业领导人代表团到中东访问了几个星期,以促进对以色列和中东世界的更好了解。

当我 2 月 8 日回到美国时,我惊讶地发现,是我的助手查默斯·高耶德在纽约机场迎接我。

"发生了什么事?"我问。

"出了大事了。"他告诉我。

毋庸置疑,肯定是出事了。我仔细地听高耶德介绍在我出国期间所发生的非常事件。就在几天前,也就是我们代表团在沙特阿拉伯同费萨尔国王会晤期间,亨利却突然召集高级经理们举行了一次特别会议。

那次会议所造成的影响至今犹存。亨利十分担忧石油输出国组织的形势。这位二次大战后把福特公司搞得名声赫赫的大人物此刻却惊恐得不能自控。阿拉伯人挑战了,他却不敢应战。

深信大萧条迫在眉睫,亨利下令取消 20 亿美元的生产计划。在这个决定中,他简单粗暴地砍掉了许多对我们来说富有竞争力的产品——小轿车的必需品、前轮驱动技术,等等。

在这次特别会议上,亨利宣布:"我是福特公司的休厄尔·艾弗里。"这是一个不祥的预兆。

休厄尔·艾弗里是蒙哥马利百货公司的头,他被公认为是最保守的经理。他曾经决定在二次大战后不再拨款用于进一步发展企业。在他的眼里,世界末日即将来临,美国必将毁灭。对于蒙哥马利公司来说,休厄尔·艾弗里的决定实为大错特错,结果被后来居上的西尔斯公司击败。

亨利的决定同他如出一辙。

对我来说,只是在墙上看到决定,因此并不难堪。亨利一直等我到了千里之外才匆匆召集会议,篡夺了我的权限和责任——他与我所坚信的一切统统背道而驰。

亨利那一天的决定对公司造成的破坏是无可估量的。福特公司的 TO 型和 TE 型前轮驱动小车1983 年 5 月才投放市场。这两种型号的车本应早四五年当社会上急需小车时就应准备好的。然而,福特公司对 1973 年的石油危机束手无策,直到 1979 年才反应过来。

我对此极为愤怒。石油输出国组织已经说得很清楚,没有小汽车,人们将无法生存。通用汽车公司和克莱斯勒汽车公司正在竞相生产它们的超小型汽车。而在这个时候,作为福特汽车公司的老板,却把自己的头埋进沙漠里。

每个月开过董事会会议后,董事会主席富兰克林·墨菲总是有规律地来看望我。富兰克林原是"洛杉矶时报 - 镜报公司"的董事会主席,他是亨利·福特少有的知己。

墨菲经常给我一些忠告,当然不是如何办企业,而是怎样与亨利共事。有一天墨菲对我说:"他有很大的压力,你应该宽厚。他与他妻子又闹翻了。"

我们都知道亨利与克里斯蒂娜的婚姻行将解除。他同他的女友凯西·杜罗斯在圣他巴巴拉玩时,由于酒后开车而被逮捕了。而他的妻子克里斯蒂娜那时在加德满都,与她的好朋友、菲律宾总统夫人艾梅尔达·马科斯一起度假。

几天以后,我因流行性感冒病休在家,至关重要地错过了一次重大事件的会议。

那是 2 月 14 日。当我不在时,亨利召集了一次最高级会议讨论"印尼形势"。亨利授权公司的一位副总裁、最高级官员之一保罗·洛伦茨,付给印尼一位将军 100 万美元的"好处费"。福特公司将得到一个 2900 万美元的合约,帮助建造 15 个地面卫星站。

给"好处费"的事走漏风声后,亨利又匆匆忙忙从迪尔布恩派两名伙计赶到雅加达告诉那位印尼将军,福特公司做生意不兴这一套。

洛伦茨是我属下的人。当我知道这一事件后,把他叫进办公室问:"保罗,你真见鬼,为什么要向那位将军送 100 万美元?"

保罗是一个十分规矩、办事能力很强的小伙子。他为人忠诚,不想给任何人惹麻烦。他对我说:"那是一个误会。"

"误会?谁也不会因误会而挥霍 100 万美元!"我按捺不住了。

保罗低头不语。在我的再三追问下,他只得说:"像这样的事,您相信我会自作主张吗?"

"你这是什么意思?难道说有人指使你这么干?"我紧追不放。

"嗯,不能那么说。但主席确实对我眨了眨眼说,'那儿都是这么干的'。"他喃喃地说。

不错,有些美国公司同第三世界国家做生意时,确实有行贿的现象。但是,就我所知,福特汽车公司是绝对不允许这样做的。

报界得知福特公司的这一风声后,一时间公司上下议论纷纷。人们津津乐道之程度,至少不亚于"水门事件"。内部于是采取一系列措施洗刷这件事,甚至召开特别会议,统一口径,为我们的所作所为寻找借口。

我们没有办法,只得解雇保罗·洛伦茨,拿他做替罪羊。这个任务落到了我头上。当我宣布解雇他时,保罗说:"如果不记入档案,我将闭口不言。我承担这件事的后果。但您知道,这件事如果不是最高领导人的允许,我决不会干的。"我对保罗很了解,我相信他说的都是真话。

几天以后,亨利自己招供了。他对我说:"我觉得我可能使洛伦茨相信,提供好处费是可以的。也许是我把这个家伙引入歧途。"

整整一年又半载后,我偶尔翻看了一下公司职员的职务津贴表,结果大吃一惊:亨利批给保罗·洛伦茨10万美元津贴费。

我对亨利说:"我已经开除了这个家伙,您怎么可以给他这么多津贴费?"

"这个嘛,"亨利支支吾吾地说,"他这个人还不坏。"这简直是"水门事件"的故伎重演。洛伦茨吞下苦果,老板供养他。

报界虽然知道了此事,但对亨利十分宽容。法院也是如此。一两年后,我被司法部传讯,要我提供证词。亨利却从未提供过证词。我不知道他是用何种灵丹妙药摆脱此事的。

同年冬天,我们宣告1974年第四季度的亏损。这次亏损为1200万美元。从亏损这一角度来看,这个数字微乎其微。从1979年到1982年间的各次亏损比较一下,损失1200万美元还是值得庆祝的呢!

然而,这是从1946年以来福特公司的第一次季度亏损。因此,除了健康的不佳、婚姻的破裂以外,亨利又多了一层焦虑。结果,此人变得比任何时候都神经不正常。

在那些日子里,我多亏了我的女秘书佩蒂·马丁。她是一位很出色的女性,如果不是大男子主义在作祟,她早该是副总经理了——事实上她胜过与我共过事的所有男人。

任何时候发生的可疑情况,都逃不脱佩蒂的眼睛。有一天她对我说:"我刚刚了解到一个情况,您每次打电话在公司信用卡上记账时,马上会有一个记录送到福特先生的办公室。"

过了一两个星期她告诉我:"您的办公桌上总是很乱,所以有时我回家前替您收拾一下。每次我把什么东西放在什么地方总是记得一清二楚的。可是第二天早晨,所有的东西都被动过了。这样的事时有发生,我认为您有必要知道这个情况。我不以为清洁工在打扫卫生时会动您的东西。"

我回家对玛利说:"如今我很忧虑。"佩蒂·马丁是个很严肃的妇女,她平素最恨无事生非的人。要是她认为情况不严重,是断然不会把这些事告诉我的。人们已经闻到了一些气味,通常秘书们的消息是最灵通的。

自那以后,事情变得越来越奇怪。4月10日,在我们例行的每月董事会上,为了应付出现的亏损,我们决定每季将股息减少20美分。单这一项,一年就可以节省7500万美元。

可是就在这同一天,亨利宣布董事费从每年 4 万美元增加到 47000 美元。我认为这是意在取消董事会的作用。

那个月的月末我们宣布第一季度交税后亏损 1100 万美元。这就是说,我们已经连续两个季度出现亏损了。

亨利已开始有点神经异常。7 月 11 日,他的这种神经失常在公众面前暴露无遗。那一天他突然召集公司 500 位高级经理开会。对于这次不同寻常的集会有何目的,他事先一点也没有透露——包括对我。

当每一位经理都被召到大礼堂以后,亨利开始讲话。他宣布:"我是这条船的船长。"他说,我们公司的经理们都是废物。"我是经理们的头,对谁我都不在乎。"这是一次非同寻常的集会,亨利信口雌黄,语无伦次。人们走出礼堂后交头接耳:"嘿!都说了些什么啊!"

这次集会以后,我们都开始纳闷,亨利是否已经失去了思维能力。每个人都很紧张,整个公司都冻结了,大家都不干活,人人忙于猜测亨利下一步会怎么样,自己应该站到哪一边。

尽管新闻界尚未抓到公司内部纷争的蛛丝马迹,但我们的代理商们已经嗅到了有些味道不对头。1976 年 2 月 10 日,福特部的代理商在拉斯维加斯开会。会议记录写着:"在福特汽车公司的领导层内部,似乎政治气氛太浓,并影响了领导人发挥有效的作用……在这个时候,亨利·福特二世有失众望,未能像汽车商们所期待的那样,提供高质量的领导艺术。"

汽车商们还对以下事实表示担忧:福特公司缺乏新产品,而他们自己则又处于一种需要迎头赶上通用汽车公司的境地。

在我同亨利的斗争过程中,汽车商们明确地站在我一边。这反而愈加坏事。汽车商们每发表一个支持我的声明,亨利就多了一颗子弹。在福特汽车公司里并无民主可言。我在群众中的威望足以使亨利深信,我是一个危险分子。

然而所有这一切,比起那一年真正的大新闻来,不过是小巫见大巫而已。

1975 年秋天,亨利把保罗·伯格莫泽叫来,严厉盘问他关于同比尔·富盖齐做生意的事。此人在纽约开一家轿车和旅游公司,并负责安排我们汽车商的奖励项目。

"你怕富盖齐吗?"亨利问,"穿着一双胶泥靴子在东河岸边一站是不是给吓坏了?"

过了不久,亨利又把我叫了去。他对我说:"我知道,富盖齐是你的好朋友。不过我要对他进行一次全面的调查。"

"出了什么差错?"我问。

"我认为他与黑手党有勾搭。"亨利说。

"别信口开河了。他的祖父在 1870 年就开始做旅游生意。另外,我同比尔和斯佩尔曼一起吃过饭,同他接触的都是一些正派的人。"

"这些我可不知道,"亨利说,"他开了一家轿车公司。轿车和卡车公司往往是站在黑手党一边的。"

"您在开玩笑吧，"我说，"如果他卷进了黑手党，为什么他还会亏损那么多钱？"这一点理由也许站不住脚，于是我又举出一条，提请亨利回想一下，正是比尔·富盖齐，设法让来纽约的罗马教皇坐林肯牌车，而不是坐"凯迪莱克"车。

但亨利态度强硬，根本不听我的。另外，富盖齐告诉我，他办公室里的档案材料，在他不知道的情况下，都被取走了。他还肯定，他的电话都被录了音，但他们没有发现任何可以当作罪证的东西。

很快，情况变得明朗了。所谓富盖齐事件，只是一种烟幕，亨利要整的压根儿不是比尔·富盖齐，而是我李·艾柯卡。

从1975年8月开始的"调查"，以花费公司将近200万美元而告终。大概是受"水门事件"的启发吧，亨利甚至指定了前密执安高级法庭法官西奥多·苏里士为他的检察官。

这次调查开始集中在关于拉斯维加斯的一个福特公司汽车商会议上。负责这次会议财务开支的是我们在圣地亚哥推销处的负责人温德尔·科尔曼。他被传讯，被迅雷不及掩耳地审了一通。他对此极为愤怒，把前前后后的情况详细记录下来送给了我。

1975年12月3日，科尔曼被叫到世界总部去，从公司财务部去的两个人"接见"了他。他们起先劝告他要如实汇报情况，然后却对他说，这不是福特部要查账，而是世界总部要求查账。他们要他对此事保密，不得告诉公司任何人。

在接见中，首先查核福特公司汽车商在拉斯维加斯吃的几次饭的情况。他们问科尔曼，在梦幻饭店吃饭时有没有女人在场，特别强调有没有任何女人跟我在一起。而后，他们严厉批评科尔曼为什么那么慷慨地给女招待小费，盘问富盖齐在不在场，官员中有没有人赌博，他有没有给钱支持他们去赌博等。

"这简直是政治迫害，"科尔曼告诉我，"他们要寻找一些东西——哪怕任何东西——赌博、女人，不一而足。"当科尔曼拒绝回答这样的问题时，他们恶狠狠地问他：

"你从来没有给艾柯卡钱让他去赌博？"

"没有。"

"也从来没有人向你要钱去参加赌博？"

"没有。"

这次"接见"给科尔曼的印象是，这些调查者似乎相信他一定给过公司的上层领导人大把大把的钱。

借口审核公司高级管理人员的旅行开支，亨利实际上对我的工作和私生活都进行了全面的调盘。"审核"包括对55人的"接见"，所涉及的人不仅有福特公司的官员，还有公司以外的人，诸如美国钢铁公司的人和我们的广告代理人。

尽管兴师动众、费尽心机，调查中没有找到任何有损于我或我的人的材料。

一份完整的调查报告送到了富兰克林·墨菲手里。墨菲来看我，对我说："你没有什么可以担心的,整个事情都过去了。"

我怒不可遏。"在调查过程中,你们董事会里怎么没有一个被卷入的?"我问他。

"把它忘掉吧,"富兰克林说,"你又不是不了解亨利。小人总是小人。何况,他进来时扛着加农炮,出去时只是一把小豆枪了。"

花了 200 万美元进行调查而一无所获,一个正常人早该为此表示歉意,一个正常人早该为此而失悔,一个正常人早该说:"是啊,我检查了我手下的总经理和一些副总经理,他们清廉如洗。我为他们感到骄傲,因为他们经得起无情的调查。"

确实是无情的。在那些日子里,我们都不敢在自己办公室里打电话,要打电话得去别的楼里。虽然亨利去日本了,但他仍可通过现代化的高保真的电子仪器看到一切。我们大家都担心自己的办公室里有窃听器。我们中的副总经理之一比尔·伯克说,有一次他看到亨利买了一个可以同别的大楼对话的价值 1 万美元的小机器。只要是了解亨利的人,没有人会怀疑这不是真的。

我们这些高级经理们当时所受的压力是令人难以置信的。我们把办公室的窗帘放下,压低嗓门说话。跟我一起到克莱斯勒公司以前、后来曾一度当过赫芝公司董事长的贝尔·比德威尔常常说,他甚至不敢在楼道里走路。成人(而不是小孩)走路时脚都发抖,唯恐国王一声大吼把自己吓死。

这真是难以容忍!一个有万贯家财的人可以主宰一切,随心所欲地把一个公司带进地狱达 8 年之久。他可以拿人民的生命开玩笑。他使几多人消沉、酗酒;几多人家庭破裂;他使人人自危,无所事事。他简直是瘟神,是杀人狂。

这,就是 1975 年玻璃楼里的政治气氛。

这,就是我真想愤然离去的原因。

当然,亨利早就盼我离去。他兴许早就在盘算:"我将在这个家伙身上发现点什么,他将自食其果,离开我这片肥沃的土地。只要我穷追深挖,我不怕找不到撵他走的理由。"

但是他什么也找不出来。当这次调查结束时,朋友们对我说:"天哪,总算过去了。"

我却说:"不,没有过去。亨利这次一无所获,被人看作是一个笨蛋。现在我与他的真正麻烦开始了!"

[美国]李·艾柯卡、威廉·诺瓦克/文,周廉、叶进/译

品 读

李·艾柯卡(Lee Iacocca,1924 年 10 月 15 日~　　),曾先担任过福特汽车公司的总裁,后又担任克莱斯勒汽车公司的总裁。22 岁以推销员的身份加入福特公司,25 岁成为地区销售经理,38 岁成为福特公司副总裁兼总经理,46 岁升为公司总裁。他创下了空前的汽车销售纪录,公司获得了数十亿美元的利润,从

而成为汽车界的风云人物。54岁时被亨利·福特解雇,同年以总裁身份加入克莱斯勒公司。1983年,克莱斯勒公司实现利润9.2亿美元。1984年,创下了24亿美元的盈利纪录,与福特公司十分接近,使其成为美国第三大汽车公司。艾柯卡那锲而不舍、转败为胜的奋斗精神使人们为之倾倒,成为美国家喻户晓的大人物,美国人心目中的英雄。

威廉·诺瓦克,美国著名财经记者、演讲家,著述颇丰。在《艾柯卡自传》中,"他让本书保持了艾柯卡原汁原味的风格"。

本文选自李·艾柯卡和威廉·诺瓦克撰写的《艾柯卡自传》,标题为编者所加,主要叙述了李·艾柯卡与亨利·福特的矛盾冲突。

1970年12月10日,艾柯卡终于如愿以偿地登上福特汽车公司总裁的宝座,成了这家美国第二大汽车企业中地位仅次于福特老板的第二号人物。一瞬间,好似整个世界都在他的脚下了。可是,福特没有让他的高兴持续太久,1978年7月13日,由于"功高盖主",他被妒火中烧的大老板亨利·福特开除了。

不仅如此,亨利·福特对艾柯卡的支持者也进行了一次整肃,谁要是继续保持与他的联系,自己也就有被开除的危险。艾柯卡被解雇一周后,与亨利·福特可以称得上知己的富兰克林·墨菲,接到了大老板福特打来的电话:"你喜欢艾柯卡吗?""当然!"墨菲回答。"那你被开除了。"事情就是那么简单。福特对艾柯卡的支持者的憎恶尚且如此,对艾柯卡就更不用说了。

小 神 童

◇［美国］艾萨克·阿西莫夫

读 点

将自己的人生经历娓娓道来，表现出实事求是
的科学态度。
在平实的叙述中给读者以人生哲理的启示。

我 1920 年 1 月 1 日（注：《阿西莫夫自传》原文如此，作者历来都自称生于 1920 年 1 月 2 日，阿西莫夫去世后的讣告中也是说他生于 1920 年 1 月 2 日）出生在俄罗斯。我的父母亲于 1923 年 2 月 23 日移民到美国。这就是说，从 3 岁起，我就一直生活在美国（1928 年 9 月，在我们移居美国 5 年后，我获得美国国籍）。

对于小时候在俄罗斯的生活，我已经完全没有记忆了。我不会说俄语，不了解俄罗斯的文化（除了一般有知识的美国人知道的那些）。我从感情上和教养上来说都是个彻头彻尾的美国人。

倘若我现在要谈论我 3 岁和 3 岁以后的事（这些事情我的确还记得），我想我得作一个说明。这种说明经常会使有些人指责我"狂妄自大"，或者说"自负"，或者说"做作"。如果他们比较夸张的话，还会说我"自我膨胀得像纽约帝国大厦"。

我该怎么办呢？我所作的声明肯定像是我对自己的评价很高，不过也只限于我认为值得赞扬的品质。我也有许多缺点和错误，我也会很坦然地承认

批：开头交代人物的出生年月、籍贯，这是人物传记的规范写法。

批：表明传主所受影响主要是美国的文化和教育。

批：为什么别人对"我"会有"狂妄自大""自负""做作""自我膨胀得像纽约帝国大厦"这样的评价？设置悬念，为下文写"我终于明白了"埋下伏笔。

批：对自己的优缺点，既不避"优"，也不隐"缺"，实事求是，难得的品格。

它们,却好像并没有人注意到这一点。

无论如何,我说的有些事虽然听上去"很自负",但我可以肯定地告诉你,我说的全是真话。除非有人能证明我说的仿佛很自负的事情不属实,否则我就拒绝接受所谓自负的指责。

因此,我会底气十足地说我是一个小神童。

批:无须回避称自己是"小神童",因为传主"说的全是真话"。

对于小神童似乎没有确切的定义。牛津英语词典的描述是"具有早熟天赋的孩子"。可是什么是早熟? 要有多少天赋?

听说有的孩子两岁就会看书,4岁学拉丁文,12岁进哈佛。我设想那些孩子肯定称得上是小神童。按照这个标准,我不是小神童。

批:说明自己与其他人对于"小神童"的看法是不一样的。

假如我父亲是个美国知识分子,很有钱,沉湎于古典文学或是科学研究的话,假如他发现我有可能是神童的话,没准他会逼我向前,也要我那样。我只能感谢命运没有这样安排我的一生。

批:作者的经历告诉我们,并不是只有知识分子的家庭才会造就神童。出生在普通的家庭,也一样是幸运的。

一个填鸭式教育培养出来的孩子,不断地被逼着往最高点赶,很有可能因为这种压力而垮掉。幸好我父亲只是一个小店主。他对美国文化没有任何了解,没有时间来引导我往什么方向发展。即使有时间,他也没有能力这么做。他所能做的就是督促我在学校里学习成绩要好。不管怎么说,这也正是我想努力做到的。

批:这一段表达了作者对传统的填鸭式教育的否定,这也值得我们中国读者对当代教育存在的一些弊端进行反思。

换句话说,环境使我能够去寻找自己的快乐,能保持适度的压力使我迅速地吸收知识却又一点不感觉到有压力。事实证明这种方法非常奇妙,这就意味着,我一生都用某种方式保持了我的这份"天才"。

批:"适度的压力"是必要的,没有压力往往缺乏获取新知识的动力,如果压力太大,又会适得其反,所以压力要"适度"是非常必要的。

事实上,有人问我是不是小神童的时候(我已无数次地被人问起),我总是回答说:"是的,的确是,而且现在仍然是的。"

我还没有上学就已经学会识字。我知道我的父母亲不会读英语,就请年纪大一点的孩子在砖块上教我字母的写法和每个字母的发音。我开始看到什么就读什么。这样一来，我借助最小的外力学会了识字。

我父亲发现他还没有上学的孩子会认字，再一问是我自己主动要学的时候，<u>他大吃一惊。那也许是他第一次开始怀疑我不同寻常。（他一生都有这种感觉。尽管如此，他批评我的许多失误时，却毫不犹豫）他认为我不同寻常，而且明确表示出他的想法，使我有了一种自己的确非比寻常的感觉。</u>

我想肯定有许多孩子在上学之前就识字了。比方说，我妹妹还没有上学，我就教她识字了。可没人教我。

最后在 1925 年 9 月，当我进学校上一年级的时候，我很惊讶地发现其他孩子识字有困难。我更惊讶的是有些事情对他们解释以后，他们竟然会忘记，因此要一遍一遍地向他们解释。

我想那就是我最早在游戏中发现的。<u>就我而言，凡事只须告诉我一遍就可以了。我并没有意识到我的记忆力很惊人，直到我发现我的同学们没有这样的记忆力。我必须立即否认我有一种"摄影般的记忆"。那些仰慕我的人常常莫须有地这么认为，可我总是说"我只有一种近乎摄影的记忆"。</u>

实际上，我对于自己的记忆力并没有特殊的兴趣。我的记忆也并不比一般正常人好到哪儿去，即使真好一点，当我自我感觉（我很会自我感觉）良好的时候，也会有令人震惊的失误。<u>我曾经有一次盯着我美丽的女儿罗宾看，却没有认出她来。因为我没有想到会在那个时候看见她，而只是隐隐约约地感到那张脸很熟悉。罗宾一点儿也不觉得生气，甚至不觉得惊讶。她对站在一边的朋友说："瞧，我告诉过你，我要是站在这里不说话，他不会认出我来的。"</u>

批：父亲"怀疑我不同寻常"，实际上也是对"我"的激励；而批评"我"的失误时，"却毫不犹豫"，可谓宽严相济。

批：对比中突出"我"具有"一种近乎摄影的记忆"，这也是"我"因此出众的原因之一。

批：这个细节生动地告诉我们，作者的"记忆也并不比一般正常人好到哪儿去"，甚至"会有令人震惊的失误"。作者所谓的"神童"与人们一般意义上所说的"神童"并不是一样的。

对于我感兴趣的东西(这种事也真不少),我完全可以立即辨认出来。有一次我外出,我的第一个妻子格特鲁德和她的兄弟约翰发生了一点小争论,他们让小罗宾(当时大约只有 10 岁)到我办公室里去取相应的一卷《不列颠百科全书》来解决争论。

罗宾很不情愿地去了。她说:"要是爸爸在家就好了。那样的话,你们就只要去问他就行了。"

尽管如此,凡事都有利弊。我也许在小时候有很好的记忆,对于事物有很好的理解能力。但是我没有经验,对人的本性了解不够。我没有意识到其他孩子不喜欢我知道得比他们多,学得比他们快。

(我觉得很奇怪,为什么一个人体力上显得优越会引起他的同学们的敬佩,而智力上表现优越反而会成为他们憎恨的对象?是否有一种潜意识以大脑而不是肌肉来划分人群:体力不好的孩子只是不好,而那些不聪明的孩子却觉得自己低人一等?我不知道。)

问题是我没有设法掩盖我智力上的优越。我每天都在班上显露出这一点。我永远永远永远没有想到在这件事情上要"谦虚"。我一直很美滋滋地露出我很聪明的样子,结果可想而知。

特别是就我的年龄而言,我又矮小又瘦弱,是班上年纪最小的(因为我不断地往前赶,最终我比班上的同学小两岁半,而且仍然是最"聪明的孩子")。

我成了代人受过的替罪羊。我真的是替罪羊。

最终,我明白了为什么我是替罪羊。但是我花了许多年才接受这一点:因为我无法把自己光彩夺目的才华掩饰起来。事实上,我作为替罪羊的局面直到我二十多岁才彻底得到改变。(我不想夸大其词。我从未受到身体伤害,我只是受到嘲笑戏弄,被排斥在我的同龄人的圈子外面——这些我都能够忍

批:看来"神童"之"神"关键在于兴趣。

批:作者的这一经历告诉我们,"很好的记忆""很好的理解能力"固然很重要,有时我们也应该懂得一些为人处世的道理。

批:作者的"困惑"不无道理,人类是以智慧自诩的高等动物,自然不喜欢自己被认为不聪明,更不愿意自己的智力被人认为低人一等。

批:这也许也是许多聪明的孩子并不被同伴喜欢的原因吧。

批:"神童"往往是孤独的,因为其同龄人不愿意与"神童"交往,也顾虑"神童"之"神"反衬了自

受,处之泰然)

最后,我终于明白了。尽管考虑到我撰写和出版了大量的书,以及在这些书中涵盖了大量学科,使我无法掩盖自己不同凡响这个事实,可我终于明白在日常生活中应当尽量藏而不露。我学会了如何"收敛",按照人们的习惯行事。

结果是我有了许多朋友。他们对我有很深的感情,我对他们也抱有很深的感情。

如果一个小神童能够在掌握人类的天性方面,而不仅仅是在记忆方面和智力上有奇才的话那就好了。话虽如此,并非一切都是天生的。人生许多事理只有随着经验的积累才能领悟。谁能比我更快更轻松地学会这些,那他就是幸运的。

(黄群/译)

己之"愚"。

批:我们应该从作者的感悟中受到启发,为人处世许多时候的确是低调些要好点,至少可以减少自己成为众矢之的的次数。"藏而不露""收敛",也的确可以帮我们赢得更多的朋友。

批:看来,一个真正的"神童",光是"在记忆方面和智力上有奇才"也是不够的,懂得一些人生经验也是很有必要的。

神童是怎样炼成的

《小神童》是阿西莫夫自传《人生舞台》的第一部分,全书写得坦诚率真,在极平易的语言中充盈着睿智和哲理,使人读后不仅能了解阿西莫夫这位奇才辉煌的一生,而且能引发读者更深刻地领悟人生的真谛。自传对写作、信仰、道德、友谊、战争、生死等诸多重大问题的见解一一娓娓道来。节选部分同样如此。阿西莫夫11岁就开始写小说,19岁稿子就卖给了科幻杂志社,确实称得上是个"神童"。但作者在文中没有过多地炫耀作为"神童"的神奇之处,而是侧重叙述自己成为"神童"过程中的感悟,在平实的叙述中给读者以人生哲理的启示。

艾萨克·阿西莫夫的经历告诉我们,光是智力突出的人只是一个"平面人",只有智力、情感、社会交往、职业技艺都表现出色的人才是比较完善的"立体人"。今天,刻意想把自己的孩子培养成"小神童"的家长可以说比比皆是。阿西莫夫在自传中根据自己的切身经历,对此提出了善意的批评。他呼吁"多给孩子留一点空间",他说:"根据我的经验,真正聪明的孩子自会成功地使自己为人称颂,无须亲人盲目地夸耀。"这是此文给我们最深刻的启示。

阿西莫夫记忆超凡,他博览群书,有很深厚的文学底蕴。他甚至能够随意背诵莎士比亚的作品。对他来说,要做到文辞华美绝非难事。然而,在他的作品中却很难见到华丽辞藻的堆砌和语句的刻意雕琢。他的作品"故意采用一种简单的甚至口语化的风格"。他认为"写得明晰比写得华美更加困难"。本文语言就具有通俗畅达的特点。
（子夜霜、周流清）

新的自传

这年冬天的这场病,在我生活中造成许多复杂的情况。我的邮件泛滥成灾,住院期间珍妮特（注:珍妮特,艾萨克·阿西莫夫的第二任妻子）挑选重要的信件带给我,在医院里处理了一些。可大部分得等我回去再处理。公寓里我那两间房间堆满了信件和包裹,我只好一点点地处理。

我甚至还写了一篇谈论未来汽车的文章。对方坦率提出要我作一点小小的修改,但是我在医院里没法做此事。

幸好,我按惯例在截止日期前很早就提前完成了F&SF（注:F&SF,美国《小说与科幻》杂志）的文章和我那份杂志的编者的话。即使3个月不动笔也没问题。当那个倒霉的冬天过去时,我仍然赶在前面,不久就又回到了遥遥领先于交稿日期的位置。

为报业辛迪加写文章就是另外一回事了,它必须要与某件新的事件联系在一起,因此我一般只在截止日期前一个星期完成。我被迫写信解释说在出院之前,我无法为专栏撰稿。我寄希望于前三年我的稿件从未脱期,他们会允许我因病暂停。

他们说:"当然可以。"报社把我空下来的4期专栏全部用来重新发表我以前写的文章。他们这么做真不错,这样专栏的固定读者就不会忘记我。我立即写了另一封信,说重新登的文章,我没有出什么力,所以我不能收钱。

他们必定请教了道布尔戴出版公司,立即回答:"别发傻了,艾萨克。"他们悉数照付给我稿酬。

我不得不一共取消了3场演讲,而且令人难堪的是——我居然生平第一次没能及时申报所得税资料。我的会计师只好要求延期,不过,我觉得我有正当的理由。

顺便说一句,珍妮特自始至终可以说是照顾我的天使。她每天来,把邮件和其他我需要的东西带来。晚上大部分时间和我在一起。她总是情绪饱满,快乐。她容忍了我的坏脾气,从精神上给我安慰。

罗宾定期来看望我,替换珍妮特,让她回家去好好打个盹。詹尼弗也来看过我多次。我尽最大的努力让人们不要来探视,我不愿打乱别人的日程安排,我觉得让他们来探望一个睡懒觉的老头是件可耻的事。斯坦和鲁思来过,我的律师唐·拉文索尔也来过,我的经纪人罗伯特·沃尼克（Robert Wamick）和其他朋友都来过。马蒂·格林伯格来探望过我两次,他每天晚上都打电话给我。

当然,医生一直不停地来看我:保罗·埃瑟曼、彼得·帕斯特纳克、杰里·洛温斯坦和一大批别的医生。护士来量血压,喂药片,点滴抗生素。服务人员进来擦洗地板,送饭,换水。这病房简直是活动频繁的疯人院，没有一件使我特别高兴的事(除了食物)。

在静脉输抗生素的时候，我什么事也不能干，只好看电视。我被迫去看那些在我头脑正常的时候，决不会允许出现在我们家，或者只要我能办到，就决不会允许出现在我们那个城市的节目。现在我劲头十足地观看这些节目，借以打发输液的时间，否则输液时间简直是煎熬，慢得难以忍受。

这倒也并不全是损失。1990年1月26日，那天在医院里，珍妮特劝我最好开始动笔写我的第三本自传。

我只好笑笑，她在我生病期间，一直有种不切实际的乐观态度，想要使我相信我只要想活就可以一直活下去。现在，她这种说法仿佛是认为我必须抓紧时间，耗尽最后一点生命去写那本书。我什么也没说，我知道那会使珍妮特不安的。我只是说："我前一本自传到现在还只有12年，这期间我的生活更加平淡。真要写的话，我只能说一件事，那就是我写了这个，然后又创作了那个，在这儿演讲，又在那儿作报告。其间的变化只有我的心脏三重搭桥手术和目前的病况，那样读起来会很压抑的。"

她说："不要写流水账。写一些主观的东西，谈谈你的想法。"

我说："那也只有12年的时间。"

她说："你从头开始写，以回忆的方式写你的一生，但是不要写那没完没了的具体细节。谈那些重要的事件，以及你的反应。毕竟，许多人从未看过前两本自传；即使看过，你只要以一种不同的方式去讲述，他们也会感兴趣的。"

我其实并不当真相信这话，我不是一位哲人，我不会轻易相信人们渴望了解我的想法。然而，我知道我有一种使人愉快的写作风格，不论我写什么都可以看下去。我还有种感觉自己正在与死亡赛跑。我一如既往，只想让珍妮特高兴。

所以我立即开始写这本书。只写了几页之后，它就抓住了我。(凡是读我书的人都知道我最感兴趣的话题是我自己)到我第二次被叫回医院关禁闭的时候，我已经写了105页，我很遗憾地放下这本书，不知道究竟是否还能完成。

我住医院时，理所当然地随身带上一大本拍纸簿和几支笔，以备万一有时间我可以写。当然有时间——立即就有。

于是我开始在拍纸簿上草草写起来。几天工夫，我写好了一篇新的黑鳏夫故事《闹鬼的小屋》(*The Haunted Cabin*)，然后又写了一篇阿撒泻勒的故事。[《闹鬼的小屋》讲的是一件我第一次住院期间发生的真事。我把它卖给了EQMM(注：EQMM，《埃勒里·奎因神秘》杂志)]

2月9日，珍妮特进来的时候发现我在潦草地写东西，就问我在写什么。我告诉了她。

她说："你为什么写那个? 为什么不写你的自传?"

我说："我要前两本自传和日记，按年代把事情理顺。"

她说："我早就对你说过了，不需要严格地按年份排列。只要写你想起来的事情，列出许多个标题就可以了。等你准备最后定稿时，可以再根据你的思路把它们重新排列。"

她说的当然很正确。我一个话题接着一个话题写，而不是一天挨着一天写，我可以把这些话题想放在哪儿就放在哪儿。我整天愉快地写作，除了输液或者有人（无论是医生、护士、服务员，还是家人和朋友）来访的时候。珍妮特不在医院陪夜的时候，我早晨5点醒来（我平常就在这时候醒），打开灯，开始奋笔疾书。早饭前有3个小时，那是全天最好的时间。唯一打断我的只有量血压、抽血、发药（加上保罗的探视）。

到出医院时，我已经用很小的字写了250页以上。它不仅使我不至于发疯，而且使我感到很快活，心情舒畅。

只有一件事我很生气，那就是所有来的人看见我在写东西，就会问我在干什么，当我作解释时，他们总是一成不变地想要劝我买台可以放在膝上用的计算机。我告诉他们（到第10个人时我已经很不耐烦了），我喜欢用手写。我不知道有没有人会相信我的话。

我一出医院，就继续努力地写自传。如果这是一场与死亡的赛跑，那么看来我要赢了，因为按计划，今天，1990年5月28日，我将完成这本书。从开始到现在正好4个月。我要再看一遍，作些最后的润饰，但是我希望在一两个星期内交到道布尔戴出版公司去。

它比道布尔戴出版公司要求的稍长了一些（长了50%），不过，它出一卷就行了。除了一些象征性的修改，我将尽可能不让他们删除什么内容。

[美国]艾萨克·阿西莫夫/文，黄群/译

品读

艾萨克·阿西莫夫（Isaac Asimov，1920年1月2日~1992年4月6日），美国最著名的科普作家、科幻小说家、文学评论家、生物化学家、历史学者，美国科幻小说黄金时代的代表人物之一，与罗伯特·海因莱因、亚瑟·克拉克并列为科幻小说三巨头。阿西莫夫一生著述近500本，是公认的科幻大师。其作品中以《基地系列》《银河帝国三部曲》《机器人系列》三大系列被誉为"科幻圣经"。

《新的自传》是阿西莫夫自传《人生舞台》的结尾。阿西莫夫在去世前两年完成了这本自传《人生舞台》，书中向世人讲述了他的一生。这本书写得真实而坦诚，使人读后不仅能够了解这位伟人辉煌的一生，更可以感受到他那非凡的人格魅力。阅读这本《人生舞台》，就像是坐在一位朋友、一位智者对面，听他侃侃而谈。他那富含哲理的话语，会使人对人生有一种新的领悟。

"生与死""天堂与地狱"，都是人们经常讨论的话题。阿西莫夫在自传中对这些问题的议论言简意赅。他认为人死了，就是永无止境的休眠，没有什么灵魂、天堂、地狱。正因为他有着十分理智的生死观，所以能够十分坦然地面对死亡。他不寄希望于渺茫的来世，而是牢牢把握住现实的生命，笔耕不辍，直到最后。《新的自传》写的是阿西莫夫在他病中坚持写作的情况，读者从中可以感受到他的可贵精神。

这 家 伙

◇[中国]流沙河

读点

亦正亦反,求真,求是,才是诗人本色。
亦庄亦谐,语言风趣幽默,彰显严肃生活态度。

这家伙瘦得像一条老豇豆悬摇在秋风里。别可
怜他,他精神好得很,一天到晚,信口雌黄,废话特
多。他那鸟嘴1957年就惹过祸了,至今不肯自噤。
自我表现嘛,不到黄河心不死!

说他是诗人,我表示怀疑。

第一,据我观察,他几乎不读诗。每天他溜下楼
一两次,到街上去逛报刊亭。诗歌刊物啦别的文学
刊物啦他一本都不买,倒去买些莫名其妙的印刷品,
而且期期必买,诸如《化石》《海洋》《科学画报》《自
然之谜》《飞碟探索》《天文爱好者》《知识就是力量》
《环球》《世界之窗》《世界博览》《东西南北》《现代
世界警察》《新华文摘》《读者文摘》《青年文摘》《台
港与海外文摘》。这类玩意儿对写诗有个屁用,他倒
夜夜狂读不已,好比吸毒上瘾一般。此外他还嗜好
侦破小说——低级趣味!

第二,据我了解,前几年他确实写过诗,近两年
几乎不再写诗了。江郎才尽,所以他才去写些莫名
其妙的文章,骗稿费嘛。几乎不写诗了,还算什么诗
人!

批:比喻画其形,评述画其神,形神
兼备。

批:"鸟嘴"紧承上文"信口",自然
引出灾难,无有意为之之痕;
"不肯自噤",历灾难而不改求
是精神是其性格。

批:流沙河无疑是一个著名诗人,
作诗而不专读诗,而是杂读。
其实,优秀的作家也是一个杂
家,唯其杂,方能写得深刻。

批:并非"低级趣味",而是一种兴
趣。

批:由天上的诗降临到人间的文,
作者不再写诗,实际上也是人
生经历使然。诗和文与人生经

最可笑的是,第三,他根本谈不出写诗经验。有那些写诗的年轻人在会上诚心诚意向他取经,他却惊惊诧诧支支吾吾都谈不出来。那副窘态就别提了。其实写诗经验很容易谈。谁请我谈,我就大谈特谈,而且随时谈,传帮带嘛,有责任嘛。他谈不出来,证明他肚子里没有货。没有货就不谈,也算实事求是。可是他忸怩了老半天,嗨,居然谈起来了。他发言说(表情非常诚恳):"我有一条宝贵经验,就是<u>字迹清清楚楚,不要草得龙飞凤舞,稿面干干净净,不要改得乌猫皂狗。多年来我一贯这样做,所以我的投稿,编辑看了,首先印象不错,相信我是认真写的。我有半分好处,编辑也能发现,这条宝贵意见使我获益不浅。此外便没有任何经验了。</u>"他的这条所谓经验引起哄堂大笑,有喝倒彩的,有鼓反掌的。<u>这老傻瓜,他还扬扬得意,站起身来频频鞠躬。我真替他脸红!</u>

试问,他算什么诗人?

说实在话,这家伙缺乏诗人的气质。<u>看见一树花,他不去联想青春啦爱情啦,倒去细看花蕊,研究什么雌雄同花异花。看见一只鸟,他不去联想蓝天啦自由啦,倒去调查它的古名和洋名。某处风景绝佳,大家都醉了,他一点也不醉,倒去观察山林的滥伐和水质的污染。游泳,他只觉得好玩,一点也联想不到风浪与拼搏。爬山,他只觉得太累,一点也联想不到崎岖与攀登。</u>诗人的气质嘛,就是疯疯傻傻,如梦如醉。他缺乏的正是这个。

看这家伙怎样写诗,实在有趣。<u>他在一张废纸上面涂涂抹抹,一句句地慢慢拼凑,一字字地缓缓雕琢,真是老牛拉破车呢,嘴里还要嘟嘟哝哝,就像和尚念经,看了叫人心烦,又常常停下笔查字典,一点也不爽快。这样磨磨蹭蹭,冷冷静静,斤斤计较,还有屁的灵感!</u>我的经验乃是写诗必须铲除理智,消

历有关,诗需要激情,而文需要沉稳静思,所以人们常说,诗是属于青年人的,而文是属于老年人的。作者写作此文时已年过半百,已步入老年人行列,写文则更适合他了。

批:人缘从第一印象开始,这倒也是真正的人生经验。

批:看似讽刺"他",实在是赞赏其真性情。

批:诗人并非"疯疯傻傻,如梦如醉"才算有气质。诗人有浪漫主义和现实主义之分。流沙河风华正茂的时候突然遭遇了残酷的政治运动,从此在文坛上沉寂了二十余年。这种经历不得不使诗人敛起浪漫式"诗情"。返回文坛后,他仍以诗作为主,记叙自己以往的生活遭遇和心理体验。

批:苦吟、琢磨,这是追求诗歌的至高境界,这恰恰显示了诗人严谨的文风。

灭逻辑思维，只用形象思维，昂扬主观战斗精神，进入狂迷状态，一气呵成，势如长江大河，直泻千里，绝对不能拖拖拉拉，误了灵感，尤其不能改来改去，失了灵气。用字妥不妥，造句通不通，又不是中学生写作文，管它做啥！

总而言之，这家伙不是写诗的材料。

最讨厌的是这家伙写诗写文念念不忘 1957 年，死死揪住"文化大革命"不放。我认为他是在"配合政治"。诗嘛，能给读者以美感享受就行了，何必去说政治。什么叫美感享受呢？就是读了心头觉得舒服，好比夏天吃冰糕，冬天吃狗肉。对，诗就是冰糕，诗就是狗肉。诗不是火，更不是剑，连辣椒都不是。诗不能伤任何人的感情和胃口，必须是 Pure Poetry（纯诗），离政治愈远愈有生命力。他写的那些诗老是纠缠旧账，还夹杂着个人怨气，不但毫无美感享受可言，而且在方向上大成问题。还是向后看呀，不好！

何况忧国忧民根本不是诗人的事。忧患意识乃是闭锁性的落后意识。多讲艺术吧，少谈政治吧，宁效李白之飘逸，勿学杜甫之沉郁。你看人家李商隐的无题诸篇，多妙！

说到诗风，这家伙极顽固，人家都在更新观念，纷纷地"现代"了，他还在弄传统、讲求形式节奏之美和音韵平仄之美，要求易懂，要求朗朗上口，真他妈的见鬼！我相信年轻人决不愿意读他的诗。历史将淘汰他，无情地！

这家伙最怕我，每次去看他，他都躲入镜子，和我对骂，就是不敢出来。

1985 年 7 月 23 日在成都

批："狂迷状态"是一种作诗的境界，"缓缓雕琢"也是一种作诗的境界，一个是浪漫主义，一个是现实主义，作者否定自己是诗人，实际是说自己不是浪漫主义诗人，而事实上，作者可以说是现实主义诗人。

批：1957 年是诗人的人生拐点，诗人并非因个人遭遇而"揪住"不放，而是为了反映现实。

批：这是对诗的美感的一种形象理解。

批：现实主义与浪漫主义，是诗歌的两种不同风格的创作方法，无高低贵贱之分。

批：借诗的"现代"做法反衬诗人对"传统"的坚守。

批：诗人的诗不是为了迎合读者，而是坚守"传统"。

批：方知是自传，如此自传竟是如此之妙。

亦庄亦谐，风趣天成

流沙河(1931 年 11 月 11 日~　　)，原名余勋坦，中国当代诗人、散文家。代表作有《流沙河诗集》《故园六咏》。

《这家伙》是一篇别出心裁的自传。诗人流沙河以自我贬损的方式，诙谐幽默地向读者展示了自己的独特个性和艺术追求。"这家伙瘦得像一条老豇豆悬摇在秋风里"，新奇的比喻生动地写出了自己的外表特征和精神风貌，让读者耳目一新，并产生一种强烈的阅读欲望。接下来，文章条理清晰地分析了为什么怀疑他是个诗人。然而，诗人极力否定自己是诗人，而这些见解恰恰表明他不仅是一位诗人，而且是一位对诗歌艺术有着独特见解的现实主义诗人，只不过他否定的是自己是浪漫主义诗人。

流沙河是我国著名的诗人，他曾被打成"右派"，被下放到农村"改造"，但他是个乐天派，性格豪爽，不计小事得失，仍然陶醉于诗歌的创作。这篇短文采用"反证法"文体样式来表述，介绍了自己的学习、创作、思想情况，让人感觉到他是个个性鲜明的诗人；表面看似放浪实则含蓄，在否定中肯定了人物的思想状态，表现出人物的性格特征。

文中反语俯拾皆是，随处可见。从开头的"这家伙""信口雌黄，废话特多""鸟嘴"到篇末的观念"极顽固""历史将淘汰他，无情地"，幽默和自嘲贯穿文章的始终，但在这种幽默和诙谐之中，处处表达了自己的艺术主张，展示了自己的特立独行，也表达了诗人乐观的人生态度。"这家伙"既是对自己的调侃，也是在"不小心"中流露出了对自己的喜爱。真是亦庄亦谐真性情，风趣天成见功夫。(子夜霜、夏发祥、杨新成)

机会在敲门

英国著名小说家艾略特曾经写道："生命巨流中的黄金时刻稍纵即逝，除了沙砾之外我们别无所见；天使前来探访，我们却当面不识，失之交臂。"

20 世纪的美国人也有一句俗谚："通往失败的路上处处是错失了的机会。"

坐待幸运从前门进来的人，往往忽略了从后窗进入的机会。

马娇丽就是这样一个人。她在一家小型制造业公司谋得一份好差事，可是上司要她做一件不在她职责范围内的工作，她拒绝了。不久以后，在另一个部门的一位同事问她愿不愿意尝试那个部门的工作，她再度回绝。马娇丽不愿担负其他任何任务，除非加她的薪，升她的职。她没有看出送到她眼前的机会。假使她接受新任务并且顺利完成，她就极有资格要求加薪和升职了。结果部门经理认为她不思进取,不愿成长。

我们常把机会拟人化,误以为幸运之神真的存在,许多人就坐待机会来敲门。

可惜的是,机会从来不会自动前来敲门。不管你等待多少年,也听不到它的敲门声。

原因是,机会并非外界的生存实体,它在你的内心之中,你就是机会。

只有你能制造机会,只有你能发挥自己的能力来利用机会,只有你能发现机会,从而把失败与挫折转变为成功与满足。

有些人给机会下了偏狭的定义,认为是指一笔交易成功或一次职务升迁。其实机会所涵盖的范围很广,它意味着众人皆陷入消极的泥潭中时,你却能寻出一条积极思考的途径。机会是在强大压力之下圆满完成任务;机会是不卷入办公室里的钩心斗角;机会是不受紧张、冲突和自疑的牵绊;机会是接纳自己的一切,求得内心的宁静,并享受充满自信的愉悦。

朝向一个值得努力的目标前进,尽量利用造物主慷慨赐予你的才华和能力,机会就在其中。

当你不再打击自己,自然就会开始认清机会所在。

当你不再担心别人怎么想,你就会开始发掘出无穷的机会。

当你不再想象着前途多舛,你就会开始掌握机会。

当你不再为昔日的挫败烦恼,你就会开始为自己创造机会。

记住,任何人都有失意和挫折的时候,但是人人也都有丰富的潜力。不快乐的人只看见自己的错处和弱点,满心喜悦的人则专注于自己内心的力量和创造力。

你怎样为自己开创机会?你要不断地探索、发现并且适应新来乍到的机遇。

更重要的是,你要保持心胸开放与乐观。

不久,你就会听到机会在敲门,不是敲你的前门,而是叩你的心扉。

[美国]魏特利·薇特/文,尹萍/译

品 读

《机会在敲门》中,作者赋予机会以人的性格,引名言俗谚,举身边事例,论证了与其消极地坐等机会来敲门,不如积极地去制造机会,利用机会。文中针对有些人对机会的片面、狭隘的理解,揭示出机会丰富的含义,使读者对机会有了全面的正确的理解。

"机会"有时候就像流星一样,稍纵即逝。如果你是一个有心人,就可以紧紧地把握住它。"机会"有时候是藏在花丛中的一朵鲜花,需要你拨开叶子,才可以发现它。机会需要等待,但更需要你努力去争取。

女中豪杰

伟大的发现

◇[法国]艾芙·居里

读点

鲜明的对比刻画出人物崇高的形象。
伟大的发现源自对科学的满腔热忱。

　　我（注：本文选自《居里夫人传》，艾芙·居里是居里夫人和皮埃尔·居里的小女儿，艾芙·居里是以母亲的身份为母亲写的自传）决定要做博士论文了。当时，亨利·贝克莱尔（Henry Becquerel）正在从事稀有金属铀盐的实验。这是一种非常有意思的实验，引起了我的关注。当贝克莱尔把铀盐用不透光的黑纸密封之后放在照相底片上，便发现底片会被感光，仿佛受到日光照射过似的。贝克莱尔认为，底片之所以被感光，是因为铀盐能放射出一种射线，而这种射线又与日光有所不同，它能穿透不透光的黑纸。此外，贝克莱尔还通过实验证明这种射线能够使得验电器放电。一开始，贝克莱尔错以为铀盐射线的产生是因为铀盐曾经在日光下暴晒造成的，但他后来发现铀盐在黑暗中存放几个月之后，仍旧可以放出这种新发现的射线。

批："非常有意思"，写出了居里夫人对科学实验的热爱。

批：写贝克莱尔新发现的射线，自然引出居里夫人及丈夫对这种射线的兴趣及研究。

　　皮埃尔和我都对这种新发现的射线有极大兴趣，并决心对它的性质加以研究。如果想研究这种新射线，首先得对它作精确的定量测量。我于是便利用验电器放电的特性进行测量，不过我没有像贝

批：唯有对科学的热爱和敏感才能有如此的"兴趣"和"决心"。

克莱尔那样使用一般的验电器,而是用了一种能作出定量测量的设备。我当初用来测量的这些设备的模型,现已陈列在美国费城医学院。

不久,我们便获得了有趣的结果。我们的实验结果证明,这种射线的放射实际上是铀元素的原子特性之一,而与铀盐的物理和化学性质无关。任何铀盐,只要是所含铀元素越多,它放出的射线也就越强。

我于是又想进一步地弄清楚,是不是还有其他的元素也能像铀盐一样放射出同样的射线?很快我便发现,钍元素也具有同样的特性。

正当我准备对铀和钍的放射性作进一步的研究的时候,我又发现了一个新的有意思的情况。

我曾有机会用放射性方法检验过一定数量的矿石。如果这些矿石能够产生相同的射线的话,那就可以确定它们含有铀或钍。如果这些矿石的放射强度与矿石所含的铀或钍的成分成正比的话,那就没什么可以惊诧的了,但事实上却大不一样,有些矿石放出的放射性强度是铀的三四倍。我对这一新发现进行了仔细的查核,最后认定这是毋庸置疑的事实。我对这一现象进行了认真的分析,得出的只有一种解释:在这种矿石中含有一种未知的元素,其放射性远远超过铀和钍。皮埃尔对我的分析表示赞同,于是我便希望能够尽快发现这一未知的元素。

我深信,只要我和皮埃尔齐心协力,就一定能够获得成功。但是,随着研究的深入,我们已经走上了一条通向新科学之路,这是我们开始时所没有预料到的,而且,我从此就再也没有离开过这条新的科学之路。

一开始,我并没有指望这种矿石含有较多数量的新元素,因为它早就被人再三地研究分析过了。我最初的估计是,这种矿石的新元素的含量超不过

批:"有趣"写出对科学实验结果的欣喜,同时,也隐含科学实验充满乐趣。

批:科学的探索不止于当前的研究成果,"向前进"永远是科学家的追求。

批:科学实验总是那样富有魅力和乐趣。

批:假设验证是一种常用的科学实验方法。

批:"仔细""认真",可以看出科学实验是一项严谨而科学的工作,需要细致的工作态度。

批:科学的探索之路需要探索者对未来抱有必胜的信心。

批:科学实验就是在一次又一次地

百万分之一。随着研究的不断深入，我们发现我的这种估计还是太高，真实的含量要大大地小于百万分之一。这就更加说明这种新元素的放射性极强。假若一开始我们就知道这种含量极其微乎其微的话，我真不知道自己还是否有决心有勇气坚持下去，因为我们的设备很差，经费又不足。现在回想起来，幸亏不知道难度会这么大，所以决心才很大，真正干起来之后，尽管发现困难重重，但研究的成果却在不断地显现，所以劲头儿也就大增，不去想那些困难了。经过几年的勤奋刻苦的努力之后，我们终于把这种新元素分离出来了，它就是今天人人皆知的镭。现在我把我们的研究和发现它的情况简略地介绍一下。

　　开始研究时，我们并不了解这种未知的元素的任何化学性质，只是知道它的放射性极强，于是我们就紧紧抓住这条唯一的线索不放，穷追不舍。第一步就是想法从圣约阿希姆斯塔尔运来铀沥青矿，对它进行分析研究。除利用常用的化学分析方法以外，我们还用皮埃尔发明的精密计电器，精确地测量不同部位的放射性。这种方法今天已成为一种新的化学分析法的基础了。后来，这一分析法被逐渐地加以改进完善，为许多人所采用，而且他们因此也发现了其他几种放射性元素。

　　干了没几个星期，我们便深信我们的预测是正确的，因为未知的那个新元素的放射性在有规律地增强。又过了几个月，我们便从铀沥青中分离出一种与铋混合在一起的元素，其放射性大大超过铀元素，这种新元素具有明确的化学性质。1898 年 7 月，我们便宣布了这种新元素的存在，并命名它为钋，以怀念我的祖国波兰（钋原名为 Polonium，与波兰 Pologne 一词近似）。

　　在发现钋的同时，我们还发现从铀沥青矿里分

批：否定自己的假设中前进的。

批：任何科学实验都会遇到重重困难，科学实验的成功也是在一步步克服困难之后才得来的。

批：科学实验需要的是执着和"穷追不舍"的精神。

批：科学实验需要运用科学实验方法。

批：一项科学实验的成功往往需要花费几个月甚至几年的时间。

批：新元素的命名，可见居里夫人的爱国情怀。

批：对未知元素的紧追不舍体现了

离出来的钡盐中含有另一种未知的元素。我们随即又紧张地工作了几个月，终于分离出来第二种新元素，我们后来才知道它比钋更为重要。1898年12月，我们宣布了这一发现，命名这种新元素为镭。

尽管我们确信我们已经发现了这两种新的元素，但仍然有许多实际的工作需要我们去做，因为我们只是利用放射性的特性从铋盐和钡盐中发现了含量微乎其微的新元素，现在得把它们以纯元素的形式分离出来。我们立即投入到这一工作中去。

但是，这项工作并不容易，因为我们的设备条件太差，而且还得需要有大量的原矿来进行化学分析。我们既没钱购买这些原矿，也没有实验室来做分析实验，也没有助手相帮。我们得白手起家，从头干起。如果说我姐夫认为我在巴黎的早期学习时期是我一生中的英勇卓绝的时期的话，那么我敢于毫不夸张地说，我与皮埃尔一起从事这项研究的时期则是我俩共同生活中的最最伟大最最英勇的时期。

从先前的实验中我们相信，在圣约阿希姆斯塔尔炼铀厂冶炼后的铀沥青矿废渣里，一定含有镭元素。该工厂属奥地利管辖，我们设法获准无偿地得到这些废渣。废渣倒并不值钱，但要把它们弄到巴黎却是件令人大伤脑筋的事情。几经周折，我们成功地用袋子装着这些混有松针的褐色废渣，把它们运到我们实验室的门前，那一时刻，我真的是高兴得跳了起来。后来，我们更得知这一袋袋的废渣的放射性比原矿还要强，我们真是惊诧不已。这些废渣原是堆放在工厂外面的松树林里的，没有经过任何处理，对我们来说，真是老天有眼，帮了大忙了。后来，奥地利政府应维也纳科学院的要求，又允许我们以极低的价格购买了好几吨这种废渣。我们从实验室里分离出来的镭，全是利用的这些废渣。后来，我收到的那位美国女友赠送的镭是用其他矿石提炼出

批：居里夫人不懈的科学探索精神，正是这种精神，才出现了一个接一个的新发现。

批：可见实验室条件是相当艰苦的。

批：对自己所从事的科学研究工作感到十分的自豪，"最最"二字足见自豪之情。

批：连不值钱的废渣都很难弄到，"大伤脑筋""几经周折""用袋子装"，可见实验之艰辛。

来的。

　　物理和化学学校并未为我们提供合适的实验场地，但幸运的是校长准许我们使用先前作为解剖教学用房的一间废弃的木棚。木棚顶上有一个很大的玻璃天窗，只不过有多处裂痕，一下雨就会漏水。棚内夏天闷热潮湿，冬天阴冷难忍。虽然可以生炉子取暖，但也只是火炉旁边有这么点热气而已。此外，我们还得自己掏钱购置一切必备的仪器装置。木棚里只有一张破旧的松木桌和几个炉台、气灯。做化学实验时，常会产生有毒气体，刺鼻呛人，我们不得不把这种实验移到院子里去做，就这样，棚内仍旧有毒气进来。我们就是在如此恶劣的条件之下，拼命地干着。

批：实验场地条件是相当的恶劣，可见进行实验是相当艰苦的，居里夫妇就是在这样艰苦的环境中发现了镭。

　　尽管如此，我们却觉得在这个极其简陋的木棚中，度过了我们一生中最美好最快乐的时光。有时候，实验不能中断，我们便在木棚里随便做点什么当作午餐，充充饥而已。有的时候，我得用一根与我体重不相上下的大铁棒去搅动沸腾着的沥青铀矿。傍晚时分，工作结束时，我已像是散了架似的，连话都懒得说了。还有的时候，我又得研究精密的结晶，进行分离，必须待在灰尘四起的室内。灰尘会影响浓缩镭的程序，难以保存好分离出来的东西，让我苦恼至极。唯一让我觉得满意的是，没有人前来打扰，我们可以安安静静地做我们的实验。

批：没有对科学研究的热爱和执着，没有对生活的热爱是体会不到这样的快乐的，也不可能做到废寝忘食。

　　实验做得很顺利，眼看令人满意的结果即将获得时，我们会激动不已，说不尽的欢欣鼓舞。但有的时候，干了半天却不见成效，沮丧失望的心情也在困扰着我们。不过，这种情况持续不一会儿，我们就又去考虑新的设想、新的工作了。工作间歇，我俩便在木棚中踱来踱去，一边冷静地思考、讨论正在做的实验，那种喜悦心情也是难以表述的。

批：成功和失败都是居里夫妇前进的动力。

　　有时候，我们夜晚也跑到木棚里去，这也是我们

批：他们既是夫妇又是合作的伙伴，患难与共，同甘共苦，实验既是居里夫妇的工作，也是他们的生活。

的一件高兴的事。我们可以在玻璃瓶或玻璃管里看到我们提炼、分离出来的宝贝在向四周散发出淡淡的光彩，真是美丽动人，令我们既欣喜又激动，那闪烁着的奇光异彩，宛如神话中的神灯的光芒。

几个月的时间里，除了短暂的假期之外，我们从未中断过实验研究。我们的研究越来越明显地向我们表明，我们正一步一步地走向成功。因此，我们的信心也就越来越大了。后来，我们的研究工作日益受到人们的关注。我们不仅可以购买到更多的废渣，而且还可以在工厂里进行初步的提炼，这就大大地方便了我们，使我们有更多的时间去做精确的分离工作。

到了这一阶段，我就专门从事提炼纯净的镭，而皮埃尔则专心研究新元素散发出来的射线的物理性质。直到我们处理完一吨的铀沥青矿渣之后，确定的结果才得出来：在含镭最丰富的矿石中，一吨原矿石所含的镭尚不足几分克。

最后，我们分离出来的物质终于显示出元素应具有的性质来。这种元素具有与其他元素极为不同的光谱。我们还能确定出它的原子量的值远远大于钡。我们是1902年获得这些结果的。当时，我们提炼出来一分克的极其纯净的氯化镭。就这样，确定镭为一种独立元素的必要证据就完全掌握了。这一工作花费了我们四年的时间，说实在的，如果设备齐全，资金充足的话，也许一年足矣。我们孜孜不倦地求得的结果，奠定了放射性这门新的学科的基础。

几年后，我又提炼出几分克绝对纯净的镭盐，并更加精确地测定出了它的原子量。这之后，我还提炼出了纯金属镭元素本身。不过，1902年仍旧是镭的发现及其性质的正式确定的年份。

在这几年中，我们夫妇二人全部心血都用在了研究工作之中，同时，我们的社会地位也发生了变

批：实验的每一次结果就像是"我们"自己哺育的孩子，带给"我们"无尽的欢欣。

批：科学需要顽强的毅力和坚持不懈的精神，"从未中断"说明居里夫妇对科学实验有着执着探索的精神。

批：提炼工作可谓艰辛，收获可谓微小。

批：实验时间之长，工作之艰辛，付出必有收获，再长再难也都是值得的。

批：1902年为镭的发现的确定年份，具有纪念意义。

批：居里夫妇的心血并没有白费，他们的付出得到了社会的认

化。1900年，日内瓦大学意欲聘任皮埃尔为教授，但就在这个时候，巴黎大学却聘他为该校的副教授。而我被聘为位于塞弗尔的女子高等师范学校的教授，所以我们没有前去日内瓦，而是选择留在巴黎。

可。

我在女子高等师范学校工作得非常开心，我想方设法让学生们到实验室去实际实验，以提高她们的动手能力。这所学校的学生都是二十岁上下的女生，都是经过严格的考试才被录取的，入学之后，不努力学习很难通过考试，只有取得了优异成绩方能成为中学的老师。进入该校的学生个个勤奋好学，作为老师的我当然也乐意尽自己的能力去教好她们的物理。

但是，自我们的发现公布之日起，我们的知名度日见高涨，以致实验室的宁静被扰乱了，渐渐地，我们的研究工作就受到了干扰。

1903年，我完成了自己的博士论文，并获得了博士学位。这一年的年末，我和皮埃尔以及贝克莱尔因发现放射性和放射性元素而共同获得诺贝尔物理学奖。获奖之后，报纸杂志大加颂扬，致使我们有好长一段时间没法安心工作，每天都有人登门造访，有的请我们去作报告，有的则向我们约稿。

获得诺贝尔奖是一个很大的殊荣。而且，奖金数额很高，这对我们今后的研究工作大有裨益。美中不足的是，我们已是精疲力竭，两个人往往总有一个体力不支，以致我们都未能在当年前往斯德哥尔摩去领奖和发表演说。一直到1905年，我们才到瑞典首都去的，由皮埃尔作了接受诺贝尔奖的答辞。在那里，我们受到瑞典人民的热情欢迎与接待。

我们在极其恶劣的条件下工作，导致身心疲惫，可现在，由于获奖后，报纸杂志大加颂扬，探访者不断，让我们疲于应付，不胜其烦。我们所喜爱的平静的、规律的生活被完全破坏了，工作和生活全都受到了影响。我已经说过，我们必须不受外界的任何干扰，才能继续正常的家庭生活和科学研究工作。前来探访的人虽说是用心很好，但却不知这样会给我们造成什么样的后果。

（陈筱卿／译）

满腔热忱献身科学的居里夫人

艾芙·居里（1904年12月6日～2007年10月22日），法国科学家皮埃尔·居里与玛丽·居里（即居里夫人）的小女儿。法国音乐教育家和人物传记作家。撰写《居里夫人传》。

玛丽·居里（Marie Curie，1867年11月7日～1934年7月4日），波兰裔法国籍女物理学家、放射化学家。1903年，她和丈夫皮埃尔·居里及亨利·贝克莱尔共同获得了诺贝尔物理学奖，1911年又因放射化学方面的成就获得诺贝尔化学奖。

伟大的发现往往都是需要有对科学研究的满腔热忱和伟大的献身科学的精神。本文记述了居里夫妇提取镭元素的工作情景。全文以极端的艰苦、"极大的快乐"贯穿始终，形象地表现出居里夫人对科学研究的爱恋，以及由这种爱恋所带来的勇于追求、乐于追求、"穷追不舍"的工作热忱以及淡泊名利、献身科学的崇高品质。

居里夫妇他们没有钱，没有实验室，没有人帮助，"白手起家"，木棚极其简陋，但他们并没有退缩，而是把工作日变成了工作月，工作月变成了工作年，锲而不舍，执着探索，在极其简陋的木棚中度过了他们"一生中最美好最快乐的时光"。如果没有那种献身科学的精神以及对工作极端的热忱是很难做得到的。

居里夫人把自己的科学事业称为"纯粹研究"，是纯粹为着探讨真理而研究的，丝毫不存名利之想。科学研究需要宁静，为了宁静，她淡泊名利，与世无争。她说："唯一让我觉得满意的是，没有人前来打扰，我们可以安安静静地做我们的实验。"为了赢得时间，居里夫人甘愿清苦，把绝大部分时间都用在研究上。

全文通过鲜明的对比，有力地揭示了人物的内心世界，突出了人物形象。小木屋的极其简陋与主人公的极大快乐相对比，突出人物献身科学乐于追求的崇高精神世界。极差的实验设备、超强度的劳动与人物的自信乐观相对比，突出人物挑战困难的顽强意志和勇气。提炼镭的极其艰苦的过程和成功的幸福相对比，充分展示出主人公在科学的道路上历尽艰辛获取成功是人生最大快乐的伟大情怀。（陈百胜、屈平）

 芳草地

三克镭

　　1920年5月的一个早晨，一位叫麦隆内夫人的美国记者，几经周折终于在巴黎实验室里见到了镭的发现者。端庄典雅的居里夫人与异常简陋的实验室，给这位美国记者留下了深刻印象。此时，镭问世已经18年了，它当初的身价曾高达75万金法郎。美国记者由此推断，仅凭专利技术，应该早使眼前这位夫人富甲一方了。

　　但事实上，居里夫妇也正是在18年前就放弃了他们的权利，并毫无保留地公布了镭的提纯方法。居里夫人的解释异常平淡："没有人应该因镭致富，它是属于全人类的。"

　　麦隆内夫人困惑不解地问："难道这个世界上就没有你最想要的东西吗？"

　　"有，一克镭，以便我的研究。可18年后的今天我买不起，它的价格太贵了。"

　　这出乎意料的回答，使麦隆内夫人既感惊讶又非常不平静。镭的提纯技术已使世界各地的商人腰缠万贯，而镭的发现者却困顿至此！她立即飞回美国，打听出一克镭在美国当时的市价是10万美元，便先找了10个女百万富翁，以为同是女人又有钱，她们肯定会解囊相助，万万没想到却碰了壁。这使麦隆内夫人意识到，这不仅仅是一次对金钱的需求，更是一场呼唤公众理解科学、弘扬科学家品格的社会教育。于是，她在全美妇女中奔走宣传，最终获得成功。1921年5月20日，美国总统将公众捐献的一克镭赠予居里夫人。

　　数年之后，当居里夫人想在自己的祖国波兰华沙创设一个镭研究院，治疗癌症的时候，美国公众再次为她捐献了第二克镭。

　　一些人认为，居里夫人在对待镭的问题上固执得让人难以理解，在专利书上签个字，所有的困难不是可以解决了吗？居里夫人在后来的自传中回答了这个问题："他们所说的并非没有道理，但我仍相信我们夫妇是对的。人类需要善于实践的人，他们能从工作中取得极大的收获，既不忘记大众的福利，又能保障自己的利益。但人类也需要梦想者，需要醉心于事业的大公无私。"

　　居里夫人一生拥有过三克镭，她把研究出的第一克镭给了科学，公众则把第二克镭和第三克镭回赠给了她。这三克镭展示了一个科学家伟大的人格，并由此唤起了公众对科学的理解。

[美国]迪克·格莱格利/文，佚名/译

 品读

　　居里夫人是伟大的科学家，于1903年和1911年分别获得诺贝尔物理奖和诺贝尔化学奖，取得了举世瞩目的巨大成就，但她对荣誉、金钱看得很平淡，一直过着宁静的生活，"免受人事的侵扰和盛名之累"。

《三克镭》讲述了居里夫人一生中拥有过三克镭的故事,再现了她简朴的生活和无私的奉献精神,向世人展示了居里夫人作为一个科学家的伟大人格:即便是为了科学,也不能将科学研究成果据为己有。这是居里夫人向人类贡献镭的同时作出的另一种贡献,同时提出了公众对科学的理解与支持的问题。

　　居里夫人的三克镭,第一克是自己提炼出来的;第二克是美国记者麦隆内夫人在全美妇女中奔走宣传,美国公众捐献给她的;第三克镭也是美国公众捐献的。作为镭的发现者的居里夫人,不仅没像美国记者推断的那样富甲一方,还如此困顿,正是因为居里夫人没有把镭的专利权据为己有,而是把它献给了全人类。

　　理解居里夫人自传上的一段话是个难点。她说的"人类需要善于实践的人,他们能从工作中取得极大的收获,既不忘记大众的福利,又能保障自己的利益。但人类也需要梦想者,需要醉心于事业的大公无私"一段话,展示了这样两种人生态度:一种是既不忘大众的福利,又能保障自己的利益;一种是醉心于事业的大公无私的理想主义者。这两种人都是有益于社会的。居里夫人对前者也给予了肯定。但居里夫人显然属于后者,她把一切都贡献给了科学,给了全人类。居里夫妇在提炼出第一克镭时,就毫无保留地公布了镭的提纯方法,放弃了专利权。即使是美国公众为她捐献的两克镭,一克用作科学研究,一克用来为祖国创建镭研究院,丝毫也没有为自己。这正是她伟大的人格所在!

心灵的重生之日

◇[美国]菲奥纳·麦克唐纳德

读点

爱心能融解一切矛盾和冲突。
生动描述了海伦·凯勒心灵的重生之日的情景。

1887年3月3日，安妮·沙利文来到图斯库比亚。她现在是21岁，而海伦还不足7岁。这是一个海伦后来称之为"心灵的重生之日"的日子。在这个重要的日子以前，她仅仅是活着。现在，她要开始学习生活了。

批：交代特殊日子，交代安妮与海伦的年龄，照应题目，暗示谁使海伦获得重生。

批："仅仅"，表明以前的活法与以后的活法有区别。

学习并不是件轻松的事。海伦性子很野，脾气暴躁，常常不顾别人只顾她自己。安妮认识到海伦必须首先学会礼貌和自我约束，"……服从是把知识、赞同和爱输入儿童心灵的大门"。没有服从，就不可能使她学会任何东西。在给她的朋友的一封信中，安妮谈到了若干她所面临的问题：

批：说明海伦的本来性格，交代下文两人发生冲突的原因。

批：这与中国"疾学在于尊师"有异曲同工之处。

"让她做诸如梳头、洗手或系鞋带这类最简单的事都要使用强力，当然紧接着就会出现大家都很痛苦的场面。一家人不用说偏向小女孩，尤其是那位父亲，一点儿都见不得他女儿哭泣。"（安妮·沙利文对海伦·凯勒的最初描述："海伦的身上没有苍白和优雅。她个子挺高、健壮、面色红润，奔跑的时候毫无束缚，就像一头小马驹。她丝毫没有一般盲童身上很明显的神经质习惯和痛苦。她的脸很难描述。

批：父亲的溺爱与孩子的任性也是有联系的。

批：沙利文对海伦的最初描述，再现了海伦在她来之前的情况，这与沙利文来之后海伦的变化形成了鲜明的对比，这也这是一张聪明的脸，但是缺乏变化或者灵性什么的。乍一看就能看出来她是个盲人。一只眼睛比另一只大，而且明显地凸出来。她极少微笑。除了她的母亲，她对别人的爱抚没有反应，甚至很不耐烦。她非常容易发脾气和任性。")

安妮决定要制服海伦，不管这么做会使学生和老师双方的感情多么难以接受。安妮迎来的第一次直接冲突发生在家中饭厅里。7 岁的海伦形成了一些非常坏的餐桌上的习惯，她从别人的盘子里拿食物，不管吃什么东西都用手抓。一个星期一的早上，安妮决定不让她吃自己盘子里的东西，于是引发了一场意志的较量。凯勒一家实在不忍心看这样的场景，他们紧接着全部离开了饭厅。安妮锁上门，决定看看事情究竟会如何发展。

哭喊、尖叫、两脚乱踢、试图拿走安妮的椅子不让她坐，可怜的海伦并不感激别人教她该怎么做的苦心。过了一会儿，她见安妮没什么反应，就安静下来，走过去看这段时间安妮在干什么。安妮竟然不露声色地依旧在吃她的早饭！海伦围着餐桌转了一圈，看看还有谁在场，当她发现没有一个人在场时，显得不知所措了。过了几分钟，她回到自己的座位，开始用手吃饭。

安妮递给海伦一把匙子，海伦把它扔到地上。安妮迫使海伦离开椅子把匙子拾起来。她强迫海伦用匙子吃饭，最后海伦不得不屈服了。同样的场景在接下来教海伦叠好她的餐巾的时候又重演了一次。一个小时以后，餐巾整齐地叠放在它的位置上，她俩走出了餐厅。

安妮精疲力竭地倒在她的床上，海伦则来到屋外温暖的阳光下。他们都从对方身上学到了很多有价值的东西。海伦精力充沛、坚定顽强，安妮耐心而充满爱意。

(高湘萍/译)

批：有力地说明了沙利文对于海伦心灵的重生的意义。

批：非常艰难的决策。

批：家长们非常明智的选择，这有利于老师施教，更有利于安妮的健康成长。

批：海伦的动作和神态，再现了一个孩子接受教育前后的微妙变化。

批：运用动作描写，生动地再现了师生间的较量。

批：点明上述较量的情景不止一次，说明教育实施的艰难与反复性。

批：要纠正一个孩子的坏习惯，的确不是一件容易的事情。

精选时间点，突出人物性格

海伦·亚当斯·凯勒(Helen Adams Keller,1880 年 6 月 27 日~1968 年 6 月 1 日)，美国盲聋女作家、教育家、慈善家、社会活动家。她以自强不息的顽强毅力，在安妮·沙利文老师的帮助下，掌握了英、法、德等五国语言。完成了她的一系列著作，并致力于为残疾人造福，建立慈善机构，被美国《时代周刊》评为美国十大英雄偶像，荣获"总统自由勋章"等奖项。主要著作有《假如给我三天光明》《我的生活》《我的老师》等。

《心灵的重生之日》选自《海伦·凯勒传》，本文有以下几个特点：

精选时间点。此传记选取了对海伦来说具有特殊意义的一天来写，即 1887 年 3 月 3 日，海伦后来称之为"心灵的重生之日"。正是因为有了老师安妮的教育与引导、帮助，才有后来有名的海伦·凯勒。

描写形象生动。写安妮纠正海伦身上的坏习惯，引起与海伦的激烈冲突这个场景时，作者运用了动作描写、神态描写，生动再现了冲突场面，十分传神。

突出人物性格。海伦，"性子很野，脾气暴躁，常常不顾别人只顾她自己"，"让她做诸如梳头、洗手或系鞋带这类最简单的事都要使用强力"，当安妮不让海伦抓自己盘子里的东西时，海伦还"哭喊、尖叫、两脚乱踢、试图拿走安妮的椅子不让她坐"，不能理解安妮的苦心，还"围着餐桌转了一圈"，观察有哪些人在场——她是这样一个精力充沛、坚定顽强，同时也任性的小女孩。而安妮有耐心并充满爱意，她教海伦梳头、洗手、系鞋带、叠餐巾，耐心纠正海伦用手抓食和在别人盘里抓食物的习惯。(苏先禄、屈平)

在佛罗伦萨咖啡馆的演讲

我需要新的生命气息，我生来就是为了在紧张工作之余，享受生活的。我们和常人不一样，我们肩负着高于一般道德标准的使命。我们的责任不仅是牺牲自己，而且要实现梦想，要精神饱满地投入到那不可知的伟大战役中去，不畏艰难。

追求美是一个痛苦的经历，但这种追求本身会使我们的灵魂上升到至善至美的境地。我们每战胜一次困难都显示着我们个人意志的又一次强大，使我们的抱负得到一次必要的更新。必须坚定信心，最大限度地施展我们的创造力，并为此艰苦奋斗、超越自我的局限。我们怎能把自己的追求探索限制在常人的道德标准之内呢？一个人如果不能利用本身的能量产生新的追求，进行新的创造，不能肯定自我，冲击一切，那么他只能是一个贪图安逸的小资产阶级分子了，只是一个畸形人。而艺术家,应该是超人。

[意大利]莫迪格利阿尼/文,佚名/译

    阿米地奥·莫迪格利阿尼(Amedeo Modigliani,1884 年 7 月 12 日~1920 年 1 月 24 日),意大利著名画家、雕塑家。他一生始终不得志,但又充满理想、雄心与激情,这使他不得不用酗酒、吸毒来进行自我安抚,并在沉迷中进行创作。

    本篇是莫迪格利阿尼 1903 年 3 月在圣马可广场的佛罗伦萨咖啡馆里所作的演讲。当时莫迪格利阿尼初入社交圈,对世界抱有极大热情,充满了理想、责任心与自信,我们难以保证作此演讲时的莫迪格利阿尼有足够的清醒,但可以想象他的热忱和激情。

    演讲中许多句子显示出艺术家的火热与癫狂,如"我们和常人不一样""我们的责任不仅是牺牲自己",这狂热来源于莫迪格利阿尼本人中不可抑止的性情:虔诚于艺术,关注真、善、美的升华;叛逆传统与现实;追求真正的自由和自我超越。

    莫迪格利阿尼的演讲是迸发而非流淌,他的用词并不精致,语序也不甚合逻辑,但有着但丁式的崇高及火一般的激情,使闻者无不为之动容——这是一个真正的艺术家的呐喊。

天 才 梦

◇[中国] 张爱玲

我是一个古怪的女孩，从小被视为天才，除了发展我的天才外别无生存的目标。然而，当童年的狂想逐渐褪色的时候，我发现我除了天才的梦之外一无所有——所有的只是天才的乖僻缺点。世人原谅瓦格涅[注：通译瓦格纳（Richard Wagner, 1813~1883），德国作曲家、文学家，一生致力于歌剧创作，代表作有《尼伯龙根指环》等]的疏狂，可是他们不会原谅我。

加上一点美国式的宣传，也许我会被誉为神童。我3岁时能背诵唐诗。我还记得摇摇摆摆地立在一个满清遗老的藤椅前朗吟"商女不知亡国恨，隔江犹唱后庭花"，眼看着他的泪珠滚下来。7岁时我写了第一部小说，一个家庭悲剧。遇到笔画复杂的字，我常常跑去问厨子怎样写。第二部小说是关于一个失恋自杀的女郎。我母亲批评说：如果她要自杀，她决不会从上海乘火车到西湖去自溺。可是我因为西湖诗意的背景，终于固执地保存了这一点。

我仅有的课外读物是《西游记》与少量的童话，

批："古怪"，实则是世人的眼光。

批："褪色"，使"狂想"可触可感可见，用词极为传神。

批：充满了无奈和慨叹！

批：笼括2~5段的核心词。

批：简笔勾勒，不事雕琢，却栩栩如生。

批：好学之心，个性尽显。

批：阅读量小，却有思想，还能有创见，确实是神童啊！

但我的思想并不为它们所束缚。8岁那年，我尝试过一篇类似乌托邦的小说，题名《快乐村》。快乐村人是一个好战的高原民族，因克服苗人有功，蒙中国皇帝特许，免征赋税，并予自治权。所以快乐村是一个与外界隔绝的大家庭，自耕自织，保存着部落时代的活泼文化。

批：和桃花源何等相似，展现了一个小女孩超凡的梦幻。

我特地将半打练习簿缝在一起，预期一本洋洋大作，然而不久我就对这伟大的题材失去了兴趣。现在我仍旧保存着我所绘的插图多帧，介绍这种理想社会的服务、建筑、室内装修，包括图书馆、"演武厅"、巧克力店、屋顶花园。公共餐室是荷花池里一座凉亭。我不记得那里有没有电影院——虽然缺少了这文明的产物，他们似乎也过得很好。

批：多么富有想象力，这恰是神童的关键所在。

9岁时，我踌躇着不知道应当选择音乐还是美术做我终身的事业。看了一个描写穷困的画家的影片后，我哭了一场，决定做一个钢琴家，在富丽堂皇的音乐厅里演奏。

批：这与"我"的年龄是多么不相称啊，但就在这不相称中表现了"我"的独立思想，突出了"神"字。

对于色彩、音符、字眼，我极为敏感。当我弹奏钢琴时，我想象那八个音符有不同的个性，穿戴了鲜艳的衣帽携手舞蹈。我学写文章，爱用色彩浓厚、音韵铿锵的字眼，如"珠灰""黄昏""婉妙""splendour"（光彩）、"melancholy"（忧郁），因此常犯了堆砌的毛病。直到现在，我仍然爱看《聊斋志异》与俗气的巴黎时装报告，便是为了这种有吸引力的字眼。

批：善想象，爱用色彩浓厚、音韵铿锵的字眼。其中的拟人手法充满了儿童的灵性。

在学校里我得到自由发展，我的自信心日益坚强。直到我16岁时，我母亲从法国回来，将她睽隔多年的女儿研究了一下。

批：叙述中含对比，行文自然。

"我懊悔从前小心看护你的伤寒症，"她告诉我，"我宁愿看你死，不愿看你活着使你自己处处受痛苦。"

批：在结构上总领下文，在内容上突出了母亲的痛苦。

我发现我不会削苹果。经过艰苦的努力我才学会补袜子。我怕上理发店，怕见客，怕给裁缝试衣

批：列举种种生活方面的"弱智"，"我"的确是现实社会里的一个

裳。许多人尝试过教我织绒线，可是没有一个成功。在一间房里住了两年，问我电铃在哪儿我还茫然。我天天乘黄包车上医院去打针，接连三个月，仍然不认识那条路。总而言之，在现实的社会里，我等于一个废物。

我母亲给我两年的时间学习适应环境。她教我煮饭，用肥皂洗衣，练习行路的姿势，看人的眼色，点灯后记得拉上窗帘，照镜子研究面部神态，如果没有幽默天才，千万别说笑话。

在待人接物的常识方面，我显露惊人的愚笨，我的两年计划是一个失败的试验。除了使我的思想失去均衡外，我母亲的沉痛警告没有给我任何的影响。

生活的艺术，有一部分我不是不能领略。我懂得怎么看"七月巧云"，听苏格兰兵吹 bagpipe（风笛），享受微风中的藤椅，吃盐水花生，欣赏雨夜的霓虹灯，从双层公共汽车上伸出手摘树顶的绿叶。在没有人与人交接的场合，我充满了生活的欢悦。可是我一天不能克服这种咬啮性的小烦恼，生命是一袭华美的袍，爬满了蚤子。

批：废物，也无怪乎母亲很痛苦。

批：母亲的细心指导，是希望"我"在现实社会里不痛苦，照应前文母亲的话。

批："愚笨"和上文的"废物"一起，写出了"我"与现实的格格不入。

批：再次回到文学、音乐的个人精神世界里，"我"有着超越常人的生活艺术。

批：一个绝妙的比喻，生命无限美好，但"我"却始终有来自现实的多种多样的小烦恼。

思想与实例浑融

　　张爱玲（1920 年 9 月 30 日～1995 年 9 月 8 日），中国现代作家，本名张煐。中学时期的张爱玲已被视为天才，并且通过了伦敦大学的入学试。张爱玲一生创作大量文学作品，类型包括小说、散文、电影剧本以及文学论著。代表作有小说《金锁记》（1943）、《倾城之恋》（1943）、《半生缘》（1968）。

　　将文章比喻成人，那么思想是灵魂，结构是骨架，材料是肌肉。文章是表现思想的，但是不能仅有思想，还要有对思想的阐释或能证明思想的实例，这样文章才有肉。有了肉，才有文章的不同面貌。

　　《天才梦》一文是张爱玲 19 岁时创作的。这篇传记实现了思想和实例（或阐释）的浑融一体。如，文章的第二段，先亮出"神童"的思想，然后用"我 3 岁时能背诵唐诗。我还记得摇摇摆摆地立在一个满清遗老的藤椅前朗吟'商女不知亡国恨，隔江犹唱后庭花',眼看着他的泪珠滚下来。7岁时我写了第一部小说,一个家庭悲剧。遇到笔画复杂的字,我常常跑去问厨子怎样写……"来充实。再看,文章的第九段,作者先写"我发现我不会削苹果。经过艰苦的努力我才学会补袜子。我怕上理发店,怕见客,怕给裁缝试衣裳。许多人尝试过教我织绒线,可是没有一个成功。在一间房里住了两年,问我电铃在哪儿我还茫然。我天天乘黄包车上医院去打针,接连三个月,仍然不认识那条路"等众多内容,最后用"在现实的社会里,我等于一个废物"这个灵魂来统摄。(吕李永、屈平)

守望天使

圣诞节前几日,邻居的孩子拿了一个纸做的天使来送我。

"这是假的,世界上没有天使,只好用纸做。"汤米把手臂扳住我的短木门,在花园外跟我谈话。

"其实,天使这种东西是有的,我就有两个。"我对孩子闪闪眼睛认真地说。

"在哪里?"汤米疑惑好奇地仰起头问我。

"现在是看不见了,如果你早认识我几年,我还跟他们住在一起呢!"我拉拉孩子的头发。

"在哪里? 他们现在在哪里?"汤米热烈地追问着。

"在那边,那颗星的下面住着他们。"

"真的,你没骗我?"

"真的。"

"如果是天使,你怎么会离开他们呢? 我看还是骗人的。"

"那时候我不知道不明白,不觉得这两个天使在守护着我,连夜间也不合眼地守护着呢!"

"哪有跟天使一起过日子还不知不觉的人?"

"太多了,大部分人都像我一样的不晓得呢!"

"都是小孩子吗? 天使为什么要守着小孩呢?"

"因为上帝分小孩子给天使们之前,先悄悄地把天使的心放到孩子身上去了,孩子还没分到,天使们听到他们孩子心跳的声音,都感动得哭了起来。"

"天使是悲伤的吗? 你说他们哭着?"

"他们常常流泪的,因为太爱他们守护着的孩子,所以往往流了一生的泪,流着泪还不能擦啊,因为翅膀要护着孩子,即使是一秒钟也舍不得放下来找手帕,怕孩子吹了风淋了雨要生病。"

"你胡说,哪里有那么笨的天使。"汤米听得笑了起来,很开心地把自己挂在木栅门上晃来晃去。

"有一天,被守护的孩子总算长大了,孩子对天使说——要走了,又对天使说——请你们不要跟过来,这是很讨人嫌的。"

"天使怎么说?"汤米问着。

"天使吗? 彼此对望了一眼,什么都不说,他们把身边最好最珍贵的东西都给了要走的孩子,这孩子把包袱一背,头也不回地走了。"

"天使关上门哭了,是吧?"

"天使哪里来得及哭,他们连忙飞到高一点的地方去看孩子,孩子越走越快,越走越远,天使们都老了,还是挣扎着拼命向上飞,想再看孩子最后一眼,孩子变成一个小黑点,渐渐地小黑点也看不到了。这时候,两个天使才慢慢地飞回家去,关上门,熄了灯,在黑暗中静静流下泪来。"

"小孩到哪里去了?"汤米问。

"去哪里都不要紧,可怜的是两个老天使,他们失去了孩子,也失去了心,翅膀下面没有了要他们庇护的东西,终于可以休息休息。可是撑了那么久的翅膀,已经僵了,硬了,再也放不下来了。"

"走掉的孩子呢? 难道真不想念守护他们的天使吗?"

"啊! 刮风下雨的时候,他自然会想到有翅膀的好处,也会想念得哭一阵呢!"

"你是说,那个孩子只想念翅膀的好处,并不真想念那两个天使本身啊!"

为着汤米的这句问话,我呆住了好久好久,捏着他做的纸天使,望着黄昏的海面说不出话来。

"后来也会真想天使的。"我慢慢地说。

"什么时候?"

"当孩子知道,他永远也回不去的那一天开始,他会日日夜夜想念着老天使们了啊!"

"为什么回不去了呢?"

"因为离家的孩子,突然在一个早晨醒来,发现自己也长了翅膀,自己也正在变成天使了。"

"有了翅膀还不好,可以飞回去了!"

"这种守望的天使是不会飞的,他们的翅膀是用来遮风挡雨的,不会飞了。"

"翅膀下面是什么? 新天使的工作是不是不一样啊?"

"一样的,翅膀下面是一个小房子,是家,是新来的小孩,是爱,也是眼泪。"

"做这种天使很苦!"汤米严肃地下了结论。

"是很苦,可他们认为这是最最幸福的工作。"

汤米动也不动地盯住我,又问:"你说,你真的有两个这样的天使?"

"真的。"我对他肯定地点点头。

"你为什么不去跟他们在一起?"

"我以前说过,这种天使,是回不去了,一个人的眼睛才亮了,发觉他们原来是天使,以前是不知道的啊!"

"不懂你在说什么。"汤米耸耸肩。

"你有一天长大了就会懂，现在不可能让你知道的，有一天，你爸爸妈妈……"

汤米突然打断了我的话，他大声地说："我爸爸白天在银行上班，晚上在学校教书，从来不在家，不跟我们玩。我妈妈一天到晚在洗衣煮饭扫地，又总是骂我们这些小孩，我的爸爸妈妈一点意思也没有。"

说到这儿，汤米的母亲站在远远的家门，高呼着："汤米，回来吃晚饭，你在哪里？"

"你看，啰不啰唆，一天到晚找我吃饭，吃饭，讨厌透了。"

汤米从木栅门上跳下来，对我点点头，往家的方向跑去，嘴里说着："如果我也有你说的那两个天使就好了，我是不会有这种好运气的。"

汤米，你现在不知道，你将来知道的时候，已经太晚了。

[中国]三毛/文

品读

三毛(1943年3月26日~1991年1月4日)，原名陈懋平，后改名陈平，中国著名女作家。出生于重庆，成长于台北。20世纪70年代以其在撒哈拉沙漠的生活及见闻为背景，以幽默的文笔发表充满异国风情的散文作品成名。代表作有《撒哈拉的故事》《雨季不再来》《稻草人手记》《万水千山走遍》《倾城》《闹学记》。

《守望天使》是一篇谈话式并带有纪实性质的散文，简单朴素地写了作者拥有的两个天使，事实上是作者的父母，也就是天下的父母亲。赞颂父母之爱的文章有很多，从各种角度切入来写的都有，而作者则选择了一个比较新颖的角度：把父母比作守望天使。文中的天使是一生都在为小孩子流泪的，翅膀也只是用来庇护小孩的。他们的工作也只是守护自己的孩子，不让他们受到一点点的风吹雨淋，担心给不了他们最好的，因为翅膀只是用来庇护小孩而不肯放下来休息一会儿，最终变得僵了、硬了，天使们也无怨无悔。但是，被守护的孩子却全然不觉，直到孩子终于长大并最终发觉自己也成了这种守望天使才理解了老天使，只是这时孩子再也无法回到从前了。文章既让人感到悲哀，又让人对这种天使的工作充满敬佩。

维瑞娅：不辱使命的罗马妇女

◇［意大利］薄伽丘

故事情节，生动翔实、引人入胜。
劝说陈词，慷慨激昂、令人感动。
人物形象，爱国爱民、仗义勇为。

　　维瑞娅（Veturia）是一位年迈的罗马贵族妇女，她的一个值得称颂的行为使其晚年永远值得人们纪念。

批：开门见山地指出传主有一个"值得称颂的行为"，自然引出下文所要叙写的故事。

　　她的儿子名叫卡洛斯·马歇斯，十分勇敢，思维敏捷，行动果断。在罗马人围攻沃尔锡人的科利奥里城时，他英勇过人，夺取了该城。人们就以这个城市的名字为称号，称他为"科利奥兰纳斯"。此后，这位青年便在贵族中得到了巨大的支持，乃至没有什么事情他不敢做，也没有什么话他不敢说。

批：概括介绍维瑞娅的儿子卡洛斯·马歇斯及"科利奥兰纳斯"名字的由来，为后文写科利奥兰纳斯的叛国及他的母亲去劝说作铺垫。

　　一次，罗马遇到了饥荒，元老院下令将大量粮食从西西里岛送到罗马。科利奥兰纳斯坚决主张：平民若不恢复并承认贵族们的特权，便不将粮食分给他们。对此，平民虽然在挨饿，心中却充满了敌意。他们提出的条件是让贫民从圣山返回罗马。护民官出于安全考虑，决定选定一个日期来讨论这个问题。

批：交代事件的起因。从卡洛斯·马歇斯的主张中可以看出其特权立场。

　　科利奥兰纳斯对这个决定十分恼怒，拒不出席讨论，因此被判处放逐。他逃到了罗马的敌人沃尔锡人那里。因为勇敢是被普遍尊重的美德，科利奥

批：卡洛斯·马歇斯背叛祖国罗马，并进攻罗马，罗马人派人向他求和。事件的发展。卡洛

兰纳斯受到了他们热情而礼貌的接待,他与阿蒂乌斯·图里厄斯结成联盟,图里厄斯手下的沃尔锡人便再次开始了反对罗马人的战争。科利奥兰纳斯被推为统帅,率领军队,来到了离罗马城四里之外的克鲁利安护堑壕前。他在此地消灭了大量罗马军队,罗马人不得不派使者来见这位被他们流放的敌酋,请求公平议和。

科利奥兰纳斯斥责了使者,然后把他们赶了回去。罗马的求和使者第二次来到科利奥兰纳斯的驻地时,他竟粗暴地拒绝接见。罗马人不得不第三次派出了有身份的祭司和有地位的官员为使者来求和,结果仍然两手空空,失望而归。

罗马人心中充满了绝望,一群身穿纱衣的妇女来到了科利奥兰纳斯的母亲维瑞娅和他妻子伏伦尼娅的屋中,含泪乞求这位年迈的母亲带着科利奥兰纳斯的妻子到敌营去安抚她的儿子,因为罗马男人似乎已无法用武力保卫罗马了,只好派出老妇人为使者。于是,大群妇女便将伏伦尼娅和维瑞娅送到了敌营中。

科利奥兰纳斯听说母亲来了,尽管心中充满愤怒,还是感到很沮丧。他从椅子上站了起来,走出营帐,去迎接母亲。在维瑞娅两旁,一边是科利奥兰纳斯的妻子,一边是他的几个孩子。维瑞娅一见到反叛的儿子便怒火中烧,忘记了她是作为求和使者离开罗马的,此刻虽置身敌营,却不断地斥骂儿子。力量在她柔弱的胸中已被唤起,她对科利奥兰纳斯说道:

"站在你那里别动,你这惹是生非的年轻人!找到了这个营地在拥抱你以前,我想知道你是将我当作母亲,还是将我当作敌方的囚徒。我想,你是在将我当作后者,作为囚徒来对待的。

斯·马歇斯虽然勇敢,但他背叛祖国,为人所不齿。

批:罗马人三次求和都无果而归,为下文维瑞娅去敌营劝说儿子退兵作铺垫,凸现维瑞娅的正直与伟大。事件进一步发展。

批:维瑞娅及一群妇女出使敌营,劝说卡洛斯·马歇斯放下武器。事件进一步发展。

批:"愤怒"是因为罗马竟派他母亲来劝和;"沮丧"表明他知道母亲此行目的,感到为难。

批:正义的力量在母亲内心燃烧,挽救国家于危难之中是任何公民应尽的责任和义务,更何况是自己的儿子在做违背道义的事情呢?

批:立场明确坚定,表明自己为了祖国宁愿做儿子一方的囚徒。

"啊,我是个多么不幸的女人!人人都渴望长寿,但我的长寿,我依然活着,是要使我落到这个地步,目睹你被判处放逐、成为共和国的公敌吗?我问你:你同敌人一样全副武装来到这里,是否知道自己站在什么土地上?你还认识你眼前的这片乡土吗?我想你当然认识。不过,万一你不认识它,我可以告诉你:这就是孕育你的那片土地,你生在这里,我就是在这里将你抚养成人的。

"你居然带着武器,像敌人那样反对自己的国家,侵犯养育自己的故土,残害自己的同胞,你的精神、头脑和感情究竟是怎么了?对你母亲的尊重,对你美丽妻子的爱情,对你孩子们的关心,对你祖国的崇敬,在你率领敌人的军队进入自己的国家时,这些感情就没有了吗?我们说的这一切难道就没有打动你那颗满怀怨愤的心吗?无论因为什么产生的心中怒火,不论有什么理由,难道它们不能扑灭吗?当你一见到这些城墙之时,你是否想到'这里有我的家,这里有我的家居神。这里有我的妻子儿女,这里还有我的母亲,我的行为使她蒙受了苦难和不幸'?

"元老们来找你,祭司们也来找你,多次派使者向你求和,但是,他们却不能打动你的铁石心肠,不能使你按照他们的乞求去做你本该自愿去做的事。我虽是不幸的妇人,但我依然很清楚一点,那就是我的儿子已经遭到了国人的诅咒,因为他将罪恶的矛头指向了我的国家和我自己。我原以为自己生下的儿子是个共和国公民,但现在终于知道了,我生了一个危险的死敌。

"说实话,当初我若没有生下你就好了!我若没有你这个儿子,我们的国家罗马就不会受到围攻。而我,一个可怜的老妇,就能心安理得地老死在一个自由的国家里。可是现在,我却因为你遭遇到了这般恶劣的事情,我真为你感到羞耻。这种不幸的生

批:从母亲角度劝说儿子,"不幸"说明儿子带给她的伤害,更易打动儿子。"公敌"明确指出儿子背叛祖国是不义之举。

批:人最不能离开且最怀念的就是自己的故土,维瑞娅的这几句劝说很有感染力。

批:"居然",说明儿子背叛祖国出人意料,表达了愤怒之情。

批:连用反问句,语气强烈,增强了劝说的力量,具有感染力和说服力。

批:表明维瑞娅的伤心和愤怒。

活，我再也不愿忍受下去了。我死不足惜，是我应得的报应，可是你的这些儿子，你也十分清楚：你若顽固不化，固执下去坚不回头，等待他们的不是早死，就是永远的奴役。"

说完这番话，维瑞娅已是泪流满面了。科利奥兰纳斯的妻子儿女也开始苦苦恳求。人们互相拥抱，前来求和的妇女们哭作一团。她们用各自从内心深处涌出的感人话语、抱怨和祈祷，完成了威严的使者和令人尊敬的祭司未能完成的使命。出于对母亲的尊重，面对如此场面，这位残忍将领的怒气消失了，他不忍心再伤害他们，并把自己的亲人置于死地，他决心改变自己的目的。科利奥兰纳斯拥抱了自己的家人，放他们回去以后，便率军撤离了罗马。

元老院当然不愿意埋没在罗马遭受危机时，这位母亲的巨大功德和仗义勇为的救国行为。没有因为她儿子的忘恩负义而使她的英名失色，他们颁令建造了一座庙宇，以永远纪念维瑞娅的功德，地点就在她平息了儿子怒火的那个地方。在名人泉边，罗马人用砖砌起了一个祭坛。直到现在，这座庙宇仍屹立在该地，整体依然完好无损。

在那之前，女子极少或者说根本没有女人获得过男人的如此尊重，而元老院现在却颁令说："从今以后，凡遇到女人经过时，男人应当止步让路。"至今仍可以见到这个古老的做法。此外还允许女人佩戴东方女子的古老饰物耳环，穿华贵的紫色服装，戴金质胸针和手镯，把自己打扮得漂亮华贵。一些权威还认为元老院的这项法令还允许女子接受任何人赠予的遗产，此前她们并无这项特权。

（苏隆/编译）

批：维瑞娅从家人最后可能出现的严重后果的角度来劝说儿子，从而打动他的心。以上这几段是事件的高潮。

批：责备的眼泪，抱怨的眼泪，悲伤的眼泪，痛楚的眼泪，对祖国对人民之爱的眼泪！

批："威严""令人尊敬"，从侧面写出作者对维瑞娅及这群妇女的崇敬。

批：儿子终于被母亲及众人的言辞感化，撤离了罗马。这是事件的结局。

批：历史和人民永远会记住那些对祖国对人民作出巨大贡献的人，这样的人会永远受到后人的敬仰和膜拜。这是事件的尾声。

批：元老院的颁令从另一个角度说明维瑞娅的公德之高，行为之伟大。从某种程度说，是维瑞娅提高了妇女的地位和待遇。

正义撼动铁石心肠

　　乔万尼·薄伽丘(Giovanni Boccaccio,1313 年 6 月 16 日~1375 年 12 月 21 日),意大利诗人、小说家,意大利文艺复兴运动的杰出代表,人文主义者。他是位才华横溢、勤勉多产的作家。他既以短篇小说、传奇小说蜚声文坛,又擅长写诗,在学术著述上也成就卓著。代表作有小说《菲洛柯洛》(1336)、《十日谈》(1349~1353),长诗《苔塞伊达》(1341)。

　　与其说维瑞娅是怀着救罗马之心去安抚科利奥兰纳斯的,不如说维瑞娅是抱着正义之念去教训逆子的。科利奥兰纳斯为三军统帅,铁骑所指,攻城略地,势不可当;而维瑞娅垂垂老矣,手无寸铁,毅然前去说服儿子,需要勇气,胸中更燃烧正义!

　　在敌营内,维瑞娅义正词严:把母亲当囚徒,让母亲成为不幸的女人!把乡土当战场,忘记了乡土的孕育之恩——无情;率领敌人的军队侵入自己的国家,忘记了"这里有我的家,这里有我的家居神。这里有我的妻子儿女,这里还有我的母亲"——无义;面对元老、祭司和使者的求和,依旧铁石心肠——无理;进攻祖国让母亲无颜面对世人,使得自己的儿子或早死,或成永远的奴役——无智!

　　维瑞娅一番陈词超越了母亲的身份,入情入理,高屋建瓴。正义的感召、良知的拷问和情理的呼唤让科利奥兰纳斯醍醐灌顶,他被仇恨与狭隘扭曲的心灵回复到正常状态,从而作出撤军的决定,罗马屠城悲剧得以避免。这就是正义的力量。(京涛、张大勇、陈百胜)

女性美

　　对待妇女蛮横无理的人,会对一切蛮横无理。女性美是人类的最高表现,在这种美中可以看到新生命的诞生,看到美好事物的生长、开花和凋落。妇女是生活的体现者和创造者,她们对人类的未来怀有最高尚的道德感情。尊重妇女就是尊重生活。集心灵美和身体美为一体的真正的女性美,是产生于劳动人民之中的。在劳动人民看来,女性美除了包括美之外,还应包括女性的软弱,这种软弱使妇女有权享受男人的尊重和关怀。

　　女性美越来越成为整个人类美的主宰。如果妇女理解并珍视自己在新生活形成中的特殊作用,她就不可能是不美的。有多少姑娘并不具有鲜明的外表美,然而她们的魅力却令人神往,这就是因为她们有女性美。

女性美——这是道德纯洁和品行高尚的最高体现,是崇高品德的最高体现。这些特点表现在她们能以纯洁的感情对待和男人的一切道德美学关系上。男人对这些关系的一切隐秘方面不尊重,这对道德高尚的妇女是极大的侮辱。

成为母亲之后,女性美像一朵盛开的鲜花,焕发出全部的力量和美。记住,男人的道德越高尚,妇女和他相处时所发挥的作用就越大,她越能巧妙地利用自己的女性美来加强自己在家庭中的道德威信。在一个美满的家庭里,妻子通常是道德的指导和主宰,丈夫越是服从妻子的意志,孩子就越容易被教育好。这一点你应该铭记在心。

女性美——这是妇女的一种精神力量,它不仅是教育孩子的力量,而且是教育丈夫的力量。这一点你在一些美满的家庭里看得很清楚。假如没有母亲,孩子就不可能对善与恶如此敏感,这样富于人情,这样富于同情心。

大自然和人类发展的历史进程赋予妇女的工作比男人的更精细、更富人情味。我们喜欢妇女的孱弱,这没有什么奇怪的。但是,只有孱弱和巨大的精神力量兼而有之的时候,这个特点才能算作优点。女性美的魅力就高于这种结合之中。在操持家庭时,在教育子女和丈夫时,妻子意志坚定,始终如一和言行一致,所有这些都保证妻子在树立良好的家庭声誉中起主导作用。

[苏联]苏霍姆林斯基/文,佚名/译

品 读

瓦·阿·苏霍姆林斯基(1918年9月28日~1970年9月2日),苏联著名的教育理论家、思想家和实践家。他强调学生作为个人的整体和谐发展,关心儿童的幸福和自我表现。他就儿童教育写有40多部专著、600余篇论文,另外著有1000多篇童话故事。

本文节选自苏霍姆林斯基给儿子的第17封信,他教育儿子要尊重女性,尊重女性就是尊重生活。信中许多语句都堪称经典名言,如,"对待妇女蛮横无理的人,会对一切蛮横无理""女性美是人类的最高表现,在这种美中可以看到新生命的诞生,看到美好事物的生长、开花和凋落""尊重妇女就是尊重生活""如果妇女理解并珍视自己在新生活形成中的特殊作用,她就不可能是不美的""成为母亲之后,女性美像一朵盛开的鲜花,焕发出全部的力量和美""在一个美满的家庭里,妻子通常是道德的指导和主宰,丈夫越是服从妻子的意志,孩子就越容易被教育好""只有孱弱和巨大的精神力量兼而有之的时候,这个特点才能算作优点"……这些都值得读者玩味和借鉴。

科学巨人

牛顿传（节选）

◇ [英国]迈克尔·阿拉比

德雷克·杰特森

读点

简洁的文字，朴实的语言。

传记展示了牛顿复杂的一生、不屈探索的一生。

　　牛顿的童年没有什么特别，很少能够看出他将来会有多大作为。牛顿 1642 年圣诞节那天出生于英格兰东部林肯郡伍尔斯索普一个村庄里，是个早产儿，据说可以把他放进 2 品脱（注：品脱，英制容量单位，1 品脱 = 5.6826 公升）的罐里。父亲是农民，在他出生之前 3 个月就已经去世。牛顿早年的岁月非常艰辛。3 岁的时候，母亲再婚，迁到附近另一个村子里去和第二个丈夫一起生活，把牛顿留给他的祖母照看。母亲一直没有回来，直到 8 年以后她的第二个丈夫去世。牛顿为此经历了许多痛苦。在他的一本笔记中，他承认自己曾威胁"继父史密斯和母亲，要把他们连同房子一起烧掉"。

批：所谓的天才都是后天努力的结果。

批：早产、父亲去世、母亲改嫁、和祖母相依为命，种种的不幸，如此的经历，也难怪人们看不出"牛顿将来会有多大作为"。

批：是坦诚，也是无奈，更是生活不幸的明证。

发明的才能

　　年轻的时候，牛顿在机械模型制造方面显露出相当的才华。例如，他制作的一部风车靠一只耗子在踏车上跑动来转动。他还制造了无数的日晷仪，研究出依靠太阳相当准确地指示时间的方法。有一次，他在放羊的时候设计水车模型入了迷，羊跑到邻

批：举例说明牛顿对设计模型的痴迷，表现牛顿的专注精神。

居的地里也不知道。

　　牛顿还是个小孩时就继承了他父亲的农场。他应当像母亲所希望的那样,接过并管理好农场。<u>然而,这个孩子显然另有所好</u>。1661 年,母亲在她的兄弟建议下,同意把儿子送到剑桥三一学院。在那里,牛顿对数学和天文学产生了浓厚的兴趣。<u>像当时的其他大学一样,这些课程基本上都是以亚里士多德(前 384 ~ 前 322)的理论为基础。但是牛顿开始独立地研究其他更加现代的哲学家,如英国人F·培根(1561 ~ 1626)和法国人笛卡儿(1596 ~ 1650)的著作。</u>

批:对机械制造方面有浓厚兴趣。

批:事实证明,母亲的这个决策是非常英明的。

批:牛顿的这个举动体现出他的探索精神,也为他后来不断取得新的成就打下了基础。

多产的年月

　　1665 年夏天,在伦敦爆发并且导致 75000 人死亡的大瘟疫蔓延到剑桥。剑桥大学因此关闭。牛顿返回伍尔斯索普家乡,<u>第二年整整一年都在家乡度过。1666 年有时被描述为牛顿的奇迹年</u>。他后来自己也说,这一年他的创造力达到高峰,他对数学和哲学的爱好超过了一生中的任何时候。这一期间,他先是发展了关于颜色和引力的理论,此外还开拓了数学的新领域。然而,他的许多成果都秘而不宣,仅把一部分向同事公布,只是在他去世以后,其他成果才得以发表。

　　1669 年,牛顿回到剑桥大学,成为数学教授。<u>他设计了一副崭新的望远镜,把它献给后来成为世界领先科学组织的英国皇家学会。</u>这时,牛顿的才能开始得到公认。皇家学会因此对他留下深刻的印象,1672 年,他们推举他成为会员。

批:瘟疫可以使学校关闭,却无法关闭牛顿创造的力量。他在学校关闭的那一年中却达到了创造力的高峰,成为他创造中的奇迹之年。

批:"秘而不宣"对牛顿而言有许多无奈,对科学界而言也有很多遗憾。

批:牛顿发明的这种反射望远镜比使用透镜将物体放大的倍数高出数倍。

光学实验

　　<u>这一年,牛顿给皇家学会写了一封信,陈述《光和颜色的新理论》一书中的观点,结果受到不少批</u>

批:R·胡克被誉为"现代仪器发明之父",他的批评无论对与错,

评,特别是来自杰出的物理学家 R·胡克(1635～1703)的批评。牛顿深受其伤害,回去以后埋头继续他的研究。从此以后,他总是拖延披露自己的发现,并且不大愿意发表研究的成果。

牛顿继续进行关于颜色的实验研究。那时候,科学家不相信颜色是光的基本特性之一,认为那是光通过另一种物质,如水、云彩或者玻璃时发生的变化。而牛顿此时却对他观察到的,光通过三棱镜时所产生的现象产生了浓厚的兴趣。

光束通过不同密度物质的交界面,如空气和水时,它们会改变方向,称为折射。这种折射使一半在水里、一半在空气中的棍子看起来像是弯曲或者折断一样。牛顿注意到,一根一半是蓝、一半是红的线拉直以后,通过三棱镜来观察,就像是从中断开了一样,蓝的一半看起来比红的一半高一些。牛顿怀疑,使蓝的一端显得高一些的光是否比使红的一端显得低一些的光折射得多一些。

彩虹的颜色

牛顿对他的想法进行进一步的实验。1672 年,他得到了一系列突破性的观察结果。在一间暗室里,牛顿让一束光通过三棱镜投射到屏幕上。光束通过三棱镜以后,以光谱的颜色扇形散开。这种颜色色谱就像彩虹一样,从一端的红色排列到另一端的紫色。牛顿进一步演示,如果单色光束通过三棱镜,经过三棱镜后折射出来的红光再通过第二个三棱镜,它的颜色就不会再发生变化。如果第二个三棱镜用透镜来取代,那么经第一个棱镜折射的色谱经过透镜以后,又重新变成白光。

牛顿从这些实验中得出一系列的结论。他认为,颜色肯定是光的基本组成要素,或者是光的一部分。白光是光谱中各种颜色的光组合的结果。他还

都具有很大的影响力。

批:批评使牛顿伤害很深,连成果都不愿意发表,但难得的是,牛顿并没有停止对科学研究探索的脚步。

批:科学家的伟大之处就在于能观察到别人不能观察到的东西。

批:常人习以为常的东西,牛顿却要探究其原因,从中可以看出牛顿的探索和质疑精神,这种精神也是科学家所必不可少的。

批:想法是否正确,需要用实验来验证,所谓"纸上得来终觉浅,绝知此事要躬行"。

批:叙述清晰,将三棱镜光实验解说得一目了然和通俗易懂。

批:牛顿爱思索,能动手,善观察,这是作为一个科学家所必需的潜质。他的这些结论都有积极

发现,光谱中的每一种颜色都有独特的不同的折射率。我们现在知道这是因为光是以波的形式传播的,各种颜色的光波都有独特的波段波长,而每种颜色的波段经过三棱镜的折射率总是一样的。例如,红光的波长比紫光的波长长,它折射的程度就比较小。不过,牛顿认为光是由微小的粒子组成的,他称之为"微粒"。他还说,这些微粒从光源发射,就像子弹从枪膛射出来一样。

批:科学俗语运用比喻说明,形象生动。

牛顿关于光的自然性质的观点受到胡克和荷兰物理学家惠更斯(1629~1693)的挑战,胡克也对光进行过研究。他们都趋向于光是一种波的理论,但是牛顿坚决反对他们的观点。他指出,我们都知道,声波能够弯曲,因为我们能够听到山的另一边传过来的钟声,但是光没有这种性质——山挡住了我们的目光,使我们看不到发出钟声的教堂。实际上,现在我们知道,光有时候具有粒子的特性,有时候具有波的特性。

批:举例通俗地诠释了光具有的粒子的特性。

像他一生中经常发生的那样,牛顿对自己的观点遭到批评很生气,对胡克和惠更斯的批评意见更是反应激烈:他拒绝再发表任何东西。直到30多年以后,1704年,他研究光和颜色的成果才在他的著作《光学》中发表——其中作了一些修改和补充。

作用。

批:伟大的科学家也有孩子般的倔强。不接受别人的批评意见说明了牛顿性格的缺陷。

(陈泽加/译)

平凡而伟大的科学家牛顿

迈克尔·阿拉比(Michael Allaby,1933年9月18日~),英国著名科普作家。

艾萨克·牛顿(Isaac Newton,1643年1月4日~1727年3月31日),英国物理学家、数学家、天文学家、自然哲学家。他1687年发表的论文《自然哲学的数学原理》里,对万有引力和三大运动定律进行了描述。这些描述奠定了此后三个世纪里物理世界的科学观点,并成为了现代工程学的基础。在力学上,牛顿阐明了动量和角动量守恒的原理。在光学上,他发明了反射望远镜,并基于对三棱镜将白光发散成可见光谱的观察,发展了光学理论。在数学上,牛顿与戈特弗里德·莱布尼茨分享了微积分学的荣誉。他也证明了广义二项式定理,提出了"牛顿法"以趋近函数的零点,并为幂级数的研究作出了贡献。在2005年,英国皇家学会进行了一场"谁是科学史上最有影响力的人"的民意调查,牛顿被认为比爱因斯坦更具影响力。

这篇节选的传记向我们展示了一位平凡而又伟大的科学家形象。

牛顿是平凡的。他有着平凡而不幸的童年生活。他早产,先天营养不良;他是遗腹子,出生就没有看到父亲的模样;他遭到母亲的抛弃,和祖母相依为命。他有着平凡孩子的爱憎,曾想烧掉继父和母亲的房子。他就像一个普通的贪玩游戏的孩子一样,迷恋机械制作而让羊跑到别人家的地里去了。他像许多平凡人一样,不愿正确对待别人的批评,而是用赌气不发表研究成果来表示自己的不满。

牛顿是伟大的。他的伟大在于虽有不幸的童年却仍然痴迷于机械制造,在于对于生活中司空见惯的现象敢于质疑、认真思索并探究其原因,在于虽不愿接受批评但对科学的探索却从未停止,在于对自己钟爱的事业能达到忘我的境地。

牛顿的平凡在于他有平凡人的情感,牛顿的不平凡在于他有平凡人所不具备的持久的专注、忘我的钻研和永不放弃的精神。(万爱萍、鲍海琼、京涛)

无线电发明者马可尼

我为自己能见到一位改变了我们生活的伟大发明家,并与他交谈了1个小时而感到荣幸。他使我们在短短的1/7秒时间里,就能和世界各地进行联系,也使我们可以坐在家里,通过收音机收听总统在白宫的演说或著名乐队的演奏。这位伟人就是无线电的发明者马可尼。

大家都知道马可尼是意大利人,不过,他看起来更像一个英国人,他有浅色的头发和淡蓝色的眼睛,而且能说一口很流利的英语。马可尼的母亲是爱尔兰人,所以马可尼身上有爱尔兰人的血统。他的右眼在一次车祸中受伤,导致失明,他的左眼戴了一只英国式样的单片眼镜。

一见面,我就感到他是一位和蔼可亲、态度谦虚的人,他温和而友好的语调,几乎让我怀疑自己面前坐着的竟然是一位伟大的人物。当我还是个孩子的时候,曾从报纸上获知意大利发明无线电报的消息,直到有一天,我和罗维尔·汤玛斯到伦敦的一家饭店吃饭,才第一次看见这个神奇的机器。可是我何曾想到,有一天自己会坐在发明这一奇迹的人对面,听他亲口讲述他的发明经过!

我们谈话的方式很有意思。我先问他从何时开始研究无线电,而他却绕开了这个问题,谈起了他年轻时的经历:他说自己年轻时梦想环游世界,为此很想找一个提供这种机会的工作。接着他又说,他经常陪伴母亲旅游,比如从意大利出发,到伦敦去探亲访友。每次途经法国,看到冰雪皑皑的山峰、急流奔涌的河流，或者美丽宁静的田园时，他都会产生更加强烈的旅行愿望。说到这里，他告诉我，也许只有用心研究无线电，才能获得出门远游的机会。

马可尼的实验是在家里进行的，他逐步掌握了无线电技术，并将传递距离扩展到两英里远，初步的成功激发了他更大的兴趣。虽然他的父亲不赞成他的实验，认为这样做纯属浪费时间。可是他不为所动，坚持按照自己的想法去做。经过几年专心研究，他终于获得了成功，并将自己的研究成果以25万美元的价格卖给了英国政府。这让他的父亲大为吃惊，就连他自己也想不到会得到这么高的回报。

我问马可尼，后来他怎样用的那笔钱。他说，他只买了一辆自行车，然后骑上车急匆匆地赶回家，一头埋进自己的实验中。1901年，马可尼认为他的实验已经完全成功，可以实施自己宏伟的计划了，于是他立刻动身前往大西洋彼岸，准备在美国接收从英国拍发的电报。为了接收信号，他先用丝竹做了一个飞机形状的风筝，但海边的大风立刻撕裂了风筝。他又升起一个气球，结果也被大风刮到海里了。最后，他做了一只很结实的风筝，终于把它成功放飞到空中。

在接下来的好几个小时里，他焦急地等待着从英国发来的讯号。可是连一点声息也没有，他渐渐感到失望了，开始怀疑自己的实验已经失败，一切努力全都成为泡影。然而，就在他准备彻底放弃的时候，一种轻微的嘀嗒声传入了他的耳朵。"嘀嗒、嘀嗒……"伴随着这有节奏的声音，他的心禁不住狂跳起来，他对自己说："对，就是这样，这正是电报拍发员所用的3个S信号！"成功了！他真想一下子跳起来，跳上屋顶，向所有的人宣布这个奇迹，可是他担心别人不会相信他的话。所以在接连两天的时间里，他一直压抑着自己的快乐和激动。没有将这个秘密告诉任何人。后来他终于放开了胆子，向伦敦拍发了一封电报，将这个消息通知了当局。消息传开，立刻震惊了整个世界，各大报刊纷纷在头版对此事加以报道，科学界也为之欢呼庆贺。由此，马可尼为人类开创了一个新时代，缩短了各大洲的时空距离。这时他才只有27岁！

然而马可尼的发明也给他带来了不少麻烦。无线电出现后，他遭到了许多意想不到的批评和攻击。一些幻想家写信责备他威胁了人们的安全，他们说电波会穿过人们的身体，毁坏人们的神经，并使人无法安睡。更有甚者，一个莫名其妙的法国人居然声称，为了保护人类的安全他将刺杀马可尼。马可尼得到消息后，连忙向苏格兰警察局求救。政府采取果断措施，阻止了这个怪人进入英国，马可尼才得以安然无恙。

[美国]戴尔·卡耐基/文，于阔、刘超/编译

品读

伽利尔摩·马可尼(Guglielmo Marconi，1874年4月25日~1937年7月20日)，意大利物理学家、工程师、企业家、实用无线电报通信的创始人。1897年，在伦敦成立"马可尼无线电报公司"。1909年他与布劳恩一起获得诺贝尔物理

学奖,被称作"无线电之父"。

没有梦想,可能就没有马可尼的发明。

马可尼不是天生的发明家,尽管他27岁就作出了伟大的发明。就如同马可尼自己说的,"自己年轻时梦想环游世界,为此很想找一个提供这种机会的工作","经常陪伴母亲旅游,比如从意大利出发,到伦敦去探亲访友。每次途经法国,看到冰雪皑皑的山峰、急流奔涌的河流,或者美丽宁静的田园时,他都会产生更加强烈的旅行愿望",他认为"也许只有用心研究无线电,才能获得出门远游的机会"。可以这么说,他发明无线电,是源于环游世界的梦想! 正是环游世界的梦想,促使马可尼发明了无线电。梦想的力量何其伟大!

当然,仅仅靠梦想是无法搞出发明创造的。马可尼耽于兴趣,勤于钻研,执着探索,反复实验,是他成功的重要因素。这也是一切科学家、发明家都具有的科研品质。

没有哪个人天生就是发明家。因为,发明家需要超人的智慧。但是,每个人天生就有发明家的基因,因为,每个人天生都有梦想,也不乏兴趣、爱好,不乏研究能力、探索能力。从这个意义上说,每个人天生就是发明家。关键在于,能否执着自己的梦想,持之以恒,直到成功。

我 的 病 历

◇［英国］霍金

读点

执着与痴迷的科学精神。
与病魔斗争的勇气和顽强精神。

人们经常问我：运动神经细胞病对你有多大的影响？我的回答是，不很大。我尽量地过一个正常人的生活，不去想我的病况或者为这种病阻碍我实现的事情懊丧，这样的事情不怎么多。

我被发现患了运动神经细胞病，这对我无疑是晴天霹雳。我在童年时动作一直不能自如。我对球类都不行，也许是因为这个原因我不在乎体育运动。但是，我进牛津后情形似乎有所改变。我参与掌舵和划船。我虽然没有达到赛船的标准，但是达到了学院间比赛的水平。

但是在牛津上第三年时，我注意到自己变得更笨拙了，有一两回没有任何原因地跌倒。直到第二年到剑桥后，我母亲才注意到并把我送到家庭医生那里去。他又把我介绍给一名专家，在我的 21 岁生日后不久即入院检查。我住了两周医院，其间进行各式各样的检查。他们从我的手臂上取下了肌肉样品，把电极插在我身上，把一些放射性不透明流体注入我的脊柱中，一面使床倾斜，一面用 X 光机来观察这流体上上下下流动。做过了这一切以后，除了告

批：设问开头，引发思考。从霍金的回答中，可以看出他既不否定病对他有影响，也不夸大影响。

批：不回避发现病时自己的震惊。

批："勇气创造奇迹。

批："童年时动作一直不能自如"时没有在意；到"没有任何原因地跌倒"时，这是病情加重的信号，遗憾的是没有得到及时治疗。

批：医生"什么也没说"，表明病情

诉我说这不是多发性硬化，并且是非典型的情形外，什么也没说。然而我合计出，他们估计我的病情还会继续恶化，除了给我一些维他命外束手无策。我能看出他们预料维他命也无济于事。这种病情显然不很妙，所以我也就不寻根究底。

意识到我得了一种不治之症并在几年内要结束我的性命，对我真是致命打击。这种事情怎么会发生在我身上呢？为什么我要这样地夭折呢？然而，住院期间我目睹我对面的床上一个我多少认识的男孩死于肺炎，这是个令人伤心的场合。很清楚，有些人比我更悲惨。我的病情至少没有使我觉得生病。只要我觉得自哀自怜，就会想到那个男孩。

不知什么灾难还在前头，也不知病情恶化的速率，我不知所措。医生告诉我回剑桥去继续我刚开始的在广义相对论和宇宙论方面的研究。但是，由于我的数学背景不够，所以进展缓慢，而且无论如何，我也许活不到完成博士论文。我感到十分倒霉。我就去听瓦格纳的音乐。但是杂志上说我酗酒是过于夸张了。麻烦在于，一旦有一篇文章这么说，另外的文章就照抄，这样可以起轰动效应。似乎在印刷物上出现多次的东西都必定是真的。

那时我的梦想甚受困扰。在我的病况诊断之前，我就已经对生活非常厌倦了。似乎没有任何值得做的事。我出院后不久，即做了一场自己被处死的梦，我突然意识到，如果我被赦免的话，我还能做许多有价值的事。另一场我做了好几次的梦是，我要牺牲自己的生命来拯救其他人。毕竟，如果我总是要死去，做点善事也是值得的。

但是，我没死。事实上，虽然我的将来总是笼罩在阴云之下，我惊讶地发现，我现在比过去更加享受生活。我在研究上取得进展。我订婚并且结婚，我还从剑桥的凯尔斯学院得到一份研究奖金。

非常严重，治疗不容乐观。

批："不寻根究底"是因为医生的束手无策，刨根问底反而会使自己心情更糟糕。

批：激烈的心理矛盾，这是病人本能的反应。

批：这也不失为一个解脱痛苦的好方法。

批：真实的心理描写，展示了作者的坦诚。

批：厘清事实真相。

批：从噩梦中醒来，得到了人生价值的启示，非常可贵！

批：无论何时何地何种境地，都要懂得享受生活。

凯尔斯学院的研究奖金及时解决了我的生计问题。选择理论物理作为研究领域是我的好运气，因为这是我的病情不会成为很严重阻碍的少数领域之一。而且幸运的是，在我的残疾越来越严重的同时，我的科学声望越来越高。这意味着人们准备给我许多职务，我只要作研究，不必讲课。

批：传主也可谓因祸得福。残疾虽然"越来越严重"，但科学研究却越来越深刻。

我们在住房方面也很走运。我们结婚的时候，简仍然是伦敦的威斯特费尔德学院的一名本科生，所以她每周必须上伦敦去，因为我不能走很远。这就表明我要找到位于中心的能够料理自己的地方。我向学院求助过，但是当时的财务长告诉我，学院不替研究员找住房。我们就以自己的名义预租正在市场建造的一组新公寓中的一间（几年后，我发现这些公寓是学院所有的，但是他们没有告知我这些）。当我们在美国过完夏天返回剑桥之时，这些公寓还未就绪。这位财务长作了一个巨大的让步，让我们住进研究生宿舍的一个房间。他说："这个房间一个晚上我们正常收费12先令6便士。但是，由于你们两个人住在这个房间，所以收费25先令。"

批：财务长的让步，确实是一件值得庆幸的事情。

我们只在那里住了三夜。然后我们在离我大学的系大约100码的地方找到一幢小房子。它是学院的另一间，本已租给一位研究员。他最近搬到郊区的一幢房子里，便把他租约还余下的三个月部分租给我们。在那三个月里，我们在同一条街上找到另一幢空置的房子。一位邻居从多塞特找到房东并告诉她，当年轻人还在为住宿苦恼时而让她的房子空闲太不像话。这样她就把房子租给我们。我们在那里住了几年后，就想把它买下并作装修，我们向学院申请分期贷款。学院进行了一下估算，认为风险较大。这样最后我们从建筑社得到分期贷款，而我的父母给了我装修的钱。

批：住房方面的确是走运的。

我们在那儿又住了四年，直到我无法攀登楼梯为止。这时候,学院更加赏识我并且换了一个财务长。因此他们为我们提供了学院拥有的一幢房子的底层公寓。它有大房间和宽的门,对我很合适。它的位置足够中心,我就能够驾驶电动轮椅到我的大学的系去。它还为学院园丁照看的一个花园所环绕。对我们的三个孩子来说也十分惬意。

直到1974年,我还能自己喂饭并且上下床。简设法帮助我并在没有外助的情形下带大两个孩子。然而此后情形变得更困难,这样我们开始让我的一名研究生和我们同住。作为报酬是免费住宿和我对他研究的大量注意,他们帮助我起床和上床。1980年我们变成一个小团体,其中私人护士早晚来照应一两小时。这样子一直持续到1985年我得了肺炎为止。我必须采取穿气管手术,从此我便需要全天候护理。能够做到这样是受惠于好几种基金。

我的言语在手术前已经越来越不清楚,只有少数熟悉我的人能理解。但是我至少能够交流。我依靠对秘书口授来写论文,我通过一名翻译来作学术报告,他能更清楚地重复我的话。然而,穿气管手术一下子把我的讲话能力全部剥夺了。有一阵子我唯一的交流手段是,当有人在我面前指对拼写板上我所要的字母时,我就扬起眉毛,就这样把词汇拼写出来。像这种样子交流十分困难,更不用说写科学论文了。还好,加利福尼亚的一位名叫瓦特·沃尔托兹的电脑专家听说我的困境,他寄给我他写的一段叫作平等器的电脑程序。这就使我可以从群幕上一系列的目录中选择词汇,只要我按手中的开关即可。这个程序也可以由头部或眼睛的动作来控制。当我积累够了我要说的,就可以把它送到语言合成器中去。

最初我只在台式计算机上运行平等器的程序。后来,剑桥调节通讯公司的大卫·梅森把一台很小

批:学院的赏识说明"我"的研究成果也更加突出,学院的照顾无疑会更利于"我"的研究。

批:也可以说是"双赢"了。

批:病情的加重,使"我"不能自理了,生活有时候真的很残忍!

批:病魔剥夺了传主走路的权利,又剥夺传主说话的权利,只有意志坚强、思想坚定的人,才能挺得住,并能作出成绩。

的个人电脑以及语言合成器装在我的轮椅上。<u>我用这个系统交流比过去好得多,每分钟我可造出 15 个词。我可以要么把写过的说出来,要么把它存在磁盘里。我可以把它打印出来,或者把它找来一句一句地说出来。我已经使用这个系统写了两部书和一些科学论文。我还进行了一系列的科学和普及的讲演,听众的效果很好。</u>我想,这要大大地归功于语言合成器的质量,它是由语言公司制造的。一个人的声音很重要。如果你的声音含糊,人们很可能以为你有智能缺陷。我的合成器是我迄今为止所听到的最好的,因为它会抑扬顿挫,并不像一台机器在讲话。唯一的问题是它使我说话带有美国口音。然而,现在我已经和它的声音相认同。甚至如果有人要提供我英国口音,我也不想更换。否则的话,我会觉得变成了另外的一个人。

我实际上在运动神经细胞病中度过了整个成年。<u>但是它并未能够阻碍我有个非常温暖的家庭和成功的事业。我要十分感谢从我的妻子、孩子以及大量的朋友和组织得到的帮助。</u>很幸运的是,我的病况比通常情形恶化得更缓慢。<u>这表明一个人永远不要绝望。</u>

(桂欣欣、吴忠超/译)

批:科学技术使得传主的科学成果得以传播,如果没有这一技术,传主的科学研究成果不知需要迟延多久了。

批:由衷的赞美。

批:传主的感恩不仅发自内心,也来自行动,那就是使自己的事业更加成功。

批:无论面对来自命运和人生的怎样的挑战,"一个人永远不要绝望"!

轮椅上的智慧与坚强

史蒂芬·威廉·霍金(Stephen William Hawking,1942 年 1 月 8 日~　　　),英国剑桥大学应用数学及理论物理学系教授,当代最重要的广义相对论和宇宙论家,是当今享有国际盛誉的伟人之一,被称为在世的最伟大的科学家,还被称为"宇宙之王"。他被誉为继爱因斯坦之后世界上最著名的科学思想家和最杰出的理论物理学家。代表作有《时间简史》(1988)、《果壳中的宇宙》(2001)。霍金在 21 岁时不幸患上了会使肌肉萎缩的卢伽雷氏症,所以被禁锢在轮椅上,只有两根手指可以活动。当时医生预测他最多活两年,但他现在依然活着。

霍金成为逆境成才成名的典范,是因为他有着坚强不屈的毅力和战胜困难的信心。

作为一位伟大的科学家,霍金成为当世的一个科学的象征,是公众心中科学的形象。就像当初爱因斯坦影响了今天的一些著名物理学家一样,霍金的存在,也会影响一些年轻人对科学产生兴趣,开始关注科学。与其从科学家的角度看霍金,不如从生活的角度看霍金。"宇宙之王"在自己完全瘫痪、被长时期禁锢在轮椅上的情况下,面对常人难以忍受的艰难,仍然孜孜不倦地探索宇宙的未知世界,勇敢顽强地挑战命运,为科学事业作出了巨大贡献。他始终坚信:我的大脑还能思维,我有终生追求的理想,有我爱和爱我的亲人和朋友,我还有一颗感恩的心……"一个人永远不要绝望",这是霍金带给我们的宝贵财富。(京涛、杨刚华)

守在科学的屋檐下

1946 年 7 月,纪念牛顿诞辰 300 周年的庆典在伦敦举行。这场早该举行的盛大庆典,因为战争,不得不推迟了三年多。

战争的硝烟刚刚从城市的屋顶上散尽,劫后余生的人们,大都不愿与德国人发生联系。不过,在庆典的来宾登记簿上,应邀而来的名流们还是发现了一个德国人的名字:马科斯·普朗克。

英国皇家学会请来的这位德国人,并没令现场的头面人物心中不悦。相反,这个名字不仅不令他们感到陌生,甚至让有些科学家感到温暖。在纳粹统治期间,正是在普朗克的保护下,他们才得以保全生命,得以延续和发展自己的科学人生。

1913 年,普朗克刚刚担任柏林大学校长不久,便将爱因斯坦请到柏林大学,并为他设立了一个新的教授职位。在校长看来,"把更多有天赋的科学家留在德国",是一名科学家应尽的责任。

当然,对普朗克来说,一切并不是"责任"两个字这么简单。在这个路德教徒心中,科学是他的另一个上帝。而终其一生,他一直守在科学的屋檐下。

1878 年,20 岁的普朗克已在慕尼黑大学小有名气。名声来自他的音乐天赋,这个大二学生曾为多首歌曲和一部歌剧作曲。但在选择专业时,他选择了物理。在很多物理学家看来,这是"当时已被研究得差不多了"的学科。

一位物理学教授试图劝说年轻人另走他路,这样或许更容易有所成就。普朗克拒绝了教授的好意,他回应道:"我并不期望发现新大陆,只想把现有的物理知识搞清楚。"

第二年,当为自己以热力学第二定律为题目的博士论文答辩时,年轻的普朗克被一位知名化学家进行了近乎讽刺的批评。幸运的是,普朗克最终通过答辩,并获得了慕尼黑大学的教职,可以继续从事他的理论物理研究。

普朗克所不曾期望的"新大陆",则在 22 年后浮现。1900 年,普朗克提出黑体辐射问题,进而提出了量子概念,这给物理学带来巨变,也在 18 年后给普朗克带来了诺贝尔奖。

只是,此时的奖励,已难以抚平普朗克内心的千疮百孔。他的妻子和女儿先后离世,大儿子则死于"一战"战场。

战争带给普朗克的,不仅是家庭剧变,还有事业的动荡不安。1914 年,在军国主义分子的操纵和煽动下,德国科学和文化界发表了《文明世界宣言》。普朗克在德国物理学界享有最高声誉,不得不在这个臭名昭著的宣言上签名。

很快他便后悔了。两年后,他再次签名,不过是反对军国主义。

与此同时,德国的科学研究也陷入了困境。为了让局面改观,普朗克向同事们呼吁"坚持到底,继续工作"。1920 年 10 月,他和犹太化学家弗里茨·哈伯创建德国科学临时学会,以求募集资金支持科学研究。

纳粹的上台,则让普朗克的努力几乎化为乌有。身为威廉皇家学会主席的普朗克,眼睁睁看着大批犹太朋友和同事被驱逐和羞辱,数以百计的科学家被迫离开德国。部分人在普朗克的劝说下,留了下来,其中包括哈伯。

只是,这些为科学而留下来的人,几乎处处饱受屈辱。普朗克曾直接找到希特勒,抗议哈伯遭受的不公正待遇,但丝毫于事无补。德国科学的屋檐之下,已无这些人的容身之处。哈伯最终在 1934 年死于流亡途中。爱因斯坦则在 1935 年远走美国。普朗克弹钢琴时,由爱因斯坦拉小提琴伴奏的场景,也从此成为绝响。

不仅如此,纳粹政府还调查普朗克的出身。他被发现有 1/16 的犹太人血统,被称为"白种犹太人"。1936 年,普朗克的主席任期结束,希特勒以他有犹太血统为由,威胁他放弃参加连任选举。那些在皇家学会研究所内工作的犹太科学家,在失去了普朗克竭尽全力的保护后,不得不离去。

普朗克则选择留在德国,在他看来,自己"有责任"留在国内,保护已经支离破碎的科学研究。他无力反抗纳粹的暴行,但当二战的战火燃烧到柏林时,他似乎看到了希望。他写道:"要渡过危机,一直活到重新崛起的转折点那天。"

可惜的是,在 1944 年 2 月的一次空袭中,普朗克在柏林的家完全被摧毁,他留在家里的论文手稿和藏书化为灰烬。5 个月后,他的二儿子埃尔温·普朗克因参与密谋暗杀希特勒,被逮捕关入盖世太保的总部,并在 1945 年被处决。曾经幸福的家庭,只剩下一位 87 岁的老人,在屋檐之下体会着家国的凋零。

而为了"扩大科学的影响",老人不顾健康问题的困扰,前往各地巡回演讲。在演讲中,他呼吁人们"向上帝走去",这个"上帝"不是他信仰了一生的耶稣,而是他为之付出了一生的科学。

正缘于此,在伦敦庆典上,作为唯一一位受邀的德国人,科学同行们送给普朗克的,不是仇恨的目光,而是纷至沓来的崇敬之情。毕竟,他们曾在同一个屋檐下,经历过同一个时代的艰辛世事,甚至是血雨腥风。

[中国]王波/文

马克斯·普朗克(Max Planck,1858 年 4 月 23 日~1947 年 10 月 4 日),德国物理学家,量子力学的创始人,20 世纪最重要的物理学家之一,因发现能量量子而对物理学的进展作出了重要贡献,并在 1918 年获得诺贝尔物理学奖。

量子力学的发展被认为是 20 世纪最重要的科学发展,其重要性可以同爱因斯坦的相对论相媲美。普朗克主要成就之一是发现普朗克常数。普朗克常数记为 h,是一个物理常数,用以描述量子大小,在量子力学中占有重要的角色。马克斯·普朗克在 1900 年(注:索末菲在他的《原子构造和光谱线》一书中最早将 1900 年 12 月 14 日称为"量子理论的诞辰",后来的科学史家们将这一天定为了量子的诞生日)研究物体热辐射的规律时发现,只有假定电磁波的发射和吸收不是连续的,而是一份一份地进行的,计算的结果才能和实验结果相符。这样的一份能量叫作能量子,每一份能量子等于普朗克常数乘以辐射电磁波的频率。

传记《守在科学的屋檐下》运用平实的语言,讲述了普朗克在两次世界大战中的苦难经历,塑造了一位执着爱国的物理学家的形象。文中说"科学是他的另一个上帝",文末进一步提到普朗克的呼吁——"向上帝走去",所说的"上帝",正是普朗克所信奉的科学,传记着力表现的正是普朗克对科学的坚守。

文中第八段提到普朗克在博士论文答辩时被一位知名化学家进行了近乎讽刺的批评一事,这正照应了前面那位物理学教授关于他选学物理学的劝告,也为后面普朗克在物理学上取得了很大的成就作了铺垫。正是由于他的坚持,普朗克才有了后来的成就。这样写起到了反衬的作用,突出了普朗克对科学的坚守和他不断探索的精神。

在德国其他科学家选择了"不得不离去"后,普朗克则选择留在德国,他的这个选择给我们的启发是,在国家多难时,普朗克选择留下,更突出了他的责任感,对国家和科学的负责态度,这是值得我们学习的。对国家负责,不一定非要走向战场,在战场之外的国家需要的每一个场所,同样能表达爱国之情。要把国家的前途与个人的研究结合起来,为国家保护好仅有的科学研究本身就是一个科学家最大的爱国行为。

倾听神经细胞的谈话

◇[美国]菲利普·J·希尔茨

他大概完全可以被称为神经细胞的诱骗者。他天天和它们生活在一起,夏天和它们一起度假,它们在他的手中跳舞。

鲁道夫·林那斯(Rodolfo Llinás)博士,纽约大学医学院生理学和神经科学系主任,用了几乎40年的时间研究脑细胞。他是现代神经科学的领导者之一,也是神经细胞在人类思维与行为方面的一种新观点的主要缔造者。神经细胞不再被看作是小开关,或者是在大脑中传送信息的电缆。

确切地说,它们十分复杂,有点像它们自己有精神似的。它们对脑中的种种活动——从无意识的工作到有意识的行为,都有意义。

"我一生基本上都在研究单个细胞,"林那斯博士说,"它们不是中性的。可以说,它们有观点,有个性。"

他悉心培养、用探针探查和刺激鳗鱼、鸽子、猫、老鼠、青蛙、鱼和鳄鱼的神经细胞,更不用说人的了。每年夏天,他都在马萨诸塞州伍德·霍尔海洋生物

批:"诱骗者",贬词褒用,体现了林那斯对神经细胞的了解和把握。

批:说明林那斯的科学研究具有科学权威性。

批:点明神经细胞的第一个特点。

批:点明神经细胞的第二个特点。

批:点出林那斯用于神经细胞的实验对象,同时将其与人的神经细胞相比较,使读者不仅有亲

学实验室(the Marine Biological Lahoratory in Wood Hole)与他的小伙伴中最大的——鱿鱼的巨神经细胞一起度假,这种神经细胞比人的神经细胞大100倍。

他谈到神经细胞就好像它们是一群朋友或鸡尾酒会的来宾一样。"细胞不是静静地坐着,等待感觉数据进来唤醒它们。"林那斯博士说,"当我思考它们的活动方式时,我得到的感觉就像我走进一家商店去购物,碰上一群店员在聊天一样。我想引起他们的注意,但他们正谈论着度周末或其他事情。这就是神经细胞的样子。神经细胞正在工作,而感觉数据在敲门想要进来。"

他补充道:"难怪人类是如此不可思议和无法预测! 我们的细胞意见不一致!"

正在纽约约克敦高地(Yorktown Heights)IBM实验室建造人类神经细胞网计算机模型的神经科学家罗杰·特劳布(Roger Traub)博士,把林那斯博士形容为"当代伟大的神经科学家之一"。

"由于他,我们对大脑作不同的思考。"特劳布博士说,"一些人在实验室里做细胞研究做得很漂亮。另一些人是大思想家类型的人。很少有人是二者兼备的,而林那斯则是一个。"

加利福尼亚大学伯克利分校的神经科学家沃尔特·弗里曼(Walter Freeman)博士在谈到林那斯博士时说:"他从事单个细胞的研究,但他也有广泛的了解和科学的思路。"他认为,林那斯的工作给神经科学增添了一个新领域。"很高兴看到他超越了单个细胞的研究范围,"弗里曼博士说,"它令人耳目一新,或许这是对一直统治这个领域的强大的简化论的一种反驳。"

虽然林那斯博士笑着说他"其实恰恰是一个老简化论者",意思是他支持全部思想和意识都可能被

科学巨人　103

简化成物质的物理行为这种观念,但正是他的某些工作"为神经科学给人类勾勒的看起来呆板的图像注入了某种丰富性",同事们说。从一个世纪前的威廉·詹姆斯(William James)开始,实验精神科学中关于思维的主要模式一直是被称作"反射学"的模式。按这一观点,人脑是一台收发机器,即当它对外界做出非常复杂的反应时,它实质上仍是对外界要求做出反应。

最近,在曼哈顿第一大街他的办公室里的一次访谈中,林那斯博士有不同意见。"大脑是一台预测机器,"他说,"正是在那里绘制出世界的精致精神图像。"他接着说:"头脑中的虚拟环境足以使人能预言时、空二者什么在前面。"

许多生物——植物、真菌等——既无神经,也无大脑。但这些生命形式不必运动。"当你运动时,你必须有某种预测的能力,"林那斯博士说,"你至少必须有一个你将进入此处的简单图像。"

要得到前边是什么的感觉,要有一系列的传感器。最老式的传感器,因此也可能是现有的最重要类型的传感器,就是感知重力的探测器,或换言之,是告诉人们什么在上和什么在下的探测器。甚至有一种生物体,在它幼小时为了寻找一个地方生存也长有神经节,而一旦作为一个不动的成年寄生虫定居下来,它的智力组织就被吸收了。

林那斯博士,62 岁,身高 5 英尺 5 英寸,较瘦,但看起来个头较大。他最显著的特征,除了爱笑以外,就是满头的白发,照查尔斯·林德伯格(Charles Lindbergh)的看法,这是使一个人成功的时刻。

他出生在哥伦比亚,在波哥大一个富裕和受过良好教育的家庭中长大。父亲是外科教授,祖父是外科医生和神经精神病学家。林那斯博士已成为一个标准模式的医学学者,有医学博士和哲学博士两

批:描绘了大脑神经细胞的功能。

批:语言严谨而通俗。

批:肖像、性格描写与人物事业的成功相结合,妙!

批:家庭的熏陶与林那斯科学研究领域有密切关系。

批:阅读广泛,知识渊博。

个学位,在科学书籍以外还进行广泛阅读。他最喜爱的作家包括陀斯妥也夫斯基、莎士比亚及一个哥伦比亚的同事和朋友加布里埃尔·加西亚·马尔克斯(Gabrel García Márquez)。但林那斯博士说,他在波哥大学学到的非正式知识比书本知识更为重要。

批:博学,能开阔眼界。

"从很早以前起,"他说,"我就在思考和谈论精神问题,因为它是我们家中谈话的主题。"即使现在,林那斯博士也能回忆起他受教育期间一个重要的日子。他经常看到许多病人坐在祖父家庭门诊部的候诊室里。一个癫痫病患者突然发病倒在门厅里,就在小鲁道夫眼前。"我印象非常深刻,"林那斯博士说,"那个可怜的人口吐白沫,全身扭曲。"

批:家风的熏陶,是人成才的重要因素之一。

他很不安,后来他问祖父:"人为什么会这样?"

祖父回答说,那人并不想这样。

"他不想那样吗?"林那斯博士回忆他的问话说,"他怎么能做他不想做的事情呢? 这真是难以置信的事! 我开始想知道,当我活动时,我怎么知道我是否想活动?"

批:善于观察,勤于思考,乐于探究,是很好的习惯,是大多数人成才的必由之路。

到他十几岁时,他在地下室有一个自己的实验室。他不仅有常用的化学工具,而且还有一间给老鼠做电极实验的小房间。"母亲跟着我,要确认我并不冷酷,但就在那里,我已经开始了。"他说。

批:实验,是科研的演习。

从1951年在哥伦比亚的时候起,林那斯博士基本上只研究一个问题:大脑的脑质怎么产生精神呢?

批:致力于探究问题的根本。

在他作为博士后去美国马萨诸塞总医院(the Massachusetts Ceneral Hospital)和哈佛医学院(Harvard Medical School)工作之前,他在吉姆纳西欧·莫德诺(Cimnasio Moderno)大学获得学士学位;在哈维尔亚纳大学(Universidad Javeriana)获得医学博士学位。这两所学校均在波哥大。

神经细胞有许多意想不到的复杂性,是他后来几十年最重要的发现之一。最初,他发现神经细胞

批:研究只有持之以恒,方能有成效。

在其不同的解剖部位上有不同的"通道"或接受器。有些快，有些慢；有些强，有些弱；有些使细胞兴奋，有些对细胞有抑制作用。

批：原来神经细胞是多种多样的。

他研究的是小脑——用于支配人体动作的神经细胞系统。当他发现有一个小细胞结——称为下橄榄体——在小脑中扮演一个细胞节律点的角色时，他在这个领域有了一个最重要的发现。这证实神经细胞是独立的，按其自身步调运动，而不仅仅对外界的刺激做出反应。

批：小脑，支配人体运动的。

批：终于找到了神经细胞的运行特性。

"这需要对运动作一些新的思考。"林那斯博士说。

"据认为，进入脑和脊髓的信息使这个系统组织化，以至动物能行走。但所做的实验表明：如果切断所有来自外界的信息，动物仍会毫不犹豫地行走。"林那斯博士说。

批：神经细胞，既有联动性，又有独立性。

结果证明，实际上细胞是在不停地"行走"，即它们是有活动的，不断产生细微的震颤状的运动。细胞已决定行走，其次才是它们注意外界有关脚应当放在何处或是否还保持不动的信息。

批：结论证实了神经细胞的两大特点。

"接着，"林那斯博士说，"实际上是用简短的语言确切地解释神经细胞系统做什么：脊髓说行走；而从外界得到的信息说等待，因地面不平，有楼梯，你必须把腿抬得更高。"

批：通常情况下，神经细胞的运动是协调的。

对林那斯博士来说，下一步是设想这样一个有节奏的系统，不仅能控制人体的活动，而且能控制人的思想。

批：节奏系统正是控制人的动作的协调性。

在丘脑中，他发现了另一个节律点，像下橄榄体一样，就是这个节律点，可确定意识思维的节奏，它叫作髓板内核。

批：丘脑中的这个节律点，控制着人的动作行为。

思维难道也像运动一样，是积极的和自动的，而不是反应性的吗？就像小脑之于行走一样，脑也产生"一种积极的、由感觉调节的内在状态"吗？

批：发人深思。

"这种内在状态,有许多名称。"林那斯博士谈到由积极的神经细胞所产生的精神环境时说,"如果你睡着了,它叫作梦。如果你正好醒着,而这种状态又很强烈,它叫作幻想。如果你同时意识到外面在发生什么,就叫作思维。"本质上,脑是一个做梦的装置。"夜里,没有感觉输入时,脑自由地想入非非。"他说,"白天,它以一种受限制的方式做梦,因为感觉足以限制你可能产生的图像的类型。"林那斯博士随后说,像人体活动一样,脑子或思想也在体验外界。感觉细胞把数据源源输入脑中,脑筛选信息,并不断绘制外界的一种"活图像",用林那斯博士的话说,叫"真实性模仿"。

他说,所有这一切的古怪部分都是自我妄想。因为脑在主动地产生真实和幻想。林那斯博士说,有时"我们的精神图像太复杂,我们会在里面迷路,或者我们甚至不能知道自己"。

"人类可能是唯一自我幻想的动物。"他说。

这是一种甚至小说家都会喜欢的神经科学。所以林那斯博士说,他的朋友加西亚·马克兹(García Márquez)先生像一个认知的模型:他坐在桌边创作虚构的景色,大体上与其他人每天为他们自己创作的或多或少的真实景色差不多。

(佚名/译)

批:阐明了神经细胞的种种表象:梦、幻想、思维等。

批:夜里和白天,神经细胞的运行方式各不相同。

批:神经细胞不同运行方式的两种结果。

批:人脑的高级副产品。

批:莫非小说家的创作,正是把神经细胞的另类发挥到极致?神经学终于有了通俗的解释了。

神经细胞真是神经

鲁道夫·林那斯(Rodolfo Llinás,1934年12月16日~   ),纽约大学的神经学家。

神经科学高深而复杂。我们知道,清醒状态下,人的言行举止都受神经控制。睡梦状态或非正常状态下,人会不由自主地行动,神经控制失效了吗?答案是否定的。

人的一切行动都由神经控制。但神经细胞是复杂的,具有二重性。神经细胞"对脑中的种种活动——从无意识的工作到有意识的行为,都有意义"。

单个神经细胞"有观点,有个性"。大脑中的神经细胞"就好像它们是一群朋友或鸡尾酒会的来宾一样",既会各自独立交流,又能统一指挥,协调活动。

"神经细胞有许多意想不到的复杂性","神经细胞在其不同的解剖部位上有不同的'通道'或接受器。有些快,有些慢;有些强,有些弱;有些使细胞兴奋,有些对细胞有抑制作用"。但这些复杂性,既受丘脑中的节律点协调控制,又能保持独立性。一旦外界的信息不再输入大脑,神经细胞的节律点处于睡眠状态或休息状态,神经细胞的独立性就显示出来,积极活动,于是,人就有了梦,有了幻想,出神、发呆也就都有了答案。

神经细胞真是神奇,变幻莫测,真是神经。(周礼华、子夜霜)

爱因斯坦的成绩单

人们并非完全了解阿尔伯特·爱因斯坦的一切,比如对他学生时代的一些细节就不那么清楚。普林斯顿大学不久前发现了爱因斯坦在瑞士阿隆当学生时的档案材料,这给这所大学多年积累的丰富资料又增添了新的内容。根据普林斯顿的材料,同时也使我们对爱因斯坦能有一个更正确的认识。爱因斯坦从来不是一个懒学生,更谈不上可能成为一些坏学生的借口。

爱因斯坦4岁时还不会讲话,这一点是确切的。他父母为此担忧,并为他找过医生。爱因斯坦在一生中说话一向是比较慢的,他往往低声重复刚说过的话。也许由于这一点而产生了爱因斯坦是个智力迟钝的孩子的传说。

尽管爱因斯坦的父母是犹太人,但他们还是将阿尔伯特和他的妹妹送进慕尼黑的一家天主教小学。他母亲曾写道:"昨天阿尔伯特知道了自己的成绩,他是班上最好的学生。"可是,爱因斯坦本人曾说过他忍受不了当时的死记硬背的,几乎是军事式的教学方法。尽管这并不妨碍他取得最优良的成绩,但他对这种传统的死记硬背法的厌恶情绪在上学过程中变得越来越厉害了。

爱因斯坦10岁时,他的希腊文老师曾对他说:"您是学不出什么结果的。"如果您相信这位老师的话,爱因斯坦不是一个出色的学生。可是不应停留在这个评语上。首先,小阿尔伯特的数学和物理成绩突出。此外,他用小提琴演奏莫扎特的奏鸣曲也是非常出色的。特别是他异乎寻常的好奇。这种好奇心使他去探索书外的新知识,这也许是爱因斯坦品格中最关键的东西。从某种意义上讲,爱因斯坦是一个自学成才的人。他喜欢自学,他的家庭也鼓励他那样做。普林斯顿大学最近发现的材料使我们知道了爱因斯坦的家庭环境。他父亲和叔叔曾经营一家电器材料厂;他家的一位朋友给小阿尔伯特提供了大量科学书籍。13岁时,他接触到康德的哲学,他非常惊奇地发现康德的哲学似乎很容易。15岁时,电器材料厂遇到了困难,他父母不得不迁往意大利,在巴维开了新厂。而小阿尔伯特则一人留在德国,他要参加毕业会试。这时,那位希腊文老师又尖刻地对他说:"您最好离开学校,由于您在班上,影响了大家对我的尊敬!"爱因斯坦并不是一个不守纪律的学生,但是他无法掩饰自己对老师及他们的教学方法的仇恨情绪。可是,他的这种对教师的反感并没有阻止他以后成为一名教师,而且执教了几乎 20 年!

学校注册时间已过,他就利用这段时间漫游了亚平宁半岛,学习自己感兴趣的东西。可是,由于家境的关系,他无法继续这种生活。他父母请人给著名的苏黎世工学院院长写了一封信,为年轻的爱因斯坦说情,要求破格让他入学。当时规定参加入学考试必须年满 18 岁,可是爱因斯坦只有十六岁半。结果他没有被录取,工学院院长爱尔索格写道:"把一个学生从一段没有结束的学业中提前抽出来是不合适的,即使他是个天才。"院长建议他去阿隆的阿尔各维预备学校,这样可以使他以后能直接进入工学院。爱因斯坦对这所瑞士州立学校的教学是非常满意的。可是,至今一直使所有研究科学史的人感到惊奇的是,他那一年的成绩低劣,这是很奇怪的事。

事实上,那是由于对记分制的错误解释。最近发现的阿隆州立学校的材料可以纠正这种错误。当时记成绩是六分制,一分最好,六分最差。可是,后来发生了变化,六分成了最好的成绩。这一错误澄清后,我们可以看到爱因斯坦的成绩一直是最优秀的,只有法语是例外。法语一直是他的弱项。

1896 年爱因斯坦进了苏黎世工学院。他对自己不感兴趣的东西学起来总是很勉强的,他曾毫不脸红地说,不愿去上那些课。爱因斯坦经常去咖啡馆泡上一个下午,在那儿读书、做笔记。

爱因斯坦逃学时,他的同学马塞尔·戈斯曼——后来成为一位杰出的数学家——则担负起两个人的工作。他如果没有作详细的课堂笔记,爱因斯坦就无法准备他的毕业考试。应该指出,爱因斯坦也缺过被称为"数学界的莫扎特"的闵可夫斯基的课,他的成果后来对于相对论有极大的重要性。更为奇怪的是,爱因斯坦居然还缺过物理课。可是,他并没有荒废时间。他的逃学使他能集中精力研究麦克斯韦的电磁学。爱因斯坦后来说起大学生活时说:"不管怎么样,您得往脑子里装那些别人要求您装的东西。这种强制使我产生了极大的反感,以至毕业考试后,我有一年时间对科学问题产生厌恶情绪。"

大学毕业后,爱因斯坦又处于贫困之中,他必须马上找到工作。为了进大学任教——这是他学业结束后很自然的出路——他不得不去当助教。不幸的是,没有人愿意要他,甚至是与他关系很好的海里茨也不愿意要他,因为爱因斯坦有一次曾对他说:"是的,您是一位很杰出的人,但您有一个严重的缺点,就是您接受不了一点意见。"最后,还是爱因斯坦的忠实朋友马塞尔·戈斯曼又一次帮他摆脱了困境,他为爱因斯坦找到了一个见习技术员的工作,这是一项待遇很低的工作。1905 年,爱因斯坦就是在这样的工作中显露出他的天才。这一年他发表了三篇也许是历史上最有名的学术论文,相对论就是其中之一。

幻想及幻想者有时是有其好处的。

[法国]佚名/文,章振民/译

品 读

　　阿尔伯特·爱因斯坦(Albert Einstein,1879 年 3 月 14 日～1955 年 4 月 18 日),美国籍德裔犹太人,20 世纪世界著名物理学家、思想家及哲学家。现代物理学的开创者、奠基人,被公认为是自伽利略、牛顿以来最伟大的科学家、物理学家。1921 年诺贝尔物理学奖获得者。

　　爱因斯坦是相对论的创立者,他的狭义相对论,以完整的形式提出了匀速运动下的相对性理论,提出了关于空间、时间和同时性的一系列新概念,引起了物理学理论基础的一场大变革。同时,作为相对论的一个推论,他成功地揭示了质量和能量的关系,在理论上为核能的应用开辟了道路。

　　人们对相对论之父爱因斯坦的学生时代议论纷纷,有的说他是小神童,有的说他是懒学生或懒惰的幻想者。从发现了的爱因斯坦学生时代的成绩单,我们可以看出大学者真正的童年。很多人都以为爱因斯坦小时候学习成绩并不好,但事实并非如此,其实他是天才少年。之所以有学习成绩并不好的认识是因为"对记分制的错误解释","当时记成绩是六分制,一分最好,六分最差。可是,后来发生了变化,六分成了最好的成绩。这一错误澄清后,我们可以看到爱因斯坦的成绩一直是最优秀的,只有法语是例外"。

邓稼先的段子

◇[中国]张曼菱

段子：有的个人段子，其实是属于民族的，整个民族都应该知道和拥有它。

下面的段子是在邓稼先那朴素的家中，夫人许鹿希告诉我们的。

钱学森召见邓稼先说："中国要放一个爆竹，要你来做这个大爆竹。"

当晚，邓稼先回去后与夫人通宵不眠。他只说，要去干一件工作："从今以后我的生命就交给了这个工作。家中的事和两个孩子我是不能管了。"

有一天，许德珩问严济慈："是谁为中国造出的原子弹？"严济慈哈哈大笑，说："你去问你的女婿吧。"

邓稼先按下了原子弹起爆的按钮，一切就绪了。这时一辆吉普开到他办公室门口，来人交给他一张上海机票、一封母亲病危的电报。其实母亲早就病危。但这时候，领导才告诉他，并为他安排。邓稼先立即登车登机，去上海医院看老母。听此，我想起

批：个人段子属于民族，是因为这个段子关系着民族与国家的前途与命运。

批：这爆竹指的是原子弹。

批：位卑未敢忘忧国。邓稼先忧国、报国之情由此可见一斑。

批：对于亲人也不透露自己所从事什么样的工作，这工作涉及国家机密，直到试验成功前，保密是非常必需的。

批：并非领导无情，毕竟邓稼先从事的工作事关国家的命运。

批：精忠报国是邓稼先所坚守的，孝道也是骨子里所恪守的。

"岳母刺字"。

邓夫人许鹿希说："请告诉中国人民可以放心了，没有人再会来轰炸我们的，我们可以在和平中生活、学习、建设。中国已经达到了核极限，是世界五大核工业国之一。"

批：尊严与和平要依靠实力，原子弹的成功靠的是中国人爱国和自强不息的精神。

邓稼先他们，是一代人完成了别国五代科学家的任务，一口气从原子弹干到中子弹，到氢弹，到电脑模拟的核极限的。中国的国力，尤其经过"文革"，如果再分代的话，根本就没有时间达到现在这样的国防水平了。

批：邓稼先他们这一代人，功莫大焉！这一段历史，永载史册！

邓稼先一直在抢这个时间，他忘了自己生命的时间，忘了其他一切的时间，唯要中国缩短挨打受欺的时间。

批：这是一种强烈的爱国主义精神和高度的责任感的具体体现。

我国是在邓稼先逝世十周年那天爆炸了最后一颗原子弹，然后在次日宣布参加禁核的。

在邓家，我看到了张爱萍在一块素布上题写的"两弹元勋邓稼先"。我想，"元勋"的意思，是说对中国成为当代大国有功，而不仅仅是"军功"。

批："元勋"一词高度评价了邓稼先在"两弹"研发上的卓越贡献和崇高地位。

在一次原子弹爆炸失败后，为了找到真正的原因，必须有人到那颗原子弹被摔碎的地方去，找回一些重要的部件。邓稼先说："谁也别去，我进去吧。你们去了也找不到，白受污染。我做的，我知道。"他一个人走进了那片地区，那片意味着死亡之地。他很快找到了核弹头，用手把它捧着，走了出来。最后证明是降落伞的问题。

批：担当危难，舍我其谁！伟大的身先士卒、勇于牺牲的精神！

就是这一次，伏下了他死于射线之下的死因。

许鹿希说："有位年轻的导演，要拍邓稼先，要一幢别墅，两队警卫。我说，邓稼先不是那样的。"她说："我此生就住在这里了，这才是邓稼先生前住的房子。这两个沙发是杨振宁来看邓稼先的时候坐的。他们两人就这样一人一个，坐在这儿谈话。"

批：活生生的忘我与献身的精神！

批：朴素的不仅仅是陈设，更有可贵的人格！

当年为了欢迎杨振宁来，夫妇俩上街挑了一个床单，就是现在铺在床上的那个，是单色的"十大建筑"，邓稼先喜欢这一个，就决定买了。

这张桌子就是邓稼先回来工作的桌子，那封信就是在这儿写的。

那是一封让杨振宁喜极而泣的信。

杨振宁在美国听美国人说：中国人的原子弹是由美国科学家参与做成的。他到了国内，很想问邓稼先，但是没有启口。直到上飞机时，他问了："有没有美国人？"邓稼先迟疑了一下，说："你先走吧。"邓稼先回家立即请示周总理。周总理说："把实情告诉他。"

邓稼先就是在这张桌子上写了一封信，送信的人就等在桌边，立即拿了上飞机，到了上海，赶到给杨振宁的送别宴上，亲手交给他。杨振宁当场打开，一看，立即泪流满面。

"忽报人间曾伏虎，泪飞顿作倾盆雨。"

杨振宁立刻到洗手间去了。作为一个宴席的主宾，突然地泪流满面，人们的惊讶可想而知。

我与杨博士亦曾有过对面谈话与一次来信的交往。以杨振宁的应变能力，可达外交家与政治家水平。他风度傲然，气势逼人，令人很难看到内里。

他流泪了。他当年在云南，后来在海外盼望过的强国梦，被他的同学实现了。这是他的祖国。中国人再不必有屈身向外之感了。他的泪水流在中国，中国接受着。

以白描彰显朴素而伟大的人格与精神

邓稼先(1924年6月25日~1986年7月29日)，中国杰出的科学家、理论物理学家、核物理学家，中国的"两弹元勋"。他领导了许多学者和技术人员，成功地设计了中国原子弹和氢弹，把中华民族国防自卫武器引领到了世界先进水平。我国氢弹研制用了两年8个月,而法国用了8年6个月、美国用了7年3个月、苏联用了6年3个月,与此相比,我国创造了世界上最快的速度。

本文选自《段子·房东·不被消化掉的人》的第一部分,题目为编者所加。《段子·房东·不被消化掉的人》三个部分分别展现了邓稼先、杨振宁、李政道三位科学家,在科学领域以外的令人钦佩的高尚人格。

"段子"中描述的人物是邓稼先,这位"两弹元勋"为了中国的国力能够达到世界大国的水平,一直在抢时间完成核极限试验,他"一直在抢这个时间,他忘了自己生命的时间,忘了其他一切的时间,唯要中国缩短挨打受欺的时间"。当一次原子弹爆炸失败后,几个单位在推卸责任时,他却毅然冒着生命的危险,走进了那片意味着死亡的地区。"房东"描述的人物是杨振宁,描述这位得了诺贝尔奖的物理学家深深的爱国之情。"不被消化掉的人"讲述的是李政道的爱国情结。

以这些人所取得的成果,他们可以去过舒适的生活,享受优厚的待遇,但他们却没有,为了祖国的强大,他们选择了牺牲,牺牲了家庭,牺牲了孩子,更牺牲了自己的生命。如《邓稼先的段子》,表现了邓稼先身先士卒、不怕牺牲、献身科研事业、无私奉献、生活俭朴、严守机密的精神。

真正伟大的人,往往淡泊名利,无须述者浓墨重彩。作者描述邓稼先也是这样。

这篇传记在刻画邓稼先的时候,笔墨极为省俭,多用白描。邓稼先所言,文中仅有三处,分别是接受研制原子弹任务时、原子弹试验出现故障时和杨振宁追问原子弹研制真相时。简短朴实的话语却沉甸甸的,传达的信息极为丰富,邓先生的人格魅力由此放大。如,杨振宁机场追问原子弹研制真相时,邓迟疑了一下,说:"你先走吧。"此处的"迟疑"刻画出邓稼先既想吐露真相、回击谣传又不能不严守纪律、保守秘密的矛盾心态,他的严谨自律可见一斑。

行动描写也是如此。如接到母亲病危的消息,邓稼先立即登车登机,去上海医院看老母。仅此一句,一个表面少言但内心却极为丰富、恪守孝道的邓稼先立即凸现在读者面前。为了欢迎杨振宁来,邓稼先挑选单色的"十大建筑"的床单,邓先生的朴实节俭、爱国情怀人皆可感。

"大音希声,大象无形",以白描手法描摹邓稼先先生正当其时。(子夜霜、张大勇)

中国导弹之父钱学森

[合众国际社北京1980年5月22日电] 主持研制中国洲际导弹的智囊人物是这样一个人:

许多年以前,他曾经是美国陆军上校,由于害怕他回中国,美国政府竟把他扣留了5年之久。

他的名字叫钱学森,今年68岁。在这个名字的背后,有着一段任何科学幻想小说或侦探小说的作者都无法想象出来的不同寻常的经历。

"我宁可把这家伙枪毙了,也不让他离开美国。"50年代的美国海军部长丹·金波尔说,"那些对我们最为宝贵的情况,他知道得太多了。无论在哪里,他都值5个师。"

金波尔对钱学森博士的才能的高度评价,已经被1955年钱学森获准离开美国回国以后的事实所证实。

正是因为有了钱学森,中国才在1970年成功地发射了第一颗人造卫星。现在,由他负责研制的火箭,正在使中国成为同苏联、美国一样能把核弹头发射到世界上任何一个地方的国家。

本星期四,是钱学森终生事业中的又一个里程碑。在这一天,中国宣布,它将向新西兰和澳大利亚周围的海域发射一枚洲际弹道火箭。

就像1949年共产主义革命后中国科技界的许多领袖人物一样,钱学森是美国教育的产物。

他是1935年以美国提供的奖学金去美国留学的。1906年,中国爆发了反对当时占领中国主要口岸的各殖民强国的叛乱。在这次叛乱被镇压之后,中国向各列强赔款。美国用自己获得的一份赔款为中国学生提供了一部分奖学金。

钱学森是上海一所大学的毕业生。到美国后,他先就读于麻省理工学院,1936年,又转学到加州理工学院。

就在加州理工学院,他成了西奥多·冯·卡门教授的得意门生。卡门是匈牙利出生的犹太人,就是他,使得加州理工学院成了世界上研制喷气发动机的先驱之一。

在加州理工学院,只有那些拔尖的高才生才能在卡门手下工作,钱学森就是这少数尖子中的一个。

有一次,钱学森和其他热衷搞火箭的人用课余时间搞实验,结果发生爆炸,震坏了加州理工学院的一间实验室。从此,其他同学给他们取了绰号,叫作"自杀俱乐部"。

在30年代后期和40年代初期,到加州南部度周末的人们经常可以看到这伙人在干燥的山坡上搞发射火箭的试验。

到第二次世界大战后期,钱学森已佩戴上了美军上校的军衔。大战一结束,他就被派到战败的德国,调查并报告德国科学家研制火箭和原子弹的进展情况。

他的报告十分精彩,获得了当时的美国空军司令、已故的亨利·阿诺尔德上将的通令嘉奖。

在中国出兵参与1950~1953年的朝鲜战争,支持朝鲜同美国作战之后,钱学森同美国政府发生了矛盾。以已故的埃德加·胡佛为首的联邦调查局特工人员声称,他们搜集到证据,证明在30年代,钱学森与共产党的同情者有过来往。

于是,钱学森被捕了,被宣布为不受欢迎的异己分子。洛杉矶律师格兰特·库普为他进行了不成功的辩护。库普后来曾为刺杀罗伯特·肯尼迪参议员的凶手西尔汉出庭辩护。

1950年，在钱学森被捕前不久，他曾打算离开美国。然而，在到达檀香山后，他被捕了，并在这以后被拘押了5年，直到艾森豪威尔政府认为他脱离国防事业已久，不再对美国构成危险。

1955年，钱学森获准回国。与此同时，中国方面释放了它在朝鲜战争期间俘获的11名美国飞行员。美国国务院官员一直否认这是某种交换。

在南加利福尼亚期间，钱学森同江英(音译)结婚了——她是一位才华出众的音乐家，其父是国民党旧政府的一位陆军将军。她和两个孩子同钱学森一道回到祖国。

今天，钱学森在中国政府的国防科委中占据高位。

1970年，中国发射了它的第一颗人造卫星，这是钱学森的杰作。在此之后，中国又连续发射了8颗人造卫星。

今年早些时候，他会见来访的美国国防部长哈罗尔德·布朗，布朗是他在麻省理工学院时的同班同学。

[美国]罗伯特·克莱伯/文，佚名/译

品读

钱学森(1911年12月11日~2009年10月31日)，中国空气动力学家，中国科学院、中国工程院院士，中国"两弹一星"功勋奖章获得者之一，"工程控制论"创始人，被誉为"中国航天之父"和"火箭之王"。曾任美国麻省理工学院教授、加州理工学院教授，为中美两国的导弹和航天计划都曾作出过重大贡献。钱学森的老师冯·卡门在1967年出版的自传中，特辟一章："钱学森与红色中国"。冯·卡门对钱学森的评语："美国火箭领域中最伟大的天才之一，我的杰出学生。"1935年9月成为20名留美公费生之一。1955年，钱学森被美国政府释放，于10月8日返回中国。1956年10月，钱学森受命组建中国第一个火箭导弹研制机构，1958年开始研制航天运载火箭。1960年"东风一号"近程地地弹道导弹发射成功。1965年人造卫星工程开始实施，于1970年4月24日中国第一颗人造卫星"东方红一号"发射成功。

《中国导弹之父钱学森》展示了"两弹一星"元勋钱学森的科学探索精神、爱国精神、举世瞩目的功绩；平实的语言饱含敬佩之情，对比衬托中突显人物才智。科学探索精神源于强烈的爱国精神，科学探索精神使其取得了举世瞩目的功绩，而举世瞩目的功绩则正是他爱国精神的具体体现。

1980年5月18日，中国向太平洋预定海域成功发射了第一枚运载火箭，美国合众国际社向全球播发了这篇专稿，标题用语十分贴切。新闻首段没有直接评述人物，而是采用衬托手法："害怕""竟""5年之久"，写出了美国政府的害怕，说明钱学森当时的科学成就已享有盛誉。美国海军部长丹·金波尔歇斯底里的话语,道出了对才智超群的钱学森的敬畏。"正在使中国成为同苏联、美国一样能把核弹头发射到世界上任何一个地方的国家",有核武器并不能真正起到威慑力,只有具备了投射能力才真正具有威慑作用。所以说,中国运载火箭的成功发射"是钱学森终生事业中的又一个里程碑"。

时代骄子

乔布斯的最后一年

◇[美国]沃尔特·艾萨克森

读点

高瞻远瞩是创造力的基石。
勇于探索方能登临绝顶。

2011 年 10 月 5 日,"苹果教父"史蒂夫·乔布斯因胰腺癌去世,结束了他 56 年的传奇人生。10 月 24 日,他生前唯一正式授权的传记《史蒂夫·乔布斯传》在全球发布。

2010 年初秋,在去华盛顿的一次旅行中,乔布斯夫人鲍威尔见到了白宫的一些朋友,他们告诉她,奥巴马总统将于 10 月访问硅谷。鲍威尔建议总统或许愿意跟她丈夫见上一面。奥巴马的助手们喜欢这个想法,认为这种安排也跟总统新近对竞争力的关注很契合。所以,总统的行程上被留出了半个小时的时间,安排在旧金山机场的威斯汀酒店见面。

然而乔布斯对鲍威尔背着他安排了这件事感到不悦。"我不想被安插进一个象征性的会谈,就为了他可以勾上一个行程说他见了一个 CEO。"鲍威尔坚持说奥巴马"真的很想见到你"。乔布斯回答说如果真是那样,奥巴马应该亲自打电话来提出邀请。

这个僵局持续了 5 天。她把在斯坦福上学的儿子里德叫回家来吃饭,试图让他劝说父亲。乔布斯最后态度软了下来。

批:倒叙方式,引入记叙。

批:通过夫人的安排,巧妙引出与总统的见面。为下文发表乔布斯观点埋下伏笔。

批:从中看出乔布斯的倔强个性和务实态度。

批:乔布斯能接受儿子的意见,可见其慈父心态。

这次会谈实际上持续了45分钟，乔布斯说话丝毫不留情面。"看你的架势，你就想当一届总统吧。"一开场乔布斯就这样对奥巴马说。否则，他说，奥巴马政府应该对企业更友好一些。他描述了在中国建一家工厂有多么容易，而这在现在的美国几乎不可能做成，主要是由于监管和不必要的成本。

批：直言不讳，性格直率。

批：希望政府能为企业提供更好的支持。

乔布斯还抨击了美国的教育体系，说它陈旧得毫无希望，而且被工会制度掣肘。在教师工会瓦解前，几乎没有希望进行教育改革。他说，教师应该被当作专业人员对待，而不是工厂组装生产线上的工人。校长应该有权力根据教师的水平聘用或解雇他们。学校应该一直开到至少下午6点，一年应该开放11个月。他还说，非常奇怪美国的教室里依然是老师站在讲台上用教科书讲课。所有的书、学习资料和测试都应该是数字化的，而且是互动的，为每个学生专门定制，并提供实时反馈。

批：很有见地的企业家！

批：当代科技为教学的数字化提供了可能，而乔布斯的企业生产的产品无疑也为实现教学数字化提供了可能。

2011年2月，风险投资家、乔布斯的朋友多尔开始筹备在硅谷为奥巴马总统举行一个小型晚宴。乔布斯坐在总统旁边，作了如下开场白："无论我们的政治理念是什么，我希望你了解，我们来这儿是为了做任何你要求的事情来帮助我们的国家。"尽管如此，晚宴从一开始就变成CEO们没完没了地建议总统可以为他们的企业做些什么。总统听得很烦，多尔把讨论拉回到主题，让每人都建议一些切实可行的方案。轮到乔布斯时，他强调需要有更多训练有素的工程师，建议对任何在美国拿到工程学位的外国留学生都应该发给签证，让他们留在美国。奥巴马说那只有在《梦想法案》的范围内才会实现。该法案允许小时候非法移民到美国的外国人在高中毕业后成为合法居民——这曾经是共和党政府禁止的。乔布斯觉得这正体现了政治是如何导致社会瘫痪的。"总统是个聪明人，可是他一直在向我们解释为

批：开场白将此次会谈提高到国家的层面，不仅高明，而且也适合会谈者的身份。

批：留住人才，才能使企业更有创造力，其眼界高远。乔布斯的这个建议不仅有远见，而且很务实，这是一个杰出的企业家应有的素质。

什么事情做不成，"他回忆说，"把我气坏了。"

乔布斯继续敦促要找到一种方式培养更多的美国工程师。他说，苹果在中国的工厂雇用了 70 万名工人，需要 3 万名工程师去支持这些工人。这些工厂的工程师不必是博士或天才，他们只需要掌握基本的制造业工程技术。技术学校、社区大学或贸易学校都可以培养。"如果你能培养出这些工程师，"他说，"我们可以把更多的制造厂搬回来。"这个观点给总统留下了深刻的印象。接下来的一个月里，总统跟助手们提到了两三次："我们必须找到方法，把乔布斯告诉我们的那 3 万名制造工程师培养出来。"

乔布斯很高兴奥巴马在跟进这个想法，那次会后他们还通过几次电话。他还主动提出帮奥巴马做 2012 年总统竞选的政治广告。（他 2008 年就提出过同样的建议，但后来奥巴马的策略师戴维·阿克塞尔罗德不够听话，他就烦了。）乔布斯一直在跟疼痛奋战，但是关于政治的讨论让他兴奋不已。"每过一段时间，就会有一个真正的广告大师参与进行，就像哈尔·赖尼在 1984 年为里根竞选连任制作的'美国的早晨'。那正是我想为奥巴马做的。"

乔布斯 2011 年病休的公告也引发了其他人到帕洛奥图的朝圣之旅。例如，比尔·克林顿就曾登门拜访，讨论从中东到美国政治的所有事情。但最令人感动的来访者是另一位生于 1955 年的天才，那个 30 多年来作为乔布斯的对手和伙伴、共同定义了个人电脑时代的人——比尔·盖茨。

2011 年春天我跟盖茨在华盛顿共进晚餐，他惊讶于 iPad 的成功，以及乔布斯即使在生病期间都那么专注于寻找方法去加以改进。他有些伤感地说，"也许我应该留在那场游戏里。"他冲我微笑，以确认我知道他在开玩笑，或至少是半开玩笑。

一天下午，盖茨开车来到了乔布斯家。他们在

批：并非说说而已，提出的建议还要身体力行，表现出一位企业家的务实精神。

批：总统的话不仅说明乔布斯的建议得到了重视，而且也是切实可行的。

批：乔布斯对接受自己建议的总统表现出极大的热情和支持，不仅是因为利于自己的企业发展，而且也是出于对总统的尊重，表现出了对国家的关心。

批：列举的两个人，一个是美国前总统比尔·克林顿，一个则是电脑天才比尔·盖茨，这可以看出乔布斯的巨大影响力。

批：以"我"的角度了解盖茨对乔布斯的评价，显得真实。

时代骄子 121

一起待了 3 个多小时。"我们就像这个行业里的两个老家伙在回首过去。"乔布斯回忆说，"他比以往我看到的任何时候都开心，我一直在想，他看起来真健康。"

盖茨也同样惊讶于乔布斯虽然瘦得吓人，但还是比他预期的要精力充沛。乔布斯对自己的健康问题毫不避讳，而且，至少在那一天，感觉很乐观。他告诉盖茨，他的一系列靶向药物治疗方法就像"从一片荷叶跳到另一片"，试图总是比癌症快上一步。

乔布斯问了些关于教育的问题，盖茨描述了他对未来学校的设想——学生们自己观看讲座和视频课程，而课堂时间用来讨论和解决问题。他们一致认为，迄今为止计算机对学校的影响小得令人吃惊——比对诸如媒体、医药和法律等其他社会领域的影响小得多。盖茨说，要改变这一点，计算机和移动设备必须致力于提供更多个性化的课程并提供有启发性的反馈。

他们也谈了很多关于家庭乐趣的话题。在谈话接近尾声时，盖茨称赞乔布斯创造了"那些令人难以置信的东西"，以及在 20 世纪 90 年代末从那些差点儿毁了苹果的家伙手里把它拯救出来。纵观他们的职业生涯，彼此对于数字世界最根本的一个问题都抱有对立的理念——硬件和软件应该紧密整合还是应该更加开放。"我曾经相信那种开放的、横向的模式会胜出。"盖茨告诉他，"但是你证明了一体化的、垂直的模式也可以很出色。"乔布斯也承认说："你的模式也成功了。"

但盖茨也补充了一个警告性的说明："一体化的模式之所以成功，是因为有史蒂夫在掌舵。但那并不意味着它将在未来的多个回合中获胜。"乔布斯也感觉必须要加上一句对盖茨的警告："当然，你的分散模式可行，但并没有制造出真正伟大的产品。这

批：两位 IT 业先锋人物相互的高度评价，也使读者对他们不禁肃然起敬。

批：两位 IT 精英关于教育的讨论极其创新性，不仅表现出对教育的关切，也表现出对世界未来的展望。

批：盖茨的评价可以看出乔布斯创造的"苹果"产品的非同凡响和他本人在企业的崇高地位。

批：专业方面的讨论，不仅显示其职业特点，也突出他们各自企业发展理念的独特而且很成功。

批：虽然都是警告，但都是善意的，同时也是对各自的发展模式的自信与坚守。

是问题的所在，是个大问题，至少在一段时间内是。"

（佚名/译）

具有创新精神的乔布斯

史蒂夫·保罗·乔布斯(Steven Paul Jobs,1955年2月24日~2011年10月5日)，美国商业巨子和发明家，苹果公司创始人、前行政总裁。1977年1月苹果公司成立；1983年乔布斯着力研究新个人电脑；1985年9月17日乔布斯正式从苹果辞职，与其他苹果雇员创建新的公司NeXT；1989年NeXT公司失败，1996年苹果公司收购了NeXT；1997年乔布斯再次成为苹果的行政总裁；2010年1月27日,苹果公司平板电脑iPad正式发布；2010年5月26日，在与比尔·盖茨竞跑了30多年后，史蒂夫·乔布斯终于将苹果公司送上了顶峰，苹果的市值在当日纽约股市收市时达到2220亿美元，而微软的当日市值为2190亿美元。

沃尔特·艾萨克森(Walter Isaacson,1952年5月20日~   )，美国传记作家。曾出任美国《时代》周刊总编辑和世界传媒巨头CNN公司的总裁。代表作有《基辛格传》(1992)、《富兰克林传》(2003)、《爱因斯坦传》(2007)、《史蒂夫·乔布斯传》(2011)。

本文选自《史蒂夫·乔布斯传》。本传记采用倒叙方式，先写乔布斯的去世，再写他最后一年的经历，将乔布斯生命中最后一年的精彩人生再现于世人眼前。作为数字界的先锋人物、知名的企业家，乔布斯接触的人物、有意义的事情也很多，但本选段只选取了乔布斯与奥巴马、乔布斯与比尔·盖茨交往对话讨论的两个片段，来充分展示了"苹果教父"的个性特点和创新思维。

乔布斯的个性和创新主要体现在：

人际关系上。乔布斯不喜欢被人安排，而是具有非常独立的性格。但接受儿子的建议，也可见其爱子心情；其性格直率，见面就批评奥巴马，毫不隐讳，而奥巴马能接受他的建议，其魅力也可见一斑。"2011年病休的公告也引发了其他人到帕洛奥图的朝圣之旅"，来人既有曾在美国政坛举足轻重的美国前总统比尔·克林顿，也有电脑天才比尔·盖茨，而且得到盖茨的高度评价，说明乔布斯具有非凡的人格魅力。

关心国家、企业。当与奥巴马见面时，他就直截了当地提出"奥巴马政府应该对企业更友好一些"；在朋友多尔为奥巴马总统举行的一个小型晚宴上，"他强调需要有更多训练有素的工程师，建议对任何在美国拿到工程学位的外国留学生都应该发给签证，让他们留在美国"，如此大胆的建议充分显示了他的创新性格。他还非常热心地帮助奥巴马竞选总统，其目的就是要推广自己关于人才的理念。

关注教育。在奥巴马面前抨击了美国的教育体系，说它"陈旧得毫无希望，而且被工会制度掣肘"，提出关于如何管理教师、如何安排学生课程、使用什么样的教学工具等方面的创新建议；与盖茨的谈话中，也提到学校使用计算机进行个性化教学的问题。

IT业的创新。从盖茨与乔布斯的谈话中，我们可以看出，盖茨和乔布斯各自有一套管理模式，他们都是这个行业的先行者，具有创新意识和精神，从他们对未来的讨论中，也可以看出，他们对于本行业的关注，从来就没有间断过，而且在探索新的方法。（苏先禄、子夜霜）

狂人卡梅隆

迄今为止，没有哪个导演会像詹姆斯·卡梅隆这样，被冠以如此之多的绰号——暴君、魔鬼、狂人、疯子、科技教父、烧钱机器，也没有哪个导演像他一样，将这些称号悉数收下，然后微笑着说："这是一种恭维。"我们对他的了解，大都透过那些始终保持着各种纪录的影片——《终结者》《深渊》《真实的谎言》《阿凡达》《泰坦尼克号》。他的影片常常是票房的保证，各种奖项的象征。事实上，卡氏本人更像是一部尚未公映但颇具看点的纪录片。

他是片场上的暴君

为了拍《终结者2》，女主角琳达·汉密尔顿在他的要求下吃了一年素，并且接受了一个前摩萨德特工的训练，训练项目包括蒙眼拆装枪支同时躲避他扔过来的东西并报上自己的身份证号码。她还学会了用一张纸打开洛杉矶警局的手铐。这位后来成为他前妻的女人曾经问他："真的有必要这样做吗?"他的回答是："这个问题要多愚蠢就有多愚蠢。"

要拍《深渊》的时候，他去见当时的20世纪福克斯公司总裁伦纳德·戈德堡说："我只想说一件事：我们一旦开始冒这个险，电影一开机，你再想叫停就只有杀了我。"

卡梅隆在南加州一个废弃核电厂的安全壳里注了近四万吨水，主要的演职员都得考下潜水合格证，水里加了大量的氯作为消毒剂，一两天时间就能把钢蓝色的潜水衣漂成灰色，工作人员的头发眉毛都像白化病患者。剧组成员后来把片名改掉两个字母，从《深渊》(*The Abyss*)变成《虐待》(*The Abuse*)。

《泰坦尼克号》拍摄过程中，所有剧组成员，包括卡梅隆在内，每天要在30英尺的水下工作15到18个小时。很多人患上了感冒，甚至是肾炎。

跟卡梅隆合作过的演员们常说："不要跟我说什么魔鬼，我就跟魔鬼在一起工作。"

对此，卡梅隆的回答是："这种经历，对于他们来说是非常难得的人生历练和体验。"事实的确如此，与卡梅隆共事的日子令他们终生难忘，但每当想到那段魔鬼训练的日子，很多人还是腿肚子转筋。

他是一个自虐狂

1977年,当过清洁工、开过卡车的卡梅隆看了电影《星球大战》,出了电影院,他哇哇大吐。他兴奋,兴奋人类的想象力可以走出如此之遥,他恐惧,如果他再不触电,那么好的故事和好的创意都被别人讲完了。

《泰坦尼克号》开机几周,剧组已超支数千万美元。卡梅隆放弃了大约1000万美元的导演和制片费,只拿100万左右的剧本费。他说他还放弃了未来的影片收益分成,但20世纪福克斯公司认定这部电影还是会赔钱,要求搭上他下一部电影的分成比例。对此,卡梅隆没有提出丝毫骄议。赚钱,从来都不是他做事的唯一目的。

那时,美国的舆论界一致认为《泰坦尼克号》将如那艘船一样,功败垂成。卡梅隆在自己工作间的电脑前放了一把剃刀,他说:"如果不成功,就用这把剃刀了断自己。"所有的人都觉得他在开玩笑。当然,《泰坦尼克号》最后的辉煌令卡梅隆无法证实这句话的可信度。

压力激发潜力,是卡梅隆的哲学。对于电影技术和故事情节的创新,他的痴迷发展到了做噩梦的地步。他没有去看心理医生,也没有借助安眠药来换取一刻休憩,而是任由其蔓延。他觉得,噩梦尽头,应该就是灵感了。所有看过《阿凡达》的人,当看到男主人公骑上飞龙开始飞翔的那一段时都叹为观止,但鲜有人知道,那样的灵感来源于卡梅隆经年的噩梦。

一个可以享受梦魇的人,要么可敬,要么可怕。

他是一个完美主义者

2012年3月29日,57岁的卡梅隆乘坐"深海挑战者"号,下潜至马里亚纳海沟最深处(约10898米)探险,成为人类历史上独自目击世界海洋最深处影像的人,他因此创下世界纪录。

这,是不广为人知的卡梅隆。事实上,这些年来,除了拍电影,他曾8次潜海,他将之称为探索生命。他不赞同那些带着一把降落伞从悬崖上跳下去所谓极限、感受生命力的举动,他说那是毫无意义的冒险。"即使不那样冒险,我也感觉得到自己的生命力。"多年来,卡梅隆在他的潜海经历中多次遇险,包括这次深入世界海洋最深处,超强压强下,窗户突然凹陷,深潜器缩短了17厘米,液压油也出现了泄漏。凭借多年严格的水下训练,卡梅隆再次死里逃生。这时,他的耳边传来万米之上妻子苏茜的声音,她说:"祝贺你大功告成! 亲爱的,希望你开心。"

卡梅隆是一个不愿意流泪的硬汉,他觉得生命在这样的对话里有诗意,有他想要的那种永恒。他更愿意在这样的声音里回想起他拍摄《深渊》时的情景,男主人公像他一样在深海里遇难,他的妻子也是这样跟他通话——艺术与现实,其实距离并不遥远。如此雷同,与巧合无关。

卡梅隆如此解释自己的探险行为:"不是为了冒险而冒险,而是要探索未知,带回故事与画面。"也是他,推动美国航天局在宇宙探测仪上安装了3D摄像仪。

其实,透过这些,不难理解为何他会那样苛刻及要求完美。

他训斥手下的工作人员:"雇了你像开了两个高手。"他亲手为《泰坦尼克号》的女主人公画素描,绘制大船沉没受力图。当有人写信给他,告诉他《泰坦尼克号》中杰克与露丝仰望的星空图根本不是 1912 年 4 月 14 日凌晨的星空时,他回信说:"好吧,混蛋,那么你帮我画出当晚的真实的星空。"在《泰坦尼克号》3D 中,卡梅隆果然采用了那位宇航员绘制的星空图。

喜爱挑战,从不畏惧,接近极限,是卡梅隆影片给观众的视觉与心灵上的双重震撼。而掀开他个人生活的那一面,不难看出这也是典型的卡氏哲学。不管他是多么饱受争议,这个人,同他的影片一样,值得尊重。

很喜欢卡梅隆说过的一句话:"我要活得有脸面,哪怕这要花掉数百万美元和很长的时间。"他说,"好莱坞不是一般的地方,没有几个人能信得过——对他们来说握手连个屁都不是。我一直尽力不被卷进好莱坞的等级体系。我个人不喜欢别人因为我是功成名就的导演而对我低眉顺目。这是种蓝领的敏感。"

不管是脸面还是敏感,卡梅隆让我们看见,活着,始终追求尊严——包括对常识的捍卫,对理性的建设,以及对信仰的寻求。

[中国]三秋树/文

品 读

詹姆斯·弗朗西斯·卡梅隆(James Francis Cameron,1954 年 8 月 16 日~   ),加拿大电影导演、剧作家。他擅长拍摄动作片以及科幻电影。1984 年,卡梅隆自编自导的科幻片《终结者》使其一夜成名,他的电影主题往往想要探讨人与科技之间的关系。他导演的电影经常超出预定计划以及预算,不过都很卖座。目前电影票房史上最卖座的两部电影——《泰坦尼克号》(1997)和《阿凡达》(2009)都是他创作并执导的作品。其中《阿凡达》全球票房超过 25 亿美元,堪称世界电影之最,也是全世界票房收入最高、历史上最成功的电影之一。

《狂人卡梅隆》这篇人物传记,刻画了一位对影片热爱达到几近疯狂地步的人物卡梅隆形象。人物传记是通过对典型人物的生平、生活、精神等领域进行系统描述、介绍的一种文学作品形式。作品要求"真、信、活",以达到对人物特征和深层精神的表达和反映。人物传记是后人或人物资料的有效记录形式,对历史和时代的变迁等方面的研究具有重要意义。

这篇传记有如下特点:

总分总结构。传记的开头概述他人对卡梅隆的评价,引出后文的具体介绍。主体部分从三个方面介绍传主性格特征——片场上的暴君、自虐狂、完美主义者,用作者的评论和传主的话语介绍个人生活来结尾。如此安排,使传记显得结构完美。

突出"狂"的性格。传记将传主的各种事迹分为工作和生活两大方面,工作上的事迹又分为暴君、自虐狂、完美主义者,如此分类,从不同的角度反映传主"狂"的特点,从而将传主对电影制作极度热爱的内心世界展示出来。

材料真实典型。本传记中所选取的人物琳达·汉密尔顿是传主前妻,还有影片《终结者》《深渊》《真实的谎言》《阿凡达》《泰坦尼克号》《终结者2》《星球大战》等都是著名的票房大片,在这些材料的支撑下,其他一些隐秘的个人生活或拍摄花絮,以及其他的探险活动就显得真实可信了。

第 1000 个球

◇[美国]罗伯特·菲什/笔录

读点

平铺直叙中包蕴着跌宕起伏。

外在张狂里潜藏着内在危机。

紧张的球赛氛围与人物复杂的心态完美结合起来。

1969 年 10 月中旬,巴西的报纸发现,12 年前我开始为桑托斯队踢球以来,我进球的正式纪录已接近千球大关。报上的专栏提到,英国格拉斯哥的凯尔特队的吉米·麦哥利因为进了 500 个球而在英国名垂球史。他们也注意到,当他创下那项纪录时,防守一般比现在要弱。他们说,任何球员要射进 1000 个球,一定会流芳百世,就连产生这位球员的国家和他踢过的球,也同样会千古不朽。

国外也听闻了这件事。在美国,他们把足球进了 1000 个球同棒球每场打一支全垒打相提并论,如果棒球巨星巴布·鲁思能做到这一点,他在扬基队的那些年里,应该打两千支全垒打。那时我踢了不到 900 场球,进了约莫 990 个球,平均每场超过一个球。因此他们觉得这种比较是合理的。

在英国,他们拿过去球星的纪录作比较,但没有一个接近 1000 个球。大家一直相信,进 1000 个球是不可能的,但一个年轻的巴西球员却接近了这个

批:贝利因千球大关而备受国内媒体关注,特别引人注目。

批:媒体在比较中渲染造势!

批:写外国媒体对贝利的关注,再次渲染造势。

数目。我相信,这项纪录对报纸和世界各地的球迷将是一条重要新闻,但却把我搞得很紧张。要是有一天早上有人来告诉我,我已经进了 1000 个球,我会很高兴的。但等着那天的到来,加上报纸、电台每天谈论不休,实在令人神经过敏。

不过只要距 1000 大关尚远,一切都还正常。10 月 15 日,对葡萄牙达斯浦图斯队以 6∶2 获胜的一仗中,我进了 4 个球。在新闻里,我进的球成了我的第 990、991、992、993 个球。压力越来越大了。一个星期后对可利蒂巴队一仗中,我进了第 994、995 个球。于是,新闻界大张旗鼓,世界各地都派来了记者。每次接近球门的时候,都有一大堆照相机从各个角度对准我,讨厌透了。下一场对福林缅连斯的比赛,我们队——包括我在内——没有进球,幸好对方也没有进。在 11 月 1 日对火烈鸟队的比赛中,我的球数增加到 996,从此就踏步不前了。

11 月 4 日,我们以 1∶4 惨败给圣保罗的哥林仙队,我没有进球。当时全队都感到了压力。5 天之后,我们以 1∶1 和圣保罗队,那唯一的一球也不是我进的。我猜想全巴西和全球的报纸以及电台都开始担心起来。花了他们有限的经费派了记者来,却迟迟得不到他们所要的新闻。另外,我知道全桑托斯队都希望这 1000 大关早点过去,可以好好踢球而不是整日像在显微镜下被人观看一样。

11 月 12 日,在对山达·克鲁兹队的一仗中,我射入两个球,数目增加到 998,下一场比赛来的记者、电视人员、摄影人员和电台广播员更多了。两天后在东北地区的一场比赛中我射入了第 999 个球。因此,11 月 16 日在巴伊亚对伊斯浦特俱乐部的比赛,我想全国的电台都会转播。

出场时我感到很紧张,我从来没有像那天那样希望我已经过了千球大关。我突然害怕起来,觉得

批:媒体的渲染造势让人们无限期待,也让"我"日渐紧张,甚至"神经过敏"。

批:有时候,距离目标还远,心态反而极为平和,技术得以精彩发挥。

批:过多的关注,只能让运动员更加紧张,不利于技术水平发挥。

批:此段以时间为序,忠实记录进球个数,数目离千球越来越近,而"我"的心情也越来越紧张。

批:"我"的内心不再关注球场,反而关注场外,这怎能顺利进球?

批:目标就要实现,外界的关注更火热,外在的干扰更严重了。

批:"紧张""害怕"直接写自己的内心感受。

再过多少年我也进不了一个球。第 1000 个球就在我的面前，若即若离，在嘲笑我，使我无法好好踢球。上百的照相机对我毫无帮助，像是单眼的火星怪物，冷冷地望着我。巴伊亚的报纸吹牛说，我如果在他们那里进了第 1000 个球，他们庆祝的规模连里约热内卢和圣保罗都会望尘莫及。他们要让里约的人看到，巴伊亚的好客才算得上是真正的好客。报纸说，他们还要举行一个特别的感恩弥撒。

我极力克服害怕心情，把球踢好，但不断的压力的确使我和我的技术受到影响。直到快结束时，才来了个极好的射门机会。我想，这下行了。球传给了我，我闪过对方的后卫，在确信门将已被我诱开之后，我使尽全力朝球门踢去，但不幸射中横梁，反弹回来。我和守门员还没有来得及赶上去，我的队友查巴拉已踢球入网。球赛以 1∶1 结束，我还是未过千球大关。

我们的下一场比赛是在里约的马拉卡纳体育场对达伽马队。里约的人对有机会在自己的城里看到我踢进第 1000 个球，兴奋极了。我却感到不太高兴。一方面，我觉得或许上帝并没有意思要让任何人射 1000 个球。另一方面，像是证实我的想法似的，那天，11 月 19 日，下了一场热带所特有的大雨，老天好像敞开来要把长期积蓄的雨水全部倾注下来似的。尽管如此，8 万名观众仍然冒雨而来。为了这许多落汤鸡勇士，我只有尽力而为了。

达伽马队的雷利负责看住我，他跟尼尔顿·山度士一样的壮，两条腿像树干一般粗，他当后卫，谁都得让他几分。场地滑，雨水渗到眼里，不管我往哪儿跑，雷利永远紧跟在我身旁。结果 30 分钟内我只碰到一次球。后来终于有了一个几秒钟的空隙，我诱开他，他还没有来得及回过身，我已带球向球门逼近，一路上雨水四溅。我躲开其他跑来拦截的球员，

批："嘲笑""冷冷"移情于物，运用拟人的手法，暗示自己的心情。

批：观众热切的期待实则暗藏着不妙的结果。

批：做任何事都是如此，值得读者引以为戒！

批："闪"，速度极快；"诱"，展示实力；"尽全力朝球门踢去"，令人期待；"射中横梁"，真是不幸，无论是对"我"，还是媒体，还是所有期待者。

批：反观上文，类似的语言有多处，"我"还是较为清醒的。

批：一个绝妙的衬托，可见关注度之高。这雨水难道又是这 8 万人的汹涌泪水？文章的曲折尽显！

批：情况不妙，再次反跌！

批："几秒钟的空隙"，来之不易的机会，可尽显球技高妙！"诱""逼""躲""飞"，这些动词细致

起脚劲射,我看着球飞起,听到观众的欢呼声,这球一定进了。我的疑虑解除了,这场考验总算过去了!闪光亮得几乎使我看不见东西,但我还是看到了我最不希望看见的一幕——达伽马队的阿根廷门将安地拉特,飞身跃起,用指尖将球托过横梁。

我失望极了,但这样一来我再也不紧张了。我发现进第1000个球与进其他的球并没有两样,都是踢球入网,这个数目并不会造成什么不同,也没有什么不吉利的数字,上帝绝不会对某个球另眼相看,表示冷漠。而且事实证明雷利是可以骗开的,现在重要的是冷静下来,射球入网,从此结束这场千球大关的闹剧。

我又一次盘球闪过雷利,接近球门。同样我又穿过了他们的后卫。侧身射球,但球过高,射中球门横梁反弹回来。我正要顶球,雷利也跳起来把球偶然顶进了网——替桑托斯添了一分!

替对方进一球,对球员本人和整个球队都是难堪的事。我相信雷利一定会因此而心烦意乱。尽管天气和场地都那么糟,也就不乏射门得分的机会了。

观众大嘘雷利,不是因为他为我们进了一球,而是因为他剥夺了我进入第1000个球的机会。

这场比赛还剩下不少时间。我正在中场,克罗都奥多的一记妙传冲破了达伽马的防守,我截到球时,我与对方门将之间只有雷利和菲林多两个人,而且他俩还是分开的!我以最快速度带球上前,想从他们两人之间穿过去。菲林多决心不让我接近球门,跃身扑来绊我,观众的叫声和裁判的笛声同时响起:罚球!

以罚球踢进我的第1000个球绝不是我当初的意愿。但在那个时候,用什么方法踢进都行,但求完事大吉!不知道我对着球站了多久,安地拉特很紧张地望着我。我极力保持清醒的头脑,忘记这球对

逼真地展示绝妙的球技,让人无限期待。

批:仍然没有进球,真是一波三折!

批:看似奇怪,实则是真实的心情。"第1000个球与进其他的球并没有两样",历经曲折后的可贵的发现。

批:冷静了,胜利就有望。称千球大关为"闹剧",也是传主可贵发现后对千球大关的真实看法。

批:尴尬的进球!

批:"嘘"声,可见观众对贝利的第1000个球是多么的期待。

批:没料到千球机会竟是这样得来的。

批:以"罚球"而得来进第1000个球的机会,也的确谈不上精彩。

批:难得的"清醒",难得的"冷静"!

我、对我的足球生涯、对我的球队的重要性。我极力放松下来,恢复刚才的冷静。刹那间,我想起了很久以前在一次少年队比赛中我没有踢进罚球,我又克制自己不去想它。我告诉自己站得越久,失球的机会越大。要是踢不进,那也无所谓,还有别的机会嘛! 当我脑子还在辩论,身子已经等得不耐烦的时候,我发现球已经踢出去了。我看到球以美妙的弧线,飞过安地拉特张开的手掌,进入球网。

批:放松紧张的心情才最重要。

批:第1000个球尽管不是激烈对抗中进球的那种精彩,不过贝利也算终于如愿以偿了。

观众的吼声几乎能把滂沱大雨压下去。摄影师和记者从球门后面冲上来,把我团团围住。数以百计的观众跳下看台,不理会警察,越过湿地,向我冲来。我的球衣被人剥了下来,又有人替我套上了另一件——上面印着1000的号码。我被人抬了起来,绕着场跑,眼中的泪水表现出我是多么激动。我们经过看台时,观众欢声雷动。我被放下来之后,大家要我绕场慢跑一圈,好让每个人看看我的新球衣。跑过马拉卡纳体育场拥挤的区域时,我的心跳得很快,为了这件事终于过去而高兴,为了我创造了千球纪录而感到愉快。在我经过看台时观众都站起来欢呼。

批:运用夸张的手法,尽写观众兴奋、狂热的心情。这样的场景早在人们的预料之中。

批:"我"终于释然了。

然后,别人替换了我。我回到更衣室,坐在那儿,一点儿感觉也没有,我慢慢脱下那件印有1000号码的新球衣,把它叠得整整齐齐的,放在旁边的凳子上,准备带回家,作为珍贵的东西,永远保存起来。

批:对过去生涯的封存,这是很可贵的。

次日,我进了第1000个球和美国宇宙航行员康莱特、比恩第二次登上月球的新闻,平分了巴西报纸的头版。在我看来,这两件事的重要性简直无法相提并论。不止一次而是两次把人送上月球,比发生在足球场上的任何事当然重要得多。但在那时候,我还是为自己终于破了千球大关而感到十分高兴。那个球是在我的第909场比赛中踢入的。它使我卸

批:客观、冷静地看待自己的第1000个球大关,展现了一代球星的客观、冷静的心态。

批:外界的"高拔"和自己的"平常心"对比,尽显清醒。

下了一个思想包袱——从此可以把注意力集中于一
件更重要的事——即将来临的1970年世界杯赛。

（阔野/译）

鞋子是否合脚，只有脚知道

　　埃德森·阿兰特斯·多·纳西门托（Edson Arantes do Nascimento，1940年10月23日~　　），昵称"贝利"。贝利出生在巴西的一个贫寒家庭。1969年11月19日，贝利在马拉卡纳体育场踢进了他个人生涯的第1000球。贝利在他长达22年的职业足球生涯中，共参赛1366场，射入1283球。2000年贝利被国际足联评为"世纪球员"。

　　本文选自《贝利自传》，《贝利自传》是由贝利口述、美国作家罗伯特·菲什笔录的。

　　面对他人关切的期望，你是负重前行，还是不堪重负？你是神情紧张，还是一笑而过淡然处之？世界球王贝利用自己第1000个球射进球门的喜悦及心理，给出了一个最好的答案。对于贝利而言，如果能破了千球大关，就可以千古不朽。全世界人们都期待着足球史上最重要的一刻的到来。然而，这种期望和舆论宣传，反而成为一个思想包袱，让贝利"很紧张""神经过敏""像在显微镜下被人观看一样"，以致"技术受到影响"。但是，最终贝利还是凭借良好的心理素质和过硬的球技，"极力保持清醒的头脑，忘记这球对我、对我的足球生涯、对我的球队的重要性"，恢复了冷静，射进了让世人期盼已久的第1000个球。

　　生活正是如此，对他人倾注过高的期望值不但不能起到激励作用，反而会适得其反，徒然增加对方的心理压力。而面对他人的期望，我们自己要冷静地去认定、去检验！因为生活是我们自己在过，所谓要知道梨子的滋味，只有自己去尝一尝！鞋大小是否合脚，只有自己的脚知道！任何人的认识和经验，都不可能指导我们的一生！那种试图用别人的经验和标准，走完自己一生路的想法，也就必然会在自己的生活中造成难于逾越的障碍，把自己困惑在别人的期望中，而不能自拔！（子夜霜、吕李永、陈学富）

退役演说

　　我在这里宣布从篮球比赛中退役，而且今后也不会再去从事棒球或其他体育运动。

　　我感到精神很疲惫，已经不再具有挑战力；不过体力方面状态仍然很好。上一次退役的时候（注：指1993年），我有很多其他计划，例如打棒球，我认为在我当时的年纪，无论从时机还是从时间上来说，都极为适合从事棒球事业。父亲的去世，也使我想全力做好这一切。

实际上,去年赛季刚结束时,我就和杰里谈过了。我告诉他我的精神有点疲惫,不知道下一年还能不能再打球。我想让他知道这一点,以便他在下个赛季有充分的准备。有一次我们谈到这个问题的时候,杰里希望我能像1993年那样,好好考虑一下,以便作出正确的决定,因为这将是我最后的决定。

我第一次退役的时候,菲尔·杰克逊是我当时的教练,但我认为,即使菲尔现在仍是我的教练,我也很难在心理上激起挑战的感觉。尽管他无论如何都会给我一些激励,但我不知道他是否能用一些有效的方法来使我打完这个赛季。即使在本赛季的中段,我还有再打几年的想法,但当赛季结束时,我真的觉得精疲力竭了。因此,我并不认为他有什么好办法能使我恢复精力。

我还是会支持芝加哥公牛队的,我认为比赛本身比迈克尔·乔丹更加重要。前辈们给了我很多机会,比如卡里姆·阿卜杜勒·贾巴尔、J博士、埃尔金·贝勒、杰里·韦斯特。这些人在迈克尔·乔丹出生前就已经活跃在赛场了,迈克尔·乔丹只不过是继承了他们的传统。是斯特恩先生和他为联盟所作的贡献给了我打篮球的机会。我全力以赴地去打球,并努力推动篮球运动的发展。我一直努力成为一名我所能达到的最好的球员。

[美国]迈克尔·乔丹/文,佚名/译

品 读

迈克尔·乔丹(Michael Jordan,1963年2月17日~　），美国NBA著名篮球运动员,被称为"空中飞人",历史上唯一获得"世纪最佳运动员"称号的篮球运动员。他身高1.98米,主打位置为得分后卫或小前锋,球衣背号为23号。

在15年的NBA篮球生涯中,乔丹总共获得6次总冠军,两次奥运会冠军,5次最有价值球员,6次总决赛最有价值球员,在世界球界中享有极高的声誉。乔丹共有三次退役,又两次宣布复出,第一次退役在1993年,第二次退役在1999年。本文是1999年1月13日乔丹宣布第二次退役时所作的演讲。美国当地时间2003年4月16日晚上,乔丹在费城打完最后一场NBA比赛,从此永远告别了NBA赛场。

童年早慧

◇[美国]伊莎多拉·邓肯

读点

童年记忆不一定完美,但那些回忆是令人感动的。

传记真实再现了一代舞蹈家的童年生活。

我生在海边,并且发现自己一生中所有重大事件都是在海边发生的。我对于形体运动,对于舞蹈艺术的最初想法,自然也是源于波浪的节奏。我生在阿佛洛狄忒星升起之时,阿佛洛狄忒是在海里诞生的。只要有阿佛洛狄忒星的照耀,我的一切就会顺顺利利。这种时候生活就像一条轻快地向前流淌的小溪,创作灵感随之而来。我还发现,阿佛洛狄忒星西沉之时,通常也是我的灾难开始之日。今天的人们也许并不像古时候埃及人或者迦勒底人那么看重占星学,但是可以肯定行星的运动对人的精神生活有影响。如果为人父母者能够明白这点,肯定会去研究星宿的运行,以便创造出更多更美丽的孩子。

我还相信,生在海边的孩子和生在山里的孩子命运大不一样。大海总是把我引向它,而在山里,我有一种隐隐约约的不适感,老想飞出去。大山总给我一种身陷囹圄的感觉。眺望山顶,我不会像普通的游客那样产生敬仰之情,只想越过它们迅速逃离。我的生命连同我的艺术皆产生于大海。

批:"波浪的节奏",形象有动感,又点出传主对舞蹈艺术爱好的源头。

批:阿佛洛狄忒星是爱与美神的象征,星的"照耀"与"西沉",实则是说爱的给予与远离。

批:以自身经历为例,告诫为人父母者应给予孩子更多的爱。

批:出生在海边或山里的孩子因其生存环境不同而人生命运也不同,采用对比手法,突出了大海对自己走向艺术人生的巨大作用。

我得感谢上苍,因为我们小的时候母亲很穷,既养不起仆人又请不起家教,也正因为如此,我才得以自然健康地成长。我作为一个孩子才有机会去表现这种自然健康的生命,而且从没有迷失过方向。母亲是个音乐老师,以教音乐为生。她到学生家上课的时候,总要去一整天,晚上很晚才回家。只要能逃离学校的樊篱,我就感到无忧无虑。我常常独自一人在海边游荡,遐想。看到有些孩子身后总是跟着一大群保姆和家庭教师,总是得到无微不至的关怀与呵护,穿戴得整整齐齐、干干净净,我很可怜他们。生活都给了他们些什么呢?我的母亲实在太忙,顾不上想孩子们可能会遇到什么危险,因此我和两个哥哥没受过大人的管束,爱上哪儿就上哪儿去,有时候心血来潮拔腿就去探险,当时要让母亲知道了,不把她急疯了才怪呢!幸运的是她全然不知,从来不曾为我们担惊受怕。我说幸运是对我而言,因为毫无疑问,正是孩提时代的这种狂野的逍遥自在的生活使我产生灵感,创作出我的舞蹈,而我的舞蹈表现的无非是自由这一主题。从没有人不停地对我说"不许这样""不许那样"之类的话,在我看来,这种话只会使孩子生活在痛苦之中。

我还不满5周岁就上公立学校读书了。母亲大概是为了找个地方寄放我就虚报了我的年龄。我相信,一个人将来从事什么职业,早在孩提时代就已经显露得清清楚楚了。而我在孩提时代就已经是一个舞蹈家,一位革命者了。母亲生长在一个信奉天主教的爱尔兰人家里,受天主教的洗礼,一直是个虔诚的天主教徒,直到有一天发现父亲不再是她心目中一贯的形象——完美的典范时情况才有所变化。她和父亲离婚后,独自带着4个孩子生活。打那以后,她对自己的信仰产生了强烈的动摇,由一个虔诚的天主教徒转变成一个坚定的无神论者,最后成

批:失之东隅,收之桑榆,贫穷未必都是坏事。

批:向往自由的个性。

批:父母没时间管束儿女,有时倒利于儿女自然健康地成长。

批:自由,舞蹈的精髓,而自由精神与其小时候的这种经历是密切相关的。

批:诸如此类的话有时也许能使孩子诸如言行、习惯得以矫正,但也往往会约束孩子自由的天性。

批:一个人将来从事的职业可以说在很小的时候就已经显露出来,所以,作为父母,应在孩子很小的时候就注意培养和引导。

批:母亲因为与父亲的离异而从虔诚的天主教徒转变成坚定的无神论者,母亲的无神论者身份

为鲍勃·英格索尔（注：19世纪美国著名的无神论倡导者）的一名信徒，还经常把他的著作读给我们听。

别的不说，单说虚情假意，就被她斥为无聊。在我还是个丫头片子的时候，她就对我们讲圣诞老人是怎么一回事，结果有一次学校开圣诞庆祝会，老师分发糖果糕饼时说："瞧，孩子们，圣诞老人都给你们送了些什么礼物呀！"我站起来一本正经地回答："我不相信你的话，世界上根本没有圣诞老人。"老师当时十分生气，说："只有相信圣诞老人的小姑娘才有糖果吃。"我回答道："那我不吃你的糖果好啦。"老师按捺不住勃然大怒，为了杀一儆百，命令我到前面坐在地上。我走到前面，然后转身面向全班同学，作了我生平第一次演讲。"我不相信谎言，"我喊道，"我妈妈告诉我，她很穷，当不了圣诞老人。只有有钱的妈妈才能假装成圣诞老人给孩子们送礼物。"这场演讲和我后来的许多演讲一样出名。

老师抓住我想要把我按在地上，不过我绷直腿，与她僵持着，结果只是让我的脚后跟磕到了木地板上。她没能把我按倒，就把我推到墙角。尽管站在墙角，我还是把头从肩膀上转过来，继续喊道："世界上根本没有圣诞老人，根本没有。"我一直喊，最后她没辙了，只好把我打发回家。回家路上，我一边走一边喊着"世界上根本没有圣诞老人"，但是老师那样对待我，不让我吃糖，还因我说了真话而惩罚我，这种不公平的待遇我永远都忘不了。我向母亲诉说了当天的遭遇，问："我难道说得不对吗？世界上根本没有圣诞老人，是不是？"她回答说："没有圣诞老人，也没有上帝，只有你自己的精神帮助你。"当天晚上，我坐在母亲脚边的小地毯上，听她给我们朗读鲍勃·英格索尔的演讲文稿。

在我看来，孩子们在学校接受的普通教育是完全没用的。记得在班里我不是被当作天资聪颖交口

对女儿产生了深刻的影响。

批：敢于说真话，虚情假意是艺术的大忌，可见母亲的教育对邓肯影响之深。

批：勇于坚持自己的看法，意志坚定，富有反抗精神。

批：母亲的信仰潜移默化地影响着邓肯，母亲的语言是世界上最美的艺术。

称赞的头一名，便是被当作愚不可及不可救药的倒数第一名。全凭自己死记硬背的本事，还有自己是否花力气记住了课堂上老师教给我们的东西，说实话，我压根儿就不懂那些东西的意思。第一名也好，最后一名也好，反正一上课我就难受。我始终盯着钟，直到它的指针指到三点，而我们也终于自由了。我真正受到的教育是在晚上，是在母亲给我们演奏贝多芬、舒曼、舒伯特、莫扎特和肖邦的乐曲，并给我们朗读莎士比亚、雪莱、济慈以及彭斯的诗句的时候。这些时光令我们着迷。

批：让孩子记住那些孩子压根儿就"不懂那些东西的意思"的教育方式，不仅激不起孩子的学习兴趣，而且也不利于激发孩子的创造力。

大多数诗母亲都能背下来，我也学着她背诗。记得6岁那年，在一次学校的联欢会上，我背诵了威廉·利特尔（注：美国将军、诗人）写的一首诗《安东尼致克里奥帕特拉》，打动了所有的听众：

批：从传主小时候所背的诗歌来看，母亲用进步的思想教育女儿。

埃及啊，我就要死了，就要死了！
鲜红的生命之潮迅速退去了。

还有一次，老师要求每个学生写自己的生活经历，我的作文大致是这样写的：

"我5岁时，我们住在第二十三大街的一幢小楼里。因为交不起房租，我们不能继续住在那里，只好搬到第十七大街。不久，因为房租太少，房东不答应，我们又搬到第二十二大街，在那里我们还是没能平静地住下去，又被迫搬到第十大街。"

批：透过传主的作文，可以看出传主自小就饱受流浪式的生活之苦。

作文照这种方法往下写，记述的是我们数不尽的搬家。当我站起来对着同学们朗读这篇作文时，老师非常生气。她以为我是在搞恶作剧，把我送到校长那里，还叫来了我母亲。我那可怜的母亲读到我的作文时，忍不住放声大哭，并发誓说我写得太真实不过了。这就是我们的流浪生活。

批：传主的艺术追求和审美旨趣无疑深受母亲的影响。更可贵的是，母亲给了女儿一个充分自由的空间，让邓肯学会了如何真正地生活，勇敢地追求艺术。

我希望学校的情况已经改变，毕竟那时我还是个孩子。在我的记忆中，公立学校教育对于孩子们在想什么漠不关心。我还记得饿着肚子或是穿着又

批：把孩子管束得不敢表现自己的天性，甚至"连吭都不敢吭一

湿又冷的鞋仍得努力端坐在硬板凳上有多么痛苦。在我眼里,老师好像不是人,而是专门派来折磨我们的恶魔。面对这种痛苦与折磨,孩子们连吭都不敢吭一声。

但我从不记得我们家穷困的日子给我们带来什么痛苦,我们把它看作是生活中自然而然的事情。只有在学校里我才觉得痛苦。就我记得的事情而言,对于一个骄傲而又敏感的孩子,公立学校体制侮辱人格丝毫不亚于一座监狱,我从未停止过反抗。

在我大约 6 岁的时候,有一天母亲回到家里,发现我把邻居家的 6 个孩子——所有这些孩子都还不会走路——领到家中,让他们坐在地板上面对着我,然后教他们挥舞胳膊。当母亲问我在干什么时,我回答说这是我的舞蹈学校。母亲乐了,随即在钢琴前坐下,为我伴奏。我的舞蹈学校不但办下去了,而且还很受欢迎。后来,左邻右舍的小女孩们都来了,她们的父母还拿出一点点钱给我做报酬。我的职业生涯由此开始,随后的实践证明,这一职业非常赚钱。

我 10 岁那年,舞蹈班已经有了很大规模,于是我对母亲说我不再需要上学,因为既然能够赚钱,上学纯粹是在浪费时间。我觉得赚钱比上学重要得多。我把头发盘到头顶,对人谎称自己已经 16 岁了。由于我个头长得高,没有人怀疑我所说的话。我姐姐伊丽莎白由外婆带大,后来也搬来跟我们同住,跟我一起办舞蹈班。找我们学舞蹈的人越来越多,其中有旧金山最富有的许多家庭。

(张敏/译)

批:倔强的个性让她成为了伟大的舞蹈改革家。

批:6 岁就办自己的舞蹈学校,可见邓肯从小就与舞蹈结下了不解之缘。

批:伟大的构想往往是从生活偶然的点滴开始的。

批:并非孩子不需要上学,关键是传主所在地的当时的教育存在问题。

批:10 岁而谎称 16 岁,虽有欺骗之意,但"找我们学舞蹈的人越来越多",足以说明传主的水平远远超出了同龄人。

声",这是教育的可悲。

自由的舞者

伊莎多拉·邓肯（Isadora Duncan，1877年5月26日~1927年9月14日），美国女舞蹈家、编导、现代舞派创始人。主要作品有根据《马赛曲》、贝多芬的《第七交响曲》、门德尔松的《春》、柴可夫斯基的《斯拉夫进行曲》改编的舞蹈。著有《伊莎多拉·邓肯自传》《论舞蹈艺术》。

本文选自她的《伊莎多拉·邓肯自传》，向我们展示了一个自由的舞者的童年生活。

大自然和母亲是邓肯童年记忆的全部：大自然是她最初的舞蹈老师，在她的眼中，自然界一切都在舞蹈，而且远比人类自由舒畅得多；而母亲给了她追求艺术的勇气和坚定的支持。

辽阔的大海给了舞者自由的灵魂。她生在海边，热爱大海，"发现自己一生中所有重大事件都是在海边发生的"，"大海总是把我引向它"。她逃离大山，因为大山让她窒息，她喜爱大海，因为宽阔的大海给她自由和艺术的灵感，"对于舞蹈艺术的最初想法，自然也是源于波浪的节奏"，"我的生命连同我的艺术皆产生于大海"。

家庭虽然贫穷，却给了舞者自由的身躯。"因为我们小的时候母亲很穷，既养不起仆人又请不起家教，也正因为如此，我才得以自然健康地成长"。贫穷在很多人看来是灾难，而在邓肯看来，这是财富。"正是孩提时代的这种狂野的逍遥自在的生活使我产生灵感，创作出我的舞蹈，而我的舞蹈表现的无非是自由这一主题"。

母亲给了舞者自由的空间。母亲是无神论者，经常把鲍勃·英格索尔的著作读给儿女们听，邓肯受其影响颇深；她不相信圣诞老人，可以反抗老师；可以自由地作文，写自己想写的东西；可以随意退学，10岁谎称16岁而在家当舞蹈教师，这些在常人看来奇怪的举动都得到了母亲大力的支持。（屈平、万爱萍、杨刚华）

15岁的女总裁

[法新社纽约1991年8月3日电] 玛丽·罗达斯是卡特科玩具公司负责推销的副总裁，她只有15岁。

"我在4岁的时候就开始干这一行了。"这位美籍萨尔瓦多裔小姑娘说。

11年前，罗达斯的父亲在新泽西州的一座公寓里铺地砖的时候，小罗达斯走了进来，告诉她父亲这活应该如何去做。一位名叫斯佩克特的房客目睹了这一切，并对这位聪明的小姑娘产生了兴趣。他们成了朋友。斯佩克特是个拥有数百项专利的发明家，他决定通过罗达斯来检验他发明的玩具。

这位小姑娘对玩具的颜色、装潢以及其他细微之处发表的看法使得玩具日臻完美，销量大增。

两年前，斯佩克特创办了卡特科玩具公司，罗达斯自然也应邀成为公司的重要职员。不过她仍和父母住在一起，除兼任的工作外还在中学读书。

罗达斯说："我一星期大约工作9个小时。卡特科公司为此替我支付学费和轿车司机的工资，还给我一些零花钱。"

此外，作为一种不可转让的奖励，罗达斯得以控制卡特科公司5%的资本。这笔钱如今在5000万至7000万美元之间。

这位推销小天才曾协助推出一种名叫巴尔扎克的玩具，这是一个外面裹着各色布料的圆球，在世界各地的销量数以百万计。最近罗达斯又在为卡特科公司的一个新产品而埋头工作。这是一种孩子们能将之射入口中的糖果。在对口味进行了几十次尝试之后，罗达斯决断放弃巧克力型口味，采用草莓－香蕉型口味。身穿缀有珍珠的白色紧身衣裤和一件橘黄色针织上衣的罗达斯，看上去更像是一位年轻的生意人，而不是一个小神童。不过她丝毫也不落后于当今世界年轻人迅速发展的嗜好。她悉心倾听孩子们的意见，并且借用自己导师的方法向孩子们提问，了解他们的各种选择。

罗达斯将来会成为一名真正的商人吗？她说不一定。她打算上大学，"也许是哈佛吧，然后想步入政界。"她说她还没有考虑好加入哪个党派。

不过罗达斯实际上并不怎么关心未来将会怎样。"到时候再说吧！"她说话时一脸无所谓的样子。

与此同时，趁着学校放暑假，她正在收拾行装打算去日本作一次推销旅行。

[法国]法新社/文，佚名/译

品读

　　玛丽·罗达斯，美国著名的企业家，是在国内外都很有影响的美国卡特科玩具公司的副总裁，而任副总裁时竟不过15岁。

　　玛丽·罗达斯有一段近乎传奇的经历。早在她4岁的时候，便表现出非凡的智慧。她父亲在搞室内装潢，她在父亲身旁一个劲地指手画脚，非叫父亲按照她的设想去干活不可。结果设计的房间又好看又省时。拥有数百项专利的发明家斯佩克特"目睹了这一切"，便让罗达斯对他的发明进行鉴赏。结果，斯佩克特根据罗达斯的建议作了改进，玩具投入生产后销售量猛增几倍，公司赚了大钱。斯佩克特便决定聘用罗达斯为公司的成员，每月领取公司的高额薪金。

　　可贵的是，罗达斯并没有因此而耽误学业，继续在学校里读书，她平时学习非常刻苦，只有放假时候，才干起卡特科玩具公司的业务，到美国和世界各地去推销儿童玩具。更难得的是，她心怀梦想，打算上哈佛大学，然后想"步入政界"。

真正的勇者

◇[美国]罗伯特·肯纳

读点

巨大物质差距突显了人物的高贵品质。
以榜样力量唤起社会的良知,推动社会的发展。

是什么让一位好莱坞名监制辞去令人艳羡的工作奔赴柬埔寨救助那里的儿童呢?

批:开篇用强烈的对比设下悬念,开启全文。

第一次见到斯考特·尼森时,他正站在柬埔寨首都金边一片1万多平方米的垃圾场上,穿着破烂的T恤衫和橡胶靴。这位身材瘦高的红发男人警告我要小心脚边的皮下注射针头,"踩到了就可能会感染A型肝炎或艾滋病"。他解释说,垃圾场里不仅有城市垃圾,还有废弃的医用注射器、人体器官,甚至流产胎儿。这片满是腐臭垃圾和排泄物的地方用臭气熏天来形容一点也不为过。

批:抓住人物特别的衣着外貌,突出环境的恶劣,同时也反映了当地人民生活的困苦。

批:正侧面描写垃圾场环境的恶劣。

尼森正在等候那些靠回收垃圾谋生的儿童拾荒者。他用柬埔寨的当地语言高棉语对每一名儿童进行了点名,随时准备为那些出没于垃圾堆受了伤或者遭受殴打的孩子进行医治。距离我们约50米远的地方,我看到一个母亲和她的两个女儿正躺在垃圾堆上一个用塑料和硬纸板搭建的地方。

批:简陋的歇息地,生存环境极其糟糕!

"她们在休息吗?"我问。

"不,"尼森说,"她们住在那里。"

我们向前走着,几个孩子看到尼森后跑过来高

批:孩子热切的渴望令人震撼,这

兴地大喊："我想学习，让我上学吧！"在这里，尼森可是个众所周知的大人物。在我撰写这篇文章时，他已经通过他个人建立的柬埔寨儿童基金救助了柬埔寨首都金边 1200 多名儿童。"现实太令人难过了，"尼森说，一个 6 岁大的孩子正坐在他的膝盖上，"我希望能帮到每一个孩子。"

斯考特·尼森从垃圾堆中救助儿童的传奇故事就像一部电影脚本。2003 年，44 岁的尼森是索尼影业的市场营销高级执行副总裁，薪金超过百万美元。而在此之前，他一直在 20 世纪福克斯工作，期间他曾监制《勇敢的心》《泰坦尼克号》《星际大战》《X－战警》等多部脍炙人口的影片，同梅尔·吉布森、汤姆·克鲁斯、哈里森·福特等众多巨星合作，被媒体封为"好莱坞先生"。他曾居住在比佛利山庄的豪宅，拥有一只 12 米长的游艇，还开着一辆保时捷 911。他没结过婚，身边却从来不乏曼妙女郎。

他曾和一位至交好友说："除了电影，生活中还有很多东西值得追求。"

那一年，他踏上了为期五周穿越亚洲的摩托车之旅。尼森本不打算在金边逗留太久，但他所遇到的那些人的人格魅力使他大为感动，他也深深地为他们的贫困处境所震惊。为此他取消了亚洲之旅余下的行程，开始探索这座城市。和一个在街边乞讨的男孩交流后，他提出愿意资助他的家庭。他为他们付了房租，买了一台冰箱，并给男孩父母一笔钱让他们送孩子去上学。但两周后，他发现孩子的父母把这些钱用在了赌博和酗酒上。

一位柬埔寨朋友为尼森指点了"迷津"："你太天真了，这些人只是在利用你。"他建议尼森去臭名昭著的斯东棉芷垃圾场转转，那是柬埔寨最穷的地方。"那里的孩子更需要你的帮助。"

尼森在垃圾堆里发现了一个浑身煤灰的小孩

批：些孩子们迫切需要人们帮助。

批：以数据说明尼森不凡的善举。

批：以电影来比喻电影从业者，妙！

批：介绍尼森以前的工作，巨大的反差体现出他超常的勇气与奉献精神。列举众所周知的著名影片，使读者更加明了尼森的身份。

批：这"有很多东西值得追求"的东西之一便是资助穷困者。

批：热心帮助这个乞讨的男孩，但让人没有料到的是，男孩的父母竟把"这些钱用在了赌博和酗酒上"。改变一个人容易，但改变人的生存状态就难了。

批：辨不清男女，令人如见这女孩

子,他甚至无法辨认小家伙是男是女。通过翻译人员,他得知这个女孩名叫瑞西,12岁,从没上过学。另一个9岁的女孩妮西走过来仔细听他们的对话。两个孩子身上都散发着令人难以忍受的味道。尼森见到了她们的母亲,给了母亲10美元,并准备第二天再见她们。

因贫困而污秽满面之状。

批:角度特别,强调小女孩生活的贫穷。

第二天下午,他坐在旅游区河边的咖啡馆里,两个孩子朝他走了过来。她们就是瑞西和妮西,尼森甚至没认出这两个换洗一新的孩子。他向孩子的母亲许诺,如果让女孩们停止在垃圾场的工作并送她们去上学,他愿意每月给她50美元。他们就此达成了协议。

当两个女孩生平第一次兴高采烈地吃着冰淇淋时,他问自己,这样做就能改变两个孩子的人生吗?

批:短暂的甜蜜不能代表漫长的人生,用设问句引发读者对社会的思考,发人深省。

离开金边,尼森透过飞机玻璃眺望远方。他想到了自己富有的生活和这里的人们所经受的苦难。他决定以后每个月都抽出几天时间回金边看看。在接下来的7个月里,尼森在金边租了所房子,雇了一名管理员,安置了12个无家可归的儿童。他开始考虑是否永久搬到柬埔寨,但尚未下定决心。不久后出差途中的一天,他的手机响了。电话是一个电影明星和他的经纪人打来的,他们正在参与尼森负责的一个宣传活动。

批:由资助个别儿童到资助一部分人,再次体现尼森高贵的品质。

"斯考特,我们遇到难题了。"经纪人说。就在那天早上,尼森刚得知住在那所房子里的五个孩子感染了伤寒。他问经纪人:"出了什么事?""工作室包下的飞机没有我们指定的那种瓶装水,也没有我们要求的食物,"经纪人说,"问题解决之前我们不会开工的。"那个明星接着抢过电话:"斯考特,我的生活可不该这么艰苦。你得把这些事都解决了。"

批:用明星奢华浪费的生活与前文描述的那些苦状形成强烈的反差,突出社会贫富差距之大。而这种差距让尼森彻底下定决心要帮助穷苦的人们。

放下电话,尼森作出了决定。不久后,尼森告别了好莱坞,告别了保时捷、游艇、豪宅以及奢靡的生

批:放弃自己优越的生活来资助他人,令人感动。

活。

2004 年，尼森投入 10 多万美元启动了柬埔寨儿童基金（CCF）。为了节约成本，他每天在自己小办公室的沙发上过夜。

起初，尼森计划为 45 个孩子提供住所、饮食和教育。但第一年，他救助了将近 100 个儿童；第二年，升至 200 个。目前，柬埔寨儿童基金已经雇佣了 445 名员工为超过 1200 名儿童提供住所、饮食、医疗、教育和职业培训。这些孩子去公立学校上课，也在基金会自己的学校接受教育，在这里他们可以学习英语和计算机技能。该机构还为那些遭受虐待和忽视的约 200 名儿童设立了婴幼儿日托幼儿园。

2009 年柬埔寨官方关闭了市内垃圾场，但是附近的棚户区里仍然生活着 1400 多个最贫穷的柬埔寨家庭。他们唯一的收入来源就是捡垃圾，如今垃圾场关闭，这些收入来源也被切断。尼森几乎每天都去拜访这些家庭，为他们提供食物和医疗帮助。

一些人把尼森称作"奇迹的创造者"，美国哈佛大学公共卫生学院于 2007 年授予尼森"真正的勇者"称号。但是尼森说一切才刚刚开始——如果他没在好莱坞工作过，没人会知道他都做了些什么。他曾经在一年内回过几次美国，试着募集 350 万美元作为柬埔寨儿童基金会每年的运营费用。但一周后他便表示希望回到金边"实实在在的生活"中。

尼森不喜欢滔滔不绝地演说，却经常让孩子们诉说他们自己的故事。有个叫昆西的 21 岁男孩自从 3 岁成为孤儿后，一直生活在垃圾场里，直到 15 岁时遇到尼森。现在昆西在金边一家精品咖啡厅"都市咖啡"做厨师，希望有朝一日自己也开一家餐馆。另一个女孩钱妮在 10 岁时被尼森发现，今年已经 16 岁。她白天在高中上课，晚上在垃圾场附近一所基金会学校里教英语。她计划将来去报考医学院。

批：对自己如此"刻薄"，完全是为了更多地帮助贫困者。

批：庞大的规模体现了尼森对社会作出的巨大贡献。

批：对穷人的帮助不只是给予金钱，让他们有稳定的收入来源才是最好的帮助。

批：付出终于得到社会的认同，获得了荣誉。

批：仅一周后尼森便表示想回金边，表明他已离不开他的救助事业。

批：昆西和钱妮都是尼森 6 年前救助的，而今昆西在做厨师，希望将来有自己的事业，钱妮在教英语，计划将来报考医学院。最好的帮扶，就是让受帮扶者能够自力更生，而且对未来生活充满希望。

时代骄子 145

尼森希望这些孩子能够成为未来的领导者和问题的解决者。他讲了一对母女的故事：她们住在垃圾场里，两人都被强酸毁容，母亲双目失明。母女二人从不敢在人前出现，几乎从不离开她们住的那个破烂不堪的棚子。"那个叫斯瑞的女孩毁容非常严重，没有学校接收她，"尼森说，"我也不知道该怎么办，但我保证会让她接受教育。"

　　当天晚上，两个基金会里大一些的女孩，一个15岁，一个16岁，无意中听到尼森说起斯瑞母女的事情。"这太不公平了，"她们对尼森说，"她有权接受教育。"尼森原以为女孩们只是说说而已，但两个女孩真去看望了斯瑞母女，并努力说服斯瑞去基金会学校上学。当尼森来到学校，看见其中一个女孩正坐在地板上挽着斯瑞的胳膊一起上英语课时，尼森哭了。"我很少哭，但是那一幕太让我感动了。"

　　"斯瑞永远不会孤单。我们为她的母亲也找到了工作。这个故事的关键在于，孩子们自己找到了解决问题的办法，"尼森说，"地平线上出现了那道我一直在寻觅的光亮——这些孩子们太棒了，未来他们一定会以一己之力修补他们支离破碎的家园。"

（盈年/译）

批：一个人的努力是永远不够的，需要全社会一起来奉献爱心。

批：感动而哭，为背后的艰辛付出而哭，更为社会的包容与进步而哭。

批：一句贴切的比喻结束全篇，坚定的信念让未来充满希望。

为社会大义奉献方为真正的勇者

　　罗伯特·肯纳（Robert Kenner），美国影视编剧、影视导演、影视制作人。

　　《真正的勇者》是"好莱坞先生"斯考特·尼森的小传，传记用平实朴素的笔调让我们认识了一位为社会大义默默无私奉献的英雄。他的生活本来可以富丽堂皇、奢侈高贵，然而他却选择了从天堂来到地狱。是什么让他可以接受天上地下的巨大物质差距？是什么让他义无反顾地放弃荣华富贵、默默无闻地帮助毫不相干的人们？因为，他具有非凡的爱心、具有非凡的社会责任，他是"真正的勇者"——斯考特·尼森。

　　能够主动放弃巨大的物质财富是极为难能可贵的，那需要战胜自己，需要超乎寻常的勇气。一个人的一生，比金钱财富更珍贵的是什么呢？斯考特·尼森用自己的行动告诉了我们，那就是实现自己的人生价值，是为这个世界这个社会作出自己的贡献。就如保尔·柯察金的名言："当他回首往事的时候,他不因虚度年华而悔恨,也不因碌碌无为而羞愧——这样,在临死的时候,他能够说:'我整个的生命和全部精力,都已献给世界上最美最壮丽的事业——为人类的解放而斗争。'"我们的社会正缺乏这样的人,正需要这样的榜样,需要这样的正义力量来推动全社会的进步。但愿,我们每个人都不要忘记了自己所肩负的社会责任。(刘宇、京涛)

奉献的艺术

多谢大家常称赞我是一个成功的企业家,对于这些支持、鼓励,我内心是感激的。

很多时候传媒访问我,都会问及如何可以做一个成功的商人,其实我很害怕被人这样定位。我首先是一个人,再而是一个商人。

每个人一生中都要扮演很多不同的角色。也许,最关键的成功方法就是寻找到导航人生的坐标。没有原则的人,会漂流不定,有正确的坐标,我们做什么角色都可以保持真我,挥洒自如,有不同程度的成就,活得更快乐更精彩。

不知道什么时候开始,"士农工商"社会等级的概念,深深扎根在中国人的传统思想内。几千年来,从政治家到学者,在评价"商"的同时,几乎都异口同声带着贬义。他们负面看待商人的经济推动力,在制度上,各种有欠公允的法令,历代层出不穷,把司马迁《货殖列传》所形容,商人"各任其能,竭其力,以得所欲"、资源互通有无、理性客观的风险意识、资本运作技巧、生生不息的创意贡献等正面的评价,曲解为唯利是图的表征,贬为"无商不奸",或是"熙熙攘攘,都是为利而来,为利而往"的唯利主义者。

当然,在商人的行列里,也有满脑袋只知道赚钱,不惜在道德上有所亏欠,干出恶劣行为的人。他们伤害到企业本身及整个行业的形象。也有一些企业钻营于道德标准和法律尺度中的灰色地带。今天商业社会的进步,不仅要靠个人勇气、勤奋和坚持,更重要的是建立社群所需的诚实、慷慨,从而创造出一个更公平、更公正的社会。

从小我就很喜欢听故事,从别人的生活得到启发。当然,不单是名人或历史人物,四周的人或事,都是如此。在商言商,有些时候,更会带来巨利的机会。洛克菲勒(Rockefeller)与擦鞋童的故事,大家都听过:1929年,华尔街股灾前,一个擦鞋童也想给洛克菲勒炒卖股票的秘密消息,洛克菲勒听后,马上领悟到股票市场过热,是离场的时候,他立刻将股票兑现,躲过股灾。

范蠡一句"飞鸟尽,良弓藏;狡兔死,走狗烹",说尽了当时社会制度的缺憾,大家都忘不了他这句话。范蠡是《史记·货殖列传》中所记的第一人,他曾拜计然为师,研习治国方略,博学多才,是春秋时代著名的政治家。他有谋略,有渊博及系统化的经济思维,他的经济智慧为他赢得巨大的财富。

现代经济学很多供求机制的理论,我国历史早有记载。

范蠡的"积著之理"研究商品过多或短缺的情况,说出物价涨跌的道理。怎样抓住时机,货物和现金流的周转,要如同流水那样生生不息。

范蠡的"计然之术",还试图从物质世界出发,探索经济活动水平起落波动的根据,其"待乏"原则则阐明了如何预计需求变化并作出反应。他主张平价出售粮食,并平抑调整其他物价,使关卡税收和市场供应都不缺乏,才是治国之道,更提出了国家积极调控经济的方略。

"旱时,要备船以待涝;涝时,要备车以待旱"。强调人们不仅要尊重客观规律,而且要运用和把握客观规律,应用在变化万千的经济现象之中。

我觉得范蠡一生可算无憾,有文种这样知心相重的朋友;有共渡艰难、共度辰光的西施为伴侣,最重要的是,有智慧守候他的终生。我相信他是快乐的,因为他清楚知道在不同时候,自己要担当什么角色,而且都这样出色,这么诚恳有节。

勾践败国,范蠡侍于身后,不被夫差力邀招揽所动。范蠡助勾践复国后,又看透时局,离越赴齐,变名更姓为夷子皮。他与儿子们耕作于海边,由于经营有方,没有多久,产业竟然达数十万钱。

齐国的人,见范蠡贤明,欲委以大任。范蠡却相信"久受尊名,终不是什么好事",他散其家财,分给亲友乡邻,然后怀带少数财物,离开齐到了陶,再次变易姓名,自称为陶朱公。他继续从商,每日买贱卖贵,没过多久,又积聚资财巨万,成了富翁。

范蠡老死于陶。一生三次迁徙,皆有英名。

书中没有记载范蠡终归是否无憾。我们的中国心有很多包袱,自我概念未能完善发展。范蠡没有日记,没有回忆录;只有他行动的记录,故无法分析他的心态。他历尽艰辛协助勾践复国,又看透勾践不仁不义的性格;他建立制度,却又害怕制度;他雄才伟略,但又厌倦社会的争辩和无理;他成就伟大,却又深刻体会到世界上最强最有杀伤力的情绪是嫉妒,范蠡为什么会有如此消极的抗拒(不参与本身就是一种抗拒)?

说完我国著名历史人物范蠡,我想谈一谈一个美国的伟人。

来自另一个世界的本杰明·富兰克林(Benjamin Franklin),他墓碑上只简单刻上"富兰克林,印刷工人"的字。他是个哲学家、政治家、外交家、作家、科学家、商家、发明家和音乐家,他闻名于世,像他这样在各方面都展现卓越才能的人是少见的。

富兰克林,1706年生于波士顿,家境清贫,没有受过正规教育,他一直努力弥补这一遗憾,完全是靠自学获得了广泛的知识。他12岁当印刷学徒,1730年接办《宾州公报》,他的著作《可怜李察的日记》(注:《可怜李察的日记》,即《穷理查年鉴》)一度风行,成为除《圣经》外最畅销的书,他为政府印刷纸币,实业上获得了很大成功。

富兰克林不单有超越年龄的智慧,更对别人关心,有健全的思维,他对公共事业的热心和能力,更赢得了当地居民的信任。富兰克林曾经立下志愿,凡是对公众有益的事情,不管多困难,他都要努力承担。自1748年始,他开展了不同的公共项目,包括建立图书馆、学校、医院等。

做好事、做好人是驱动富兰克林终生的核心思想,他极希望自己做的每一件事,均有益于社会,有用于社会,身体力行为后人谋取幸福。

他名成利就后,从未忘记帮助年轻人找到给自己增值的方法,在《给一个年轻商人的忠告》的文章内,他的名句"Time is money, credit is money",将时间和诚信作为钱能生钱可量化的投资;在《财富之路》一文内,富兰克林清楚简单地说明,勤奋、小心、俭朴、稳健是致富之核心态度。

勤奋为他带来财富,俭朴让他保存产业。

富兰克林13个人生信条都写得简明扼要:"节制、缄默、秩序、决心、节俭、勤勉、真诚、正义、中庸、清洁、平静、贞节、谦逊"都是年轻人的座右铭。

他更是一位杰出的政治家,在美国独立战争期间,他曾出使法国,赢得法国对美国的同情与支持。独立后,制宪会议一开始,富兰克林更表现出一个政治家的博大胸怀。虽然他是众望所归,但却提名华盛顿将军当总统。

富兰克林坚持留给制宪会议的绝非是名誉高位,而是胸襟、智慧和爱国精神。

1790年,这位为教育、科学和公务献出了自己一生的人,平静地与世长辞。他获得了很高的荣誉,美国人民称他为"伟大的公民",历代世人都给予他很高的评价。

人类历史碑上永远会铭刻富兰克林的名字。

范蠡和富兰克林,两个不同的人,不同时代,不同文化,不同背景,放在一起说好像互不相干,然而,他们的故事是值得大家深思的。

范蠡改变自己迁就社会,而富兰克林推动社会的变迁。他们在人生某个阶段都扮演过相同的角色,但他们设定人生的坐标完全不同,范蠡只想过他自己的日子,富兰克林则利用他的智慧、能力和奉献精神建立未来的社会。就如他们从商所得,虽然一样毫不吝啬馈赠别人,但方法成果有天渊之别;范蠡赠给邻居,富兰克林用于建造社会能力(Capacity buiding),推动人们更有远见、能力、动力和冲劲。有能力的人可以为社会服务,有奉献心的人才可以带动社会进步。

今天的中国人是幸运的,我们经历中国历史前所未见的制度工程,努力建设持续开放及法治的社会,拥抱经济动力和健康自我概念的发展,尽管未尽完善,亦不必像范蠡一样受制于当时社会价值观,只能以"无我"为外衣,追求"自我",今日我们可以像富兰克林建立自我,追求无我。

在今天,停滞的思想模式已变得不合时宜,这不是弃旧立新,采取二元对立、非黑即白的思维,而是要鼓励传统的更生力,使中国文化更适用于层次多元的世界。

在全球化的今天,我们要懂得比较历史,观察现在和梦想未来。

从商的人,应更积极、更努力、更自律,建立公平公正、有道德感、自重和守法精神的社会,才可以为稳定、自由的原则赋予真正的意义。

虽然没有人要求我们,我们自己要愿意发挥我们的智慧和勇气,为自己、企业和社会创造财富和机会,大家可以各适其适。

最近我看到一段故事《三等车票》:在印度,一位善心的富孀,临终遗愿要将她的金钱留给同村的贫困小孩分批搭乘三等火车,让他们有机会见识自己的国家,增长知识之余,更可体会世界的转变和希望。

"栽种思想,成就行为;栽种行为,成就习惯;栽种习惯,成就性格;栽种性格,成就命运。"这不知道是谁说的话,但我觉得适用于个人和国家。

我最近常常对人说,我有了第三个儿子,朋友们听说后都一脸不好意思地恭喜我。我是很高兴,我不仅爱他,我的儿子也将爱他,我的孙儿也将爱他。我的基金会就是我第三个儿子。

过去60多年的工作,沧海桑田,但我始终坚持最重要的核心价值:公平、正直、真诚、同情心,凭仗努力和蒙上天的眷顾,循正途争取到一定的成就。我相信,我已创立的一定能继续发扬;我希望,财富的能力可有系统地发挥。我们要同心协力,积极、真心、决心,在这个世上撒播最好的种子,并肩建立一个较平等及富有同情心的社会,亦为经济、教育及医疗作出贡献;希望大家抱慷慨宽容的胸怀,打造奉献的文化,实现我们人生最有意义的目标,为我们心爱的民族和人类创造繁荣和幸福。

[中国]李嘉诚/文

品 读

李嘉诚(1928年7月29日~   ),长江实业集团有限公司董事局主席兼总经理。自20世纪70年代以来他成为闻名世界的商业巨子。

长江商学院筹建于2002年1月,并于同年11月获教育部批准成立。它是由李嘉诚(海外)基金会捐资创办的非盈利性高等教育机构,也是我国政府批准的第一家以提供工商管理硕士(MBA)、高层管理人员工商管理硕士(EMBA)和高层管理培训(EDP)为主的具有独立法人资格的商学院。

此文为李嘉诚先生2004年6月28日于汕头大学为长江商学院近300位EMBA学生所作的演讲。这些文字传达给我们的,不仅是李先生作为一代华商领袖的人格魅力和商业"秘籍",更重要的是他所致力宣扬的企业家当以诚实奉献的精神推动社会进步的精神内涵。

伟人神采

一颗红星的幼年

◇埃德加·斯诺/笔录

读点

真实生动、自然亲切，展现伟人成长足迹。
风趣幽默、性格饱满，彰显伟人叛逆个性。

我于 1893 年生于湖南湘潭县的韶山冲。我的父亲(注:《西行漫记》载，毛泽东的父亲叫毛顺生，母亲"在娘家的名字叫文其美")是一个贫农，当他年轻的时候，因负债累累，便去投军，他当了一年多的兵(注:《西行漫记》载"他当了好多年的兵")。后来他回到我生长的村上，由于拼命地节省，他靠着做小生意和其他事业赚了一点钱，设法赎回了他的田地。

这时，我家有 15 亩田，成为中农了。在这些田中，每年可以收获 60 担谷。全家五口每年一共消费 35 担——这就是说，每人约 7 担——这样，每年可以多余 25 担。靠了这个剩余，父亲积聚了一点资本，不久又买了 7 亩田，使我家达到"富"农的状态。这时，我们可以每年在田里收获 84 担谷。

当我 10 岁，我家只有 15 亩田的时候，一家五口是:父亲、母亲、祖父、弟弟和我。在我们增加了 7 亩田之后，祖父逝世，但又添了一个小弟弟和两个妹妹。不过我们每年仍有 35 担谷的剩余(注:《西行漫记》载"每年仍然有 49 担谷的剩余")，因此，我家一步步兴旺起来了。

这时，父亲还是一个中农，他开始做贩卖粮食的生意，并赚了一点钱。在他成为"富"农之后，他大部分时间多半花在这个生意上。他雇了一个长工，并把自己的儿子们都放在田里做工。我在6岁时便开始耕种的工作了。父亲的生意并不是开店营业。他不过把贫农的谷购买过来，运到城市商人那里，以较高的价格出卖。在冬天磨米的时候，他另雇一个短工在家里工作，所以在那时他要养活七口。我家吃得很节省，但总是够饱的。

批：父亲有经济头脑，善于经营。

批：如此节省，为后面父子之间的冲突和矛盾的激化埋下伏笔。

我7岁起，就在本村一个小学读书，一直到13岁。每天清早和晚上，我在田里做工。白天就读《四书》。我的塾师管教甚严。他很严厉，时常责打学生。因此，我在13岁时，便从校中逃出。逃出以后，我不敢回家，恐怕挨打，于是向城里的方向走去，我以为那个城是在某处一个山谷里面的。我漂流了三天之后，家里才找到我。这时我才知道，我的旅行不过是绕来绕去地兜圈子而已，一共走的路程不过距家约八里。

批：教育方法野蛮，逃学说明其具有反叛精神。

批：幽默风趣，描绘出少年那种特有的叛逆性格。

但，回家之后，出乎我的意料之外，情形反而好了一点。父亲比较能体谅我了，而塾师也较前来得温和。我这次反抗行为的结果，给我的印象极深。这是我第一次胜利的"罢工［罢课］"（注："罢课"根据《西行漫记》校订）。

批：反抗初具成效。

批：大词小用，生动有趣。

我刚认识几个字的时候，父亲就开始要我记家账了。他要我学习打算盘，因为父亲一定要我这样做，我开始在晚间计算账目。他是一个很凶的监工。他最恨我懒惰，如果没有账记，他便要我到田间做工，他的脾气很坏，时常责打我和我的弟弟们。他一个钱不给我们，给我们吃最粗粝的东西。每月初一和十五，他总给雇工吃鸡蛋和咸鱼片，但很少给过肉。对于我，则既没有蛋也没有肉。

批：父亲精打细算，有一定远见。

批：父亲并非为富不仁，相反善待雇工，虽然"很少给过肉"，但自己儿子"既没有蛋也没有肉"，这是节俭思想使然。

我的母亲是一个慈祥的妇人，慷慨而仁爱，不论

批：母亲的"慷慨而仁爱"与父亲的

什么都肯施舍。她很怜惜穷人，在荒年，她常常施米给那些跑来乞讨的人。不过在父亲面前，她就不能这样做了。他不赞成做好事。家中因了这个问题时常吵闹。

我家有"两个党"。一个是父亲，是"执政党"。"反对党"是我、我的母亲和弟弟所组成的，有时甚至雇工也在内。不过，在反对党的"联合战线"之中，意见并不一致。母亲主张一种间接进攻的政策。她不赞成任何情感作用的鲜明的表示，和公开反抗"执政党"的企图。她说这样不合乎中国的道理。

但当我 13 岁时，我找到了一种有力的理由和我的父亲辩论，我引经据典，站在父亲自己的立场上和他辩论。父亲常（常）喜（欢）责（备）(注：括号内文字为新加)我不孝和懒惰。我则引用经书上的话来和他相对，说为上的应该慈爱。至于说我懒惰，我的辩解是大人应较年轻的人多做工作，而父亲的年纪既然比我大上三倍(注：《西行漫记》载"我父亲年纪比我大两倍多")，他应该做更多的工作。并且我说我到了他那样大的时候，我一定比他更出力地工作。

这个老人继续"积聚财物"，在那个小村里可以说是大富了。他自己不再买田，但是他向别人押来很多的田。他的资本增加了两三千元。

我的不满增加起来了。辩证的斗争在我们的家庭中不断地发展着。（在说话的时候毛很幽默地引用这些政治术语，他一面笑一面追述这些事件——史诺）(注：史诺，即埃德加·斯诺。括号内文字是斯诺笔录时附注的)有一件事，我特别地记得。当我在 13 岁左右时，有一天我的父亲请了许多客人到家中来。在他们的面前，我们两人发生了争执。父亲当众骂我，说我懒惰无用。这使我大发其火。我愤恨他，离开了家。我的母亲在后面追我，想劝我回去。我的父亲也追我，同时骂我，命令我回去。我走到一个池塘

批：严厉节俭形成鲜明对比，为后面母亲与"我"结成"同盟"作铺垫。

批：大词小用，用政治词汇形容家里矛盾，幽默风趣。

批：以政治家的语气叙述家庭斗争，语言幽默。

批：父亲思想比较正统，"我引经据典"且"站在父亲自己的立场上"辩论，入情入理，反驳更有力。

批：有积累财富的远见。

批：父子矛盾激化，使得"我"对家庭的束缚更加反感。

批：同样是追，目的相同，但方式方法不同。

的边上，对他威胁，如果他再走近一点，我便跳下去。在这个情形之下，双方互相提出要求，以期停止"内战"。我的父亲一定要我赔不是，并且要磕头赔礼，我同意如果他答应不打我，我可以屈一膝下跪。这样结束了这场"战事"。从这一次事件中，我明白了当我以公开反抗来保卫我的权利时，我的父亲就客气一点；当我怯懦屈服时，他骂打得更厉害。

回想到这一点，我以为我父亲的苛刻，结果使他失败。我渐渐地仇恨他了，我们成立了一个真正的"联合战线"来反对他。这对于我也许很有益处，这使我尽力工作，使我小心地记账，让他没有把柄来批评我。

我的父亲读过两年书，能够记账，我的母亲则完全不识字，两人都出身农家。我是家庭中的"学者"。我熟读经书，但我不欢喜那些东西。我所欢喜读的是中国古时的传奇小说，尤其是关于造反的故事。在我年轻时，我不顾教师的告诫，读了《岳飞传》[《精忠传》]、《水浒传》、《反唐》[《隋唐》]、《三国》和《西游记》等书（注：方括号内文字根据《西行漫记》校订），而教师则深恶这些不正经的书，说它们害人。我总是在学校里读这些书的，当教师走过面前时，就用一本经书来掩盖着。我的同学大多也是如此。我们读了许多故事，差不多都能够背诵出来，并且一再地谈论它们。关于这类故事，我们较本村的老年人还知道得多。他们也喜欢故事，我们便交换地讲听。我想我也许深受这些书的影响，因为我在那种易受感动的年龄时读它们。

最后我在13岁离开小学，开始在田中做长时间的工作，帮雇工的忙，白天完全做着大人的工作，晚上代父亲记账。然而我还继续求学，找到什么书便读，除了经书以外。这使父亲十分生气，他要我熟读经书，尤其是当他有一次，因对方在中国旧式法庭

批：政治色彩浓厚，幽默风趣。

批：年轻人的倔强，不肯轻易服从，再次表现叛逆性格。

批：从实践得出的经验。

批：对家长式教育有着独到的见解。

批：与父亲的斗争也利于自己的工作。

批：骨子里有着一种反抗意识。

批：认识到封建教育的迂腐，为以后追求新文化埋下伏笔。

批：生活是最好的老师。

批：父亲也逐步认识到知识的重要性，但认识仍旧是片面的，为的

中,引用了一句适当的经书而使他官司打败以后。在深夜,我常把我室中的窗门遮盖起来,使我的父亲看不见灯光。我这样读了一本我很欢喜的书,叫作《醒世良言》[《盛世危言》](注:方括号内文字根据《西行漫记》校订)。该书的作者们都是主张革新的老学者,他们以为中国弱的原因是由于缺少西洋的工具:铁路、电话、电报、轮船等,并想将它们介绍到中国来。<u>我的父亲认为这一类的书是浪费时间的,他要我读可以帮助他打赢官司的如经书那类的实际东西!</u>

我继续读中国文学中的古传奇和小说。有一天,<u>我在这些故事中偶然发现一件可注意的事,即这些故事中没有耕种田地的乡下人。一切人物都是武士、官吏或学者,从未有过一个农民英雄。</u>这件事使我奇怪了两年,于是我便分析这些故事的内容。我发现这些故事都是赞美人民的统治者的武士,他们用不着耕种田地,因为他们占有土地,显然是叫农民替他们工作的。

<u>在少年与中年时期,我的父亲是一个不信神佛的人</u>,但母亲则笃信菩萨。她对自己的孩子们施以宗教教育,<u>所以我们都因父亲是一个没有信仰的人,而感觉难过</u>。9岁的时候,我便认真地和母亲讨论父亲没有信仰的问题了。(注:《西行漫记》载"曾经同母亲认真地讨论过我父亲不信佛的问题")自那个时候以及以后,我们都想了许多办法来改变他的心,但没有效果。他只是责骂我们。因为我们受不住他的进攻,我们退而想新的计划。<u>但他无论如何不与神佛发生关系。</u>

(汪衡/译)

批:只是能够打赢官司。

批:再次印证父亲认识的局限性。

批:不仅喜爱读书,而且勤于思考。

批:关注更普遍的百姓命运,体现了博大的胸怀和政治远见。

批:父亲缺少信仰,更激化"我"对父亲的叛逆意识。

批:实则是强调父亲没有信仰。

生动的自传，叛逆的个性

毛泽东(1893年12月26日~1976年9月9日)，字润之，伟大的马克思列宁主义者，中国无产阶级革命家、政治家、理论家、军事家，中国共产党、中国人民解放军和中华人民共和国的主要缔造者和领袖，毛泽东思想的主要创立者，诗人。

埃德加·斯诺(Edgar Snow，1905年7月11日~1972年2月15日)，美国记者。他被认为是第一个采访中共领导人毛泽东的西方记者。他于1928年9月来华，曾任欧美几家报社驻华记者、通讯员。1933年4月到1935年6月，斯诺同时兼任北平燕京大学新闻系讲师。1936年6月斯诺访问陕甘宁边区，成为第一个采访红区的西方记者。抗日战争爆发后，又任英国《每日先驱报》和美国《星期六晚邮报》驻华战地记者。1942年去中亚和苏联前线采访，离开中国。代表作《红星照耀下的中国》(又译《西行漫记》，1937年10月出版)。

本文选自《毛泽东自传》，又据《西行漫记》校订。《毛泽东自传》是毛泽东口述、美国记者埃德加·斯诺笔录的。

传记用第一人称按照时间顺序叙述了毛泽东少年时期所经历的许多事情，人物个性鲜明、性格饱满，叙事脉络清晰、结构匀称，有着突出的艺术成就。

一方面，突出了传主个性。写人物传记，一定要写出人物的个性特征和他的思想倾向，要善于选择那些最能表现传主思想性格特点的材料，切忌事无巨细，兼容并包。少年时代的毛泽东志向远大，见解独到，是一个很有个性的人。他身上值得记载的事情很多，但文章紧紧围绕表现少年毛泽东自主独立的思想和叛逆的性格选择、组织材料，这样既中心明确、脉络清晰，又个性鲜明、栩栩如生。

另一方面，写出了性格发展。毛泽东后来能够走出韶山冲，为了中国的革命事业奋力抗争，寻找救国救民的道路，固然是其强烈的社会民族责任感使然，但也与他少年时代的环境和他受到的教育是分不开的。文章不仅写出了他的自主、叛逆的个性，还写到了这种性格的发展。从反对私塾老师的严厉管教，到13岁时为了保卫自己的权利反抗父亲的专制，再到喜欢阅读被老师斥为不正经的反抗小说，毛泽东逐步认识到革新的重要性，以后走上反抗封建专制的斗争之路也就顺理成章了。(陈学富、京涛)

马丁·路德·金传

一次，金亲笔为自己的书签名时，一位中年黑人妇女走上前来问道："你是马丁·路德·金吗?"

"我正是。"

这本是一种普通而又客气的交谈，但这一次情形却不同了，那妇人大叫一声，猛地将一把锋利的开信刀插进了金的胸部。她是个无家可归的流浪者，多年来在精神病院进进出出好几回了。

金立即被送至医院。手术做了好久才取出那把刀。尽管伤口疼痛并受到惊吓，但万幸的是，当时他还是听从护士的话绝对保持静卧，因为刀尖离主动脉只差了一点点。事后，外科医生说哪怕是打一个喷嚏也能要了他的命。

这一事件上了报纸。金读到一封一个 15 岁的女孩写给他的信时尤为高兴。

尊敬的金博士：

我是怀特普雷中学九年级的学生。虽然这无关紧要，我还是想告诉您我是一个白人姑娘。我从报纸上得知了您遭遇的不幸和为之所遭受的痛苦，还知道当时即使您打个喷嚏也会死掉的。

我只想写信告诉您，我很高兴您那时没有打喷嚏。

这些关爱和友谊的表示，以及对金来说非常重要的克莉塔及家人的爱和理解，都使他得以继续前进。

……

在艰难地取得伯明翰斗争的胜利后，他又开始组织在华盛顿的一次示威游行。1963 年 8 月 28 日，为纪念美国废除奴隶制一百周年的游行开始了。

马丁·路德·金本来希望能有 10 万人聚集到华盛顿中心。但电视报道称那天早上只来了 25000 人。如果来的人太少，就没有人会相信民权斗争的重要性。

当马丁和克莉塔驱车抵达游行的聚集点时，吃惊得似乎心跳都停了一会儿。他们看见了面前的人群。到处是人，黑人和白人一起前进。不是 25000 人，而是 250000 人——没有一丝暴力的迹象。

马丁·路德·金下了车加入到人群当中。这时，人群正穿过草地走向林肯纪念堂，高声唱着"我们将会胜利"，手里拿着宣传他们事业的标语：

"我们在 1963 年寻求 1863 年许诺的自由。"

"偿还一个世纪的债。"

那天，有许多重要人物站在林肯纪念堂前巨大的白色石柱下向人群发表演说。自由的倡导者——亚伯拉罕·林肯巨大的坐像也仿佛在那儿倾听着。

那时，马丁·路德·金 34 岁，还很年轻。但对参加盛大集会的群众而言，他是为了他们的信念而站出来说话的人。

他认真地准备了这次演讲。成功与否取决于他是否能找到合适的词句，词句是否适合这一时刻，是否能改变人们的观念，是否能改变人们的心灵。

他首先谈到政府曾许诺并必须清偿的孽债——平等，这本应兑现的承诺至今毫无结果。

人群专注地听着。马丁能感受到他们的团结,他们的支持。马丁接着往下说时,人群不约而同地爆发出阵阵掌声和欢呼声。他知道自己道出了他们的心声——既对他们演讲又为他们演讲。

受到人群积极响应的鼓舞,马丁撇开讲稿说出了自己的心声,发自内心地作了民权运动中最伟大的演讲。这次演讲已经成为历史的一部分。

"朋友们,今天我想告诉你们,虽然目前面临重重困难和挫折,我仍然有一个梦想。我梦想有一天这个国家重新站起来,将信条的真谛付诸实践:'我们认为这些真理不言而喻:人人生而平等。'

"我梦想,有一天在佐治亚州的红色山冈上,昔日奴隶的儿子和昔日奴隶主的儿子能像亲兄弟一样同席而坐。

"我梦想,有一天即使是密西西比州,也会成为自由和正义的绿洲。

"我梦想,有一天我的四个孩子能生活在一个不以肤色,而是以其品格优劣来判别人的国家。"

所有的人都理解马丁所说的。这绝非一次普通的演讲,它发出信息的接受者是所有的人——无论其信仰和背景是什么。

"这一天到来时,所有上帝的孩子都能以全新的含义唱出:'我的祖国,让自由之声响起。'

"美国要成为一个伟大的国家,就必须让这一点变成现实,让自由之声响彻新罕布什尔州的巍巍顶峰;让自由之声响彻纽约州的崇山峻岭。不仅如此,还要让自由之声响彻密西西比州的每座山峰、每座土丘……

"当我们让自由之声响彻每一个城镇、每一个小村庄、每一个州、每一个城市时,这一天就会加速到来。所有上帝的孩子,黑人和白人,犹太人和非犹太人,新教徒和天主教徒,都将携起双手,共同歌唱那首黑人的古老圣歌——'终于自由了! 终于自由了! 感谢万能的主,我们终于自由了!'"

当马丁结束演讲时,人群中爆发出欢呼声。他道出了那些为了美国黑人和白人的团结,为了国家的统一而投身于民权运动的所有人的渴望。

那天,许多报纸都报道说金已经成为非官方的"美国黑人的总统"。他现在已成为民权运动公认的领袖,受到他的追随者的信赖和爱戴,受到所有人的尊敬。这一天是他一生中伟大的一天,也是美国历史上伟大的一天。

[英国]帕姆·布朗/文,应爱萍/译

品 读

马丁·路德·金(Martin Luther King,1929 年 1 月 15 日~1968 年 4 月 4 日),美国牧师,行动主义者,美国民权运动领袖。1956 年 3 月 22 日马丁·路德·金被判有罪,1958 年 9 月 3 日马丁·路德·金因流浪罪被逮捕。1963 年,马丁·路德·金晋见肯尼迪总统,要求通过新的民权法,给黑人以平等的权利。因采用非暴力推动美国的民权进步而举世瞩目,并因此获得 1964 年诺贝尔和平奖。1983年美国设立马丁·路德·金纪念日并定为联邦法定假日(每年1月的第三个星期一)。在美国在线于2005年举办的票选活动"最伟大的美国人"中,马丁·路德·金被选为第三位美国最伟大的人物(第一位是罗纳德·威尔逊·里根,第二位是亚伯拉罕·林肯)。

1963年春天,金和南方基督教领袖会议领导人在阿拉巴马州的伯明翰领导了群众示威。此地白人警方强烈反对种族融合。徒手的黑人示威者与装备着警犬和消防水枪的警察之间发生冲突。总统肯尼迪对此次抗议作出了回应,他向国会提出放宽民权立法的要求,这促成了1964年民权法案的通过。1963年8月28日,群众示威行动在"华盛顿工作与自由游行"的运动过程中达到了高潮,此次示威运动中有超过25万的抗议者聚集在华盛顿特区。在林肯纪念馆的台阶上,金发表了《我有一个梦想》的著名演讲。

种族压迫和种族歧视是不公平的、非正义的,对压迫、歧视、不公平和非正义进行反抗是天经地义的,马丁·路德·金的反抗斗争精神是人类的最宝贵的遗产。而今重温马丁·路德·金的《我有一个梦想》,我们也仍然被深深地感动,我们不得不佩服其无畏与执着、坚定与热情、屡遭挫折而矢志不渝、毫不动摇的伟大信念。他的确是英雄,他是推动历史前进的伟大英雄,是无愧于历史和后人的英雄。

翻山越岭的舰队

◇[奥地利]斯蒂芬·茨威格

读点

突破常规的逆向思维，往往会带来奇迹。
择选典型事件来表现人物。

1451年2月5日，土耳其苏丹穆拉德去世，其长子，21岁的穆罕默德称王，成为土耳其人的苏丹。

穆罕默德二世，这位新的苏丹试图超越他的祖父耶赛特一世和他的父亲穆拉德二世——这两人曾让欧洲第一次领教了土耳其国家强大的军事力量。

曾一度覆盖世界几大洲的拜占庭王国，也就是东罗马帝国，如今只剩下一个没有领土的都城——君士坦丁堡（古时拜占庭城），这颗镶在君士坦丁和查士丁尼王冠上最后的宝石，成为穆罕默德二世首要的征服目标。

在穆罕默德二世还未做好攻城准备之前，他用"和平"的许诺为自己争取时间，以麻痹拜占庭人的警惕。终于，在1453年4月5日，已经做好准备的穆罕默德二世下令，攻占拜占庭。

君士坦丁大帝以及后来的查士丁尼和狄奥多西二世都对拜占庭的未来危机有着相同的忧虑，因而建筑了至今固若金汤的石头城墙。穆罕默德二世比任何时候都知晓城墙的威力，自从登上王位，他连做梦都在考虑怎样攻克这座城池。

批：交代传主穆罕默德的背景及身份、年龄。

批：以宾衬主，烘托穆罕默德的强大野心。

批：君士坦丁堡点明穆罕默德要征服的目标，"最后的宝石"既显示君士坦丁堡的耀眼，也表明君士坦丁堡必将被穆罕默德所征服。

批：年纪虽轻，颇有谋略。

批：虽有忧虑，也作出准备，最终也敌不过强大的攻势。

批：知己知彼，方能百战不殆。

没有别的办法,穆罕默德下定决心,不惜一切代价制造一种能够攻城的武器。

　　重赏之下,必有勇夫,一名叫乌尔巴斯或奥尔巴斯的男子——当时世界上最有创造力和经验的铸炮能手来到苏丹面前。

　　一门巨大的能够攻克城墙的火炮终于制造成功了。这庞然大物被分列两行的50对公牛拉的一辆巨车的所有轮子均匀地分担了重量,然后由200名壮劳力在两边扶着因自身重量过重而摇摇晃晃的炮筒,同时还有50名木匠和车匠不停地更换滚木、加固支架搭建桥梁之下,如老牛挪步似的越过山岭和草原,将炮口对准了东罗马千年的城墙。

　　巨炮在隆隆巨响中慢慢地吞噬着拜占庭的城墙,最初每天只能发射六七次,但城墙在弥漫的尘土和飞溅的碎石中出现的洞口,给躲在城墙后边的八千大军带来恐惧和绝望。

　　欧洲世界和整个基督教世界象征性地派出了援兵,他们派出三艘巨大的热那亚船和一艘运着粮食的小船驶进金角湾,停泊在拜占庭港,尽管如此,拜占庭城内绝望的人们仍然爆发出希望的欢呼。

　　那四艘基督的战船封锁了金角湾,当他们和拜占庭城内的人们误以为安全的时候,穆罕默德二世的一项堪比战争史上汉尼拔与拿破仑最大胆的战略的计划出炉了——他策划了一个天才的方案,将他的舰队从难以施展本领裹足不前的外海,越过岬角,运往金角湾里的内港——也就是把数百艘战舰托运过多山的岬角地带。穆罕默德二世派人悄悄地运来许多圆木头,由工匠们制成滑板,再把从海面上拖来的船固定在这些滑板上,就像固定在活动的干船坞上一样。

　　为了隐蔽奋力劳作的数以千计的工匠,穆罕默德二世下令每天夜里向拜占庭周边发放火炮,转移

批:"下定决心""不惜一切代价",志在必得!

批:数字与"摇摇晃晃""老牛挪步似的"等描写,足见火炮之巨大,有此巨炮,拜占庭的城墙休矣。

批:巨炮威力十分巨大,给对方以巨大的恐惧与绝望感。

批:极少的援兵也给城内人们带来希望,可见穆罕默德给他们带来的威胁之大。

批:兵者,出其不意,方能取胜。

批:谁说船只能在水里走,穆罕默德却能让船在陆地上走,史无前例的创举。

批:天才的军事家,以火炮麻痹敌人,考虑周全。

敌人的注意力。当拜占庭人正忙乱地在夜幕中应付以为只来自陆路的进攻时，钉在滑板上的船借助无数根涂满油脂的滚木，被一艘接一艘地拖越过那座山，两边有数不清的水牛在前面拖，水兵们在后面帮忙推。

世间一切伟大的壮举总是默默地完成的，世间一切智者总能够运筹帷幄。这奇迹中的奇迹：整整一支舰队越过山岭，终于大功告成。

批：奇迹，军事上的奇迹！

第二天早晨，当拜占庭的市民看见在他们认定无法进入的海湾中心航行着的、有如神兵天降的敌人舰队时，还以为是在做梦。然而，当他们揉揉眼睛，发现眼前的奇迹是怎么回事时，也就绝望地感到了敌人铁的手腕已经愈来愈紧地扼住了自己的咽喉。

批：侧面表现穆罕默德二世的出其不意。拜占庭的墨守成规就意味着失败，甚至被毁灭。

至此，君士坦丁堡大势已去，摇摇欲坠。

批：没有直接写其灭亡，但描述中已显示灭亡的必然命运。

（佚名/译）

勇于超越的穆罕默德二世

斯蒂芬·茨威格（Stefan Zweig，1881年11月28日~1942年2月22日），奥地利杰出的小说家、传记作家。代表作有小说《最初的经历》《恐惧》《感觉的混乱》《一个陌生女人的来信》《象棋的故事》等，传记《三位大师》《同精灵的斗争》《三个诗人》等。

穆罕默德二世（Fatih Sultan Mehmet，1432年3月30日~1481年5月3日），也被称为征服者穆罕默德、奥斯曼帝国苏丹（1444~1446,1451~1481）。他也经常被人们直接以外号"法提赫"（意为征服者）相称。他21岁的时候指挥奥斯曼土耳其大军攻克君士坦丁堡，使拜占庭帝国灭亡。后逐渐建立起奥斯曼土耳其帝国。他是历史上最以尚武好战著称的苏丹。

这篇传记刻画了穆罕默德二世勇于超越的军事家形象。传记开篇写穆罕默德二世刚即位时的宏伟目标——超越他的祖父耶赛特一世和他的父亲穆拉德二世，但要超越他们谈何容易，因为这两人都曾让欧洲领教了土耳其国家强大的军事力量，于是，穆罕默德二世将首要的征服目标锁定了君士坦丁堡，一座建成后而至今仍固若金汤的石头城墙的古拜占庭城。

传记为了表现穆罕默德二世勇于超越的特征，主要选择了两个典型事件：一是请人铸造了一门巨大的能够攻克城墙的火炮,洞穿了东罗马千年的城墙;二是在基督的战船封锁了金角湾的情况下,策划了一个天才方案,将他的舰队从难以施展本领裹足不前的外海,翻山越岭运到了金角湾里的内港,出奇不意地扼住了对手的咽喉。确实很难想象,让只能走水路的舰队翻山越岭突破封锁,在对方毫无察觉的情况下突然出现在金角湾,突破常规的逆向思维,让穆罕默德二世实现了超越祖父和父亲的宏伟目标。(子夜霜、肖优俊、许喜桂)

为什么不全力以赴

　　早在3月份就开始种玉米,接着是种棉花,然后是花生和其他农作物。在我孩童时期,人们主要依靠的农作物由棉花转为花生。作物种子一发芽,就得立即开始耕作。就花生来讲,甚至在发芽之前就要用耙子在田里来回耙梳,铲除生长速度更快的杂草。

　　花生是平原地区最重要的农作物。我一生还没有看见过别的农作物能够与之匹敌。每季这里大约有12000吨花生投放市场。顺便说一句,佐治亚州所产的花生,约占全国总产量的40%——比任何两个州的花生产量总和还多。

　　再说,煮花生应该被视为上帝给人类的一大恩赐——只是处理方法要适当才行。让我来解释一下这话是什么意思。花生像马铃薯一样长在地底下。这是一种很独特的植物,它在地面上开花,然后长出一根牙签大小的尖头卷须,穿透地表,到了深入地下约两英寸时,尖尖的"大头针"就会膨胀起来,长出花生。如果种得密度适宜,每一根藤上大概可以长出50粒花生。要是在拔起花生之后,立刻将它们从藤上摘下来,花生中会含有35%的水分。此时,如果马上将花生放在很咸的水中煮熟,吃起来会非常美味可口。

　　我从5岁起就在平原地区的街上卖熟花生。进了中学以后,每逢星期六我都和堂弟休·卡特卖5分钱一个的汉堡包和5分钱三勺的自制冰淇淋。许多年以后,休当选为州参议员,当时我已经放弃这个议席竞选州长。

　　在花生收获的季节,我每天下午都要到父亲的田里去拔花生,把花生堆在一辆小货车上,拉回院子。从青青的藤上摘下花生后,我便用抽水机抽出水,再小心地洗去花生壳上的泥土。把花生放在水里泡上一个晚上,次日清晨再放在咸水里煮,煮好之后装在约20个纸袋里,每袋重约半磅。然后,我就沿着铁路走上两三英里,到平原地区的街上去卖我的熟花生。卖完以后,我便回家再重复上述过程。

　　那时我虽然还不到6岁,可是已经能清清楚楚地分辨出平原地区的好人和坏人。我认为,好人就是从我这儿买花生的人！从那时起，我花了好多时间试着去改进我对人的判断能力，但那是我所知道的最简单的办法，虽然那个办法有它自身的缺陷。后来，每当我要草率地判断别人时，我就会想到这一点。

平原地区常常有些有趣的事情，它们转移了我对卖花生的兴趣。每隔几个月就有卖药的到这儿来表演，还有卖斧头的人举办的劈柴比赛。有个小马戏班每年都会来这儿一次，还有当地的社团也会举行诸如万圣节狂欢之类的活动。此外，还常常有打弹子、抽陀螺或下棋的活动。要是生意好，卖完我的花生后，我就会去参加这些比赛。

那时候，我已经学会了做生意，虽然规模很小，但是在我看来，这规模已经是很大了。我每天卖花生总共可以赚 1 美金，要在星期六，有时可以卖到这个数的 5 倍。到了 9 岁，我积攒下来的钱已经足够我在当时买 5 大包棉花。那时棉花的价格空前的低，每磅只要 5 分钱。我把买来的棉花存放在我父亲农场的其中一个仓库里。过了几年，等到价格涨到每磅 1 角 8 分，我才把棉花卖掉。用这笔钱，我买下了五间房，这些房子本来是当时刚去世的当地殡仪馆老板的家产。从那时起直到我离家进入海军军官学校为止，我每月从这五间房子上收到 16 元 5 角的房租。其中两间每间月租 5元，另外两间每间月租 2 元，还有一间月租 2 元 5 角。1949 年我作为海军军官驻扎在夏威夷，这些房子最终卖给了租户。

做小贩的时候，我有时感到寂寞和害羞。每天要卖 20 袋花生，并不是一件容易的事。我约有10 个老主顾，包括我们的补鞋匠，他经常买两袋。其余的花生就得卖给在加油站、马房和汽车修理厂周围下棋的人，或是到这儿来买东西的顾客。

在我还记得的几件令人不愉快的往事中，有一件是这样的：当地汽车修理厂有个自以为是的家伙对我说，如果我能遵照他的手势行事，他就买我一袋花生。当时我大概八岁，下棋的人和其他游手好闲的人都看着我前后左右不停地移动，两眼盯牢那个家伙的双手，直到最后，他让我光着脚踩在一根点燃的香烟上。旁观的人都笑了，而我却强忍着没哭。

在那些日子里，最可怕的就是阴雨连绵的天气，因为许多农作物都会被茂盛的杂草、莠草占了上风。我记得，父亲常在院子里转悠，仰望天空，祈祷天气晴好，以便在再次下雨之前犁去杂草。现在，可以用除草剂对付杂草、莠草，连绵雨下得大些，收成反而可以大大增加，而干旱却成了最可怕的问题。

棉花、玉米和花生等主要农作物，是用骡子拉的耕具种植的。其他主要农作物，如甜薯、白马铃薯、西瓜等是用手种植的。即使在下雨天，田里也有许多事情要做。甜薯藤和西瓜藤都要从一个犁沟中间移到另一个犁沟中间，以便犁地时不毁坏长长的藤蔓。棉花须用杀虫剂除虫。在玉米和花生生长期间，须用手把少量的化学肥料——硝酸钠放在每一根主茎附近。

不过持续时间最长也最累的活儿，便是用犁除草以及用骡子耕种，直到农作物大到不能再用犁来耕。棉花的枝茎在畦沟里缠在一起，这时若耕作机器经过，枝茎就会折断。玉米长到高过骡子的耳朵时，我们还在耘土。我们不得不在每一个畦沟的尽头停下来，清理犁脚周围数以千计的玉米根。

　　我们并没有意识到,这样做会使产量锐减。直到最近我们才知道,在农作物成长或结果实之际进行耕作会造成多大的损害。

　　生长季节通常在 6 月初结束,接下来便是"休田"时期,我们不必再在成长中的农作物间耕作。随后,谷物要收割,再堆成禾束堆,干了以后拉到固定的机器那里去打谷。西瓜摘下来,送到城里,装上火车,运到北方市场。每一季都是这样,直到后来,运费和运出去的西瓜不断下跌的价格不相上下。不过这些活儿比起早先每人负担的持续的犁地锄草,要有意思得多。

　　干了几个星期比较轻松的活儿之后,就到了收割主要农作物的季节。棉花需要用手采摘;花生要从地下拔起,抖落上面的泥土,然后堆在杆子上晒干。随后,摘下玉米叶子做饲料,将它们捆成一小捆,固定在玉米秆顶上晒干。通常和玉米种在同一田垄里的绒毛黧豆也需要摘了。由于绒毛黧豆上有扎手的绒毛,摘绒毛黧豆成了农活中最费劲的活儿之一。再后来,我们用手摘下玉米穗,堆在田里等着货车将它们运到谷仓。我们把已经干了的花生搬上货车或者是小橇上拉到专用的摘花生机那里,将花生与藤蔓分开,给花生脱粒。花生藤扎成一捆捆,用作牲畜饲料,而花生则运往市场。

　　这些杂活让我们一直忙到冬天。而冬天一到,我们又要宰猪腌肉。田里的甘蔗要砍下来榨汁,然后把汁煮成糖浆。橡树和山胡桃树要砍下来劈成木柴,堆成柴堆,以供冬天烧壁炉用。松树则劈成木柴供灶台做饭之用。

　　接着,新年来到,工作又周而复始。一年到头,有些杂活总是在不断地重复,比如说照料牲口、用抽水机抽水、挤牛奶、剪羊毛及其他诸如此类每天必须照料的工作。

　　这一类活儿有些挺有意思,有些则完全是苦差事。但我们总能回过头去,特地看看干了一天有些什么成就。我们经常利用各种机会去森林、田野和沼泽地探险、钓鱼或打猎,在花园或果园里采摘水果、蔬菜,并且在不同季节采摘各种野果以及坚果。

　　这种早年干活娱乐相结合的农场生活,给了我丰富而又多姿多彩的人生经历。

[美国]吉米·卡特/文,应爱萍/译

品 读

　　吉米·卡特(1924 年 10 月 1 日~　　),美国第 39 任总统(1977 年 1 月 20 日~1981 年 1 月 20 日)。

　　吉米·卡特在海军服役的时候,曾经申请参与核动力潜艇计划。那时候负责这个计划的是以严厉以及要求之高著称的海军上将海曼·里科弗。吉米·卡特那时候必须和这位传奇色彩浓厚的将军面谈,将军大多让他自由发挥,挑他自己比较熟悉的话题来谈。不过将军问他的问题越来越难,而且都是吉米·

卡特不怎么熟悉的领域。

　　就在谈话即将结束的时候,将军问他:"你在军校里头的成绩怎么样?"吉米·卡特非常骄傲地回答说:"我在820名的学员中排名第59。"他满心以为将军会对这样的成绩表示赞赏,没有想到将军却说:"看来你没有全力以赴。"

　　吉米·卡特起初回答说:"不,我尽了全力。"后来他回答说:"是,我不是一直都如此全力以赴。"谈话结束的时候,海曼·里科弗上将丢了一个问题给吉米·卡特:"为什么不?"

　　海曼·里科弗上将那天所说的话令吉米·卡特毕生难忘,后来吉米·卡特便把他的书名命名为《为什么不全力以赴》。学习也好,工作也好,将来的一切都将取决于自己现在的努力,只有我们100%地投入才能有望杰出。

　　本文选自他的自传《为什么不全力以赴》(1975),描述了他童年时期的田园生活,这段生活对他的一生有着很大的影响。

拿破仑传（节选）

◇[德国] 埃米尔·路德维希

读点

展现了一个人们极端崇拜的真实的拿破仑。
选取典型事例表现传主的人生经历和性格特
点。

正是秋分时节，海上波浪滔天。拿破仑伫立于塔楼之上，凝望着敌方海岸。他在想："那是我梦寐以求的攻略之地。身后是巴黎，约瑟芬的卧室满悬壁镜——这是幸福，我已拥有。前方，山那边，在敌国里荣誉在召唤着我，我渴望获得。"

他掉头望去，看到一脉熟悉的青山隐逝在蓝天中：它已不再让他魂牵梦萦了。

那是他业已失落的故土——科西嘉岛。

群峰巍然耸立，白雪皑皑的峰尖直刺蔚蓝的晨空。阿尔卑斯山的冰峰熠熠闪光，如同冒险家拿破仑一样，英气逼人，雄视山野，笑傲众生。在这里，造物主向统帅象征性地展示了它是不可战胜的：它用阿尔卑斯山这座天堑阻断了拿破仑的前进之路，他要从法国进军到他祖先的故土。

但是他，拿破仑，向来就不独钟情于武力征服，而是倾心于以智谋取胜，他积年累月地思考着这个老难题。汉尼拔曾经翻越过阿尔卑斯山，而拿破仑却欲绕山而行。假如能与敌军遭遇于他们最薄弱的

批：凝望着敌方海岸展现的是他的雄心壮志。

批：约瑟芬令拿破仑又爱又恨，在拿破仑的生命中，爱情与权力缺一不可。

批：暗示英雄有了更远大的梦想。

批：以阿尔卑斯山衬托拿破仑的伟大形象。

批：阿尔卑斯山虽为天堑，却阻断不了拿破仑进军的步伐。

批：历史上伟大的军事家向来都是智勇双全的。

批：不走寻常之路，将帅之才也。

环节,也就是亚平宁半岛紧挨阿尔卑斯山的地段,自然为上上之策。该处地势低平,易攻难守,那么何必非要等到夏天呢?动手越早,积雪就越坚硬,雪崩的危险性也就越小。挺进吧,挺进到我祖辈的故国去!

裹足不前就意味着失败。要知道现在敌军对他并未构成威胁,他们正在冬哨所里休整,安然地睡着大觉,驻于伦巴底东边的奥军,西边的撒丁军,以及四分五裂的意大利的大大小小的共和国和大公国,在融雪之前,都不会预料到法军会突袭的。可是法军正面临着饥荒。因通货膨胀导致经济趋于崩溃的巴黎督政府,除了供给他们一些几乎毫无价值的纸币外,余无他物,况且就是这些东西也被军火商们中饱私囊了。"法兰西定会战栗的,"波拿巴到达之前,一位军官在家书中写道,"如果能查明所有在这里因饥饿和疾病而捐躯的战士的数目的话。"倘若不能解决军队给养问题,这位新统帅将怎么办呢?

"弟兄们!你们正饥寒交迫,向政府告急,却有求无应。你们驻军荒山野岭的勇气和耐心,令人肃然起敬,但却毫无荣誉和益处可言。现在我将带领你们向世界上最富庶的平原进军。那里欣欣向荣的城市,物产丰饶的乡村正期盼着你们。在那里你们将获得功勋、享受和财富。意大利方面军的弟兄们!难道你们缺乏勇气和毅力吗?"

初次阅军时,他慷慨激昂地发表了上述演讲,行列中仅有寥寥数声微弱的欢呼作为回应。重又躺到营房里后,士兵某甲对某乙说:"新头头面黄肌瘦、文质彬彬,看来是个新手,只会纸上谈兵,空谈什么'富庶的平原'吧。得了,他最好还是给我们弄些靴子,不然我怎么去那里?"当年以色列人听摩西许诺"希望之乡"时,不也是这种感觉吗?司令官在这里遇到的只有反对。

在这山顶上困驻三年的军队里有谁是拿破仑的

批:战胜敌人要把握好时机,即天时。

批:最佳进攻的时机。

批:面临的饥荒局面不容乐观,且看他如何解决。

批:演说纵然慷慨激昂,但在饥饿困顿面前也是微弱无力的。

批:摩西的故事告诉我们:当人们心中怀有信任的种子时,他们就有能力创造奇迹。

批:千古知音最难觅,英雄总是孤

伟人神采　169

知音呢？这支军队四分之一的人员躺在医院里，同样数目的士兵不是阵亡、被俘，就是业已开小差溜之大吉了。军官们呢？他们还不是像七年前的奥克桑那的上尉们一样，并没有全心全意服从这个古怪的年轻首长，难道是消极抵制他吗？当他坐在办公桌边写写算算的时候，扑金的刘海与双目相齐，脑后长发垂肩，衬衣几乎无纹饰。这个外国佬在房里来回踱着步，口授着各种命令，法语讲得错误百出。司令部里除了他带去的三四个随从之外，无人对他有好感。有人告知他的一个随从：“他被视为一个数学家或空想家。”

批：外貌平凡、“法语讲得错误百出”，也难怪这些人无慧眼识英雄的本领。

要是他两者兼而有之呢？他正是这种天才人物！

批：想象与实践相结合，这才是天才的真正定义。

最初他似乎仅是一个算术家，其实不然。他马上给巴黎督政府的执政官们发函，以此发动了一场书信战。这也恰如他用大炮和骑兵进行战役一样，投入了同样的激情，获得了同样的胜利。他说：“你们要求我创造奇迹，很抱歉我对此无能为力。须知举凡宏业，皆深谋远虑所成。胜负之间，仅一步之遥。从重大事件中我深知：千里之行，取决于微步；一趾之疾，可丧七尺之躯。”可是在给杰出的军事组织家加诺的私人信件中，他却讲了许多公函中不能道出的苦衷。“您也许不相信，”他咬牙切齿地说，“我连一个工兵指挥官都没有，连一个参加过攻坚战的指战员都没有！……我根本没有炮兵，您能想象我是多么的愤怒吗！”事实上他总共仅有24门大炮，4000匹劣马，30万枚银法郎以及供他的3万人的部队按半额制配给的一个月的口粮。就靠这些杂碎他得去征服意大利！

批：一个具有语言表达天分的“算术家”。

批：晓之以理！

批：动之以情。

批：困境更能显示英雄的不凡。

但他既然敢于夸下海口，也就只好以此为基础开始行动了。他像狂飙一样用不倦的努力迅速地把这支军心涣散、萎靡不振、业已重新唱起效忠专制王

批：要打胜仗，军队必须有高昂的士气。

独的。

朝赞歌的军队改造成一支效忠于共和国的军队。

　　他到任第三天的文卷记录如下:派遣 110 名工人修路;弹压一个旅的哗变;组织两个炮分队;命令两名军官调查窃马案,回复另外两名军官的管辖要求;命令土伦的一位军官率部前来尼斯;命令另一位军官集结安提贝斯的国民自卫军;命令另一军官查出哗变旅里的主谋将官,给总参谋部写报告;发布阅兵命令。在最初短短的 20 天之内,仅关于部队给养问题的文告他就发布了 123 道,其中有无数对于贪污盗用、缺斤少两、以次充优的警告。所有这些,他都完成于行军途中,12 次司令部拆迁之间,6 次小战之内。

批:只有先治理好军队,才能战无不胜。

　　刚一跨过狭窄的关口,他就立即按照新作战计划展开行动。他采用集中兵力、各个击破的方法,两次小战之后就切断了敌对盟军之间的联系。其实这些不过只是锋线部队的交锋罢了,很适合法国人的性情和法军平时的操作,对于那种大规模行列式的阵地战,法军尚是门外汉。但话说回来,交战初期,速度和勇敢比指挥官的指战艺术素养要管用得多。

批:前面的整顿就是为了此刻的作战。

　　纵马飞驰间,穿山越谷时,炮声隆隆中,遮护约瑟芬肖像的玻璃片忽然震碎了——他把这幅肖像装于贴身口袋里,曾经千百次地亲吻——他神色黯然,勒马而立,对布里昂说:"震碎了。我的夫人不是生病了,就是有了外遇,不忠于我了。走吧!"

批:可见约瑟芬在他心中的分量之重。

批:纵然是英雄,也有寸寸柔肠。

　　一切都取决于他的承诺的兑现。他明白,假如这次他能说到做到,言行一致,部队就会相信他;而一旦他们相信他,要不了多久他们就会服从他、拥戴他。的确如此。就在他发表预言作出承诺的两周后,他的军队打了个胜仗,沿着斜坡向南下行,实际上正行进在最后一座高峰上,忽然间,士兵们发出了由衷的欢呼!长期在深山幽谷中停滞之后,他们忽然看到皮埃蒙特平原展于脚下,一望无垠,繁花似

批:用事实说话,从来都胜于千言万语。

锦。波河和其他河流潺潺流向远方,冰天雪地的世界终于抛于身后了。"如同用魔力一样,他们翻越了阿尔卑斯山这道巨大的屏障,而它就像是另一个世界的疆界。"

批:魔力就是英雄的雄才远略,拿破仑据此得到了一个属于他的新的世界。

"这一切都是你们的!"拿破仑强迫两对手之一——撒丁国王停战求和,献出他疆域内的所有物产。这是波拿巴戎马一生中第一个通过阴谋诡计和威吓讹诈而取得的休战。在这里,他以他并不曾拥有的强大的兵力恫吓对手,事实上他自己正两面受敌,根本不可能这样做。他的士兵们大为惊叹总司令的言出必践,他曾许下诺言,两个星期后他真的履行了诺言!

批:兵不厌诈!

从这时起,士兵们开始拥戴波拿巴了。战役初始,他已不再用"Buonaparte"签署公文,因为意大利已成为敌国,他不能用这个意大利名字,他改用"Bonaparte"。

不久以后,他将再次更名。

(阳若迅等/译)

批:他将一次又一次地出征,一次又一次地征服,直至称霸欧洲。

欧洲雄狮拿破仑

埃米尔·路德维希(Emil Ludwig,1881 年 1 月 25 日~1948 年 9 月 17 日),德国作家,以撰写通俗传记而享有国际声誉。所写传记强调人物个性,被称为"新传记派",是 20 世纪伟大的传记作家之一。《歌德传》《拿破仑传》的出版使他成为享誉世界的传记作家,他开创了传记写作的新流派,以描写人物的心路历程以及性格分析而享有盛名。代表作品有传记《拿破仑》《俾斯麦》《歌德》《林肯》等。

拿破仑·波拿巴(Napoléon Bonaparte,1769 年 8 月 15 日~1821 年 5 月 5 日),法国杰出的政治家、军事家,法兰西第一帝国的创立者。他纵横驰骋于欧洲战场 20 多年,指挥过将近 60 次战役,常常是以少胜多,以弱制强,多次战胜英国和欧洲封建国家组成的反法联盟,使法国领土一度扩及整个欧洲大陆。后人称赞他是"19 世纪的欧洲雄狮"。

1796 年 3 月 2 日,27 岁的拿破仑被任命为法国意大利方面军总司令,3 月 9 日,与巴黎著名的交际花约瑟芬·博阿尔内匆匆举行了婚礼。两天后,他告别新婚妻子,匆匆奔赴前线。本文选自《拿破仑传》，记述的便是拿破仑此次征战的情况。

在《拿破仑传》中，作者从拿破仑出生到离世，选取他一生各个阶段的典型事例，用生花妙笔将他描绘得神情毕具。路德维希对重大的军事场面并没有作过多的描写，而是着力抓住传主的心理活动，对人物的个性特征进行深刻描写和分析。通过描写拿破仑的精神生活，进而解释由他内心倾向产生的决定和克制、行为和痛苦、幻想和计算。在对意大利的战争中他想到："那是我梦寐以求的攻略之地。身后是巴黎，约瑟芬的卧室满悬壁镜——这是幸福，我已拥有。前方，山那边，在敌国里荣誉在召唤着我，我渴望获得。"其内心的独白生动地说明了内心的激情是他对外战争的动力。

拿破仑这位风云人物，其人生的成败与其鲜明的个性、独特的性格密切相关。路德维希认为主宰拿破仑灵魂的三种基本力量是自信、精力和想象。

而在这些性格中，作者又着力表现他的政治个性。首先，拿破仑的政治个性表现为他有着极强的权力欲。他野心勃勃，重视权力价值，有着强烈的支配欲和成就感。在他还是一个普通的将军时，他就认为他是议员们的保护神，他有一种强烈的欲望，要让这些国家的政要们俯首听命于他。拿破仑的政治实践是其雄心与野心的相互交织，同步发展。随着职位的不断提升，政治实践的不断深入，拿破仑的权力占有欲不断提高。

其次，拿破仑的政治个性表现在他注重行动，并在行动中善于改变，果敢迅速，手腕灵活。为了政治需要，他强迫皇后约瑟芬与他离婚，而与奥地利公主玛丽·路易丝结婚，尽管她并不十分美丽；同样为了政治需要，他随意改变宗教信仰，就像换衣服一样平常。

再次，他自信坚定，意志顽强。在每次战役中，他不仅仅钟情于武力，而更多的是以激发士兵的战斗意志和根据战场的实际情况以智取胜。战前法军面临诸多的困难，积雪、寒冷与饥饿，他深知"裹足不前就意味着失败"，于是不断鼓舞士气，把士兵们对财富的渴望转化为战斗力。征服意大利具有重要的战略意义，而当时军队后方供给不足，大军将面临饥荒，他在阅军时，慷慨激昂地说："弟兄们！你们正饥寒交迫，向政府告急……在那里你们将获得功勋、享受和财富。"他的这些富有诗意的演讲，自然能激起士兵的勇气和战斗力。当然，拿破仑的自信也滋生了他的傲慢专横，正由于他的傲慢与专横，他最终使法国军队在入侵俄国的战争中遭到毁灭性的打击。

作者在刻画拿破仑的政治个性时，也穿插了许多浪漫的爱情故事。拿破仑既是一个军事天才和野心家，也是一个普通的人，有着七情六欲，儿女私情。他与约瑟芬的结合，使他有机会登上权力的顶峰。拿破仑对约瑟芬是又爱又恨，因为她不仅风韵绰约，是拿破仑通向权力之巅的阶梯，但她又风流浪漫，令他异常苦恼。（子夜霜、许喜桂、京涛）

 # 纪念拿破仑逝世100周年的演说

只要想一想，1796年，拿破仑年仅27岁已经崭露头角，就不难知道他天赋非凡的资质。他把自己的天才不断地用于一生的丰功伟业之中。

由于禀赋这种天才，他在人类军事史上走出了一条光辉的道路。他高举战无不胜的鹫旗（注：鹫旗，法国军旗以鹫为标志）从阿尔卑斯山进军到埃及的金字塔，从塔古斯河（注：塔古斯河，在西班牙和葡萄牙交界处）之滨到莫斯科河两岸。在飞舞的军旗下，他建立的赫赫武功超越亚历山大大帝、汉尼拔大将和恺撒大帝。这样，他以惊人的天才、不甘守成和好大喜功的本性成为胜过一切其他人的最伟大领袖人物。这种本性，有利于战争，但对维持和平的均势却很危险。

他把战争艺术提高到从未有过的高度，而这就把他推到了岌岌可危的巅峰。他把国家的荣耀和他个人的荣耀视为一体，他要以武力控制各国的命运。他以为一个人能够以惨痛的牺牲为代价得到一系列的胜利，换来本民族的繁荣；以为这个民族可以靠光荣而不是靠劳动获得生存；以为那些被征服而失去独立的国家不会一朝奋起，列出阵容强大、士气高昂、战无不胜的义师，推翻武力统治，重新赢得独立；以为在文明世界里，道德公理不应比完全靠武力形成的力量更强大，不管这支武力有多大。由于这样的企图，拿破仑走了下坡路。他不是缺乏天才，而是由于他想做那不可能的事。他想以当时财枯力竭的法国使整个欧洲屈膝，岂知当时欧洲已经总结了失败的教训，很快就全面武装起来。

当然，每个人都有自己的责任。但是，比指挥军队克敌制胜更重要的是，按照祖国的需要为祖国服务，使正义在一切地方受到尊重。和平高于战争。

的确，在处理人的问题时，如果只依赖个人的见识与才智，歪曲为尊重个人而制定的社会道德法律，歪曲作为我们文明基础和基督教本质的自由、平等、博爱的原则，那么，即使是最有天才的人，也肯定会犯错误。

陛下，请安息吧。你英灵未泯，你的精神仍然在为法兰西服务。每次国家危难的时刻，我们的鹫旗依然迎风招展。如果我们的军队能在你建造的凯旋门下胜利归来，那是因为奥斯特列茨（注：奥斯特列茨，捷克地名，1805年12月4日拿破仑在此打败了俄国和奥地利的联军）的宝剑为他们指引了方向，教导他们如何团结起来带领军队取得胜利。你高深的教诲，你坚毅的努力，永远是我们不可磨灭的榜样。我们研究思索你的言行，战争的技艺便日益发展。只有恭谨地、认真地学习你不朽的光辉思想，我们的后代子孙才能成功地掌握作战的知识和统军的策略，以完成保卫我们祖国的神圣事业。

[法国]斐迪南·福煦/文，佚名/译

品读

斐迪南·福煦（Ferdinand Foch, 1851年10月2日~1929年3月20日），法国元帅。其父拿破仑·福煦是个文职官员，因崇拜拿破仑而命名。孩提时代，他常常听在大革命和帝国时期当过军官的外祖父讲拿破仑的故事。第一次世界大战时任法军总参谋长、协约国军队总司令，获法国元帅衔。第一次世界大战结束后，作为战胜国的法国以一个居领导地位的大国身份出现在欧洲。俄国十月革命爆发后，法国又策划和参与了武装干涉苏联的行动，但遭到失败。

正是在这样的历史条件下，拿破仑一世逝世100周年的纪念日来临了。1921年5月5日，在巴黎拿破仑的墓地，人们为了纪念这位法国"传奇人物"，举行了隆重而庄严的悼念仪式。在这个仪式上，第一次世界大战中战功卓著的福煦元帅向在场的政府官员、军人和民众，发表了这篇洋溢着军人激情和闪烁着军事家思想光彩的演说。

这篇演讲开篇就高度称颂拿破仑独具"非凡的资质"，一生不断建立"丰功伟业"，以激励法国将士。接着历数拿破仑的光辉战绩，高度赞扬拿破仑的军事贡献和地位，又毫不掩饰地指出这位军事统帅的缺陷，在肯定功绩的同时也揭示出事物的另一个侧面，评价一分为二。单凭一只蜜蜂的力量是很难把所有的花粉都采集回来的。推动历史发展的从来不是个人，历史不需要个人英雄主义，当今社会发展更不需要个人英雄主义。演讲者明确强调指出了拿破仑的个人英雄主义思想根源及其唯武力治国理念的狭隘性、局限性。结束演讲时，以"你"直呼拿破仑来倾诉心曲，情真意切，深情地表示将永远继承拿破仑的精神，高举他的旗帜，学习他的思想，以完成保卫法兰西的"神圣事业"。

我与绘画的缘分

◇[英国]温斯顿·丘吉尔

读点

娓娓而谈,从容道出与绘画的缘分,给读者以美的享受。
自我解读,感同身受,饱含真滋味。

年至四十而从未握过画笔,老把绘画视为神秘莫测之事,然后突然发现自己投身到了一个颜料、调色板和画布的新奇兴趣中去了,并且成绩还不怎么叫人丧气——这可真是个奇异而又让人大开眼界的体验。我很希望别人也能分享到它。

为了得到真正的快乐,避免烦恼和脑力的过度紧张,我们都应该有一些嗜好。它们必须都很实在,其中最好最简易的莫过于写生画画了。这样的嗜好在一个最苦闷的时期搭救了我。1915 年 5 月末,我离开了海军部,可我仍是内阁和军事委员会的一个成员。在这个职位上,我什么都知道,却什么都不能干。我有一些炽烈的信念,却无力去把它们付诸实现。那时候,我全身的每根神经都热切地想行动,而我却只能被迫赋闲。

而后,一个礼拜天,在乡村里,孩子们的颜料盒来帮我忙了。我用他们那些玩具水彩颜料稍一尝试,便促使我第二天上午去买了一整套油画器具。下一步我真的动手了。调色板上闪烁着一摊摊颜

批:只要感兴趣,年龄、时间都不是推托的理由。

批:开篇点题,突出"是个奇异而又让人大开眼界的体验",40 岁才与绘画结缘,令人称奇。

批:引出写生画画嗜好产生经过的记叙。

批:与绘画结缘的外界因素。

批:本段详细地描述了作者第一次画画的经历,描述逼真,语言形象。此句点出与画结缘的外因。

批:面对空白的画布,"画笔重如千

料;一张崭新的白白的画布摆在我的面前;那支没蘸色的画笔重如千斤,性命攸关,悬在空中无从落下。我小心翼翼地用一支很小的画笔蘸一点点蓝颜料,然后战战兢兢地在咄咄逼人的雪白画布上画了大约像一颗小豆子那么大的一笔。恰恰那时候只听见车道上驶来了一辆汽车,而且车里走出的不是别人,正是著名肖像画家约翰·赖弗瑞爵士的才气横溢的太太。"画画!不过你还在犹豫什么哟!给我一支笔,要大的。"画笔扑通一声浸进松节油,继而扔进蓝色和白色颜料中,在我那块调色板上疯狂地搅拌了起来,然后在吓得瑟瑟直抖的画布上恣肆汪洋地涂了好几笔蓝颜色。紧箍咒被打破了。我那病态的拘束烟消云散了。我抓起一支最大的画笔,雄赳赳气昂昂地朝我的牺牲品扑了过去。打那以后,我再也不怕画布了。

斤""战战兢兢",逼真地描绘出了"我"画画之初的紧张心情。

这个大胆妄为的开端是绘画艺术极重要的一个部分。我们不要野心太大。我们并不希冀传世之作。能够在一盒颜料中其乐陶陶,我们就心满意足了。而要这样,大胆则是唯一的门券。

批:紧箍咒被打破了,画画的紧张心理也就被打破了。

我不想说水彩颜料的坏话。可是实在没有比油画颜料更好的材料了。首先,你能比较容易地修改错误。调色刀只消一下子就能把一上午的心血从画布上"铲"除干净;对表现过去的印象来说,画布反而来得更好。其次,你可以从各种途径达到自己的目的。假如开始时你采用适中的色调来进行一次适度的集中布局,而后心血来潮时,你也可以大刀阔斧,尽情发挥。最后,颜色调弄起来真是太妙了。假如你高兴,可以把颜料一层一层地加上去,你可以改变计划去适应时间和天气的要求。把你所见的景象跟画面相比较简直令人着迷。假如你还没有那么干过的话,在你归天以前,不妨试一试。

批:简述了画画的目的。

批:"首先""其次""最后",层次清晰地写出了用油画颜料绘画的好处,对油画的特点谈得很到位。

当一个人开始慢慢地不感到选择适当的颜色、

批:画画的经验之谈,非有此经历,

用适当的手法把它们画到适当的位置上去是一种困难时，我们便面临更广泛的思考了。人们会惊讶地发现在自然景色中还有那么多以前从未注意到的东西。每当走路乘车时，附加了一个新目的，那可真是新鲜有趣至极。山丘的侧面有那么丰富的色彩，在阴影处和阳光下迥然不同；水塘里闪烁着如此耀眼夺目的反光，光波在一层一层地淡下去；表面和边缘那种镀金镶银般的光亮真是美不胜收。我一边散步，一边留心着叶子的色泽和特征，山峦那迷梦一样的紫色，冬天的枝干的绝妙的边线，以及遥远的地平线的暗白色的剪影，那时候，我便本能地意识到了自己。我活了四十多岁，除了用普通的眼光，从未留心过这一切。好比一个人看着一群人，只会说"人可真多啊"一样。

我以为，这种对自然景象观察能力的提高，便是我从学画中得来的最大乐趣之一。假如你观察得极其精细入微，并把你所见的情景相当如实地描绘下来，结果画布上的景象就会惊人的逼真。

嗣后，美术馆便出现了一种新鲜的——至少对我如此——极其实际的兴趣。你看见了昨天阻碍过你的难点，而且你看见这个难点被一个绘画大师那么轻而易举地就解决了。你会用一种剖析的理解的眼光来欣赏一幅艺术杰作。

一天，偶然的机缘把我引到马赛附近的一个偏僻角落里，我在那儿遇见了塞尚（注：塞尚，法国后期印象派画家）的两位门徒。在他们眼中，自然景象是一团闪烁不定的光，在这里形体与表面并不重要，几乎不为人所见，人们看到的只是色彩的美丽与谐和对比。这些彩色的每一个小点都放射出一种眼睛感受得到却不明其原因的强光。你瞧，那大海的蓝色，你怎么能描摹出它呢？当然不能用现成的任何单色。临摹那种深蓝色的唯一办法，是把跟整个构图真正

批：难有此感受。

批：将绘画与人生结合起来谈，富有理趣。

批：谈学画中的乐趣。

批：画画之后对画作的欣赏心态。

批：用具体的事例阐释自己的绘画体验，写出了作者对自然色彩观察的独到。

有关的各种不同颜色一点一点地堆砌上去。难吗？可是迷人之处也正在这里！

我看过一幅塞尚的画，画的是一座房里的一堵空墙。那是他天才地用最微妙的光线和色彩画成的。现在我常能这样自得其乐：每当我盯着一堵墙壁或各种平整的表面时，便试图辨别出其中各种各样不同的色调，并且思索着这些色调是反光引起的呢，还是出于天然本色。你第一次这么试验时，准会大吃一惊，甚至在最平凡的景物上你都能看见那么许多如此美妙的色彩。

所以，很显然地，一个人被一盒颜料装备起来，他便不会心烦意乱，或者无所事事了。有多少东西要欣赏啊，可观看的时间又那么少！人们会第一次开始去嫉妒梅休赛兰(注：梅休赛兰，远古传说中的人物，活了 969 岁，为长寿的象征)。

注意到记忆在绘画中所起的作用是很有趣的。当惠斯特勒(注：惠斯特勒，居住在英国的美国画家)在巴黎主持一所学校时，他要他的学生们在一楼观察他们的模特儿，然后跑上楼，到二楼去画他们的画，当他们比较熟练时，他就把他们的画架放高一层楼，直到最后那些高才生们必须拼命奔上六层楼梯到顶楼里去作画。

所有最伟大的风景画常常是在最初的那些印象归纳起来好久以后在室内画出来的。荷兰或者意大利的大师在阴暗的地窖里重现了尼德兰狂欢节上闪光的冰块，或者威尼斯的明媚阳光。所以，这就要求对视觉形象具有一种惊人的记忆力了。

不管面临怎样的目前的烦恼和未来的威胁，一旦画面开始展开，大脑屏幕上便没有它们的立足之地了。它们退隐到阴影黑暗中去了。人的全部注意力都集中到了工作上面。当我列队行进时，或者甚至，说来遗憾，在教堂里一次站上半个钟点，我总

批："用最微妙的光线和色彩画成的"，对塞尚名画的鉴赏可谓独到，而且作者还将此运用于自己的绘画实践，可谓经验之谈，也更为难得。

批：记忆与画画之间的关系是作者的又一体验。

批：绘画艺术与文学艺术一样，都是对生活的一种艺术提炼。

批：进入绘画创作之中，可以忘却现实的一切烦恼。

觉得这种站立的姿势对男人来说很不自在，老那么硬挺着只能使人疲惫不堪而已。可是却没有一个喜欢绘画的人接连站三四个钟点画画会感到些微的不适。

买一盒颜料，尝试一下吧。假如你知道充满思想和技巧的神奇新世界，一个阳光普照、色彩斑斓的花园正近在咫尺等待着你，与此同时你却用高尔夫和桥牌消磨时间，那真是太可怜了。惠而不费，独立自主，能得到新的精神食粮和锻炼，在每个平凡的景色中都能享有一种额外的兴味，使每个空闲的钟点都很充实，都是一次充满了销魂荡魄般发现的无休止的航行——这些都是崇高的褒赏。我希望它们也能为你所享有。

批：总结上文，概括了画画给人的奇妙的感受。以奉劝读者也尝试绘画作为结尾，由己到人，可见绘画艺术是多么的美妙。

（王汉梁/译）

独特的绘画艺术体验

　　丘吉尔1932年出版了《思想与历程》，《我与绘画的缘分》就节选自该文集中的《业余绘画》一文。1915年，第一次世界大战期间，英军在黑海海峡的盖利博卢（即加利波利半岛）战役中失利，身为海军大臣的丘吉尔引咎辞职。他携家带口来到一处乡间庄园。从此，丘吉尔便与绘画结缘。直至1965年去世前的50年间，他都一直徜徉于绘画这个"阳光普照、色彩斑斓的花园"里。他一生创作了500多幅油画，许多作品还卖出很高的价钱。

　　从《我与绘画的缘分》这篇机智精辟、唱叹有情的传记里，我们不但能够看出他酷爱绘画艺术，而且还能读出他对艺术的一些认识和他独有的艺术体验。

　　文章开头，从开始习画前后的两种心态对比落墨："年至四十而从未握过画笔"，是因为"老把绘画视为神秘莫测之事"；而当绘画给作者带来"新奇"这一最初感觉后，他便获得了"奇异而又让人大开眼界的体验"。用不同心态的对比描述提领下文，给读者以强烈的感染。

　　接着，作者以幽默风趣、富于夸饰的语言，绘声绘色地描述了他跨入艺术天地的第一步。他面对近在咫尺的绘画领地，小心翼翼、战战兢兢，手握画笔，"重如千斤"，好似怀揣"性命攸关"之念，画笔"悬在空中无从落下"。这里对绘画"缘分"之难得，渲染得如此扣人心弦。当那畏难的"紧箍咒被打破"之后，作者"抓起一支最大的画笔，雄赳赳气昂昂地朝我的牺牲品(画布)扑了过去"时,绘画的神秘障碍顷刻消失了。作者"这个大胆妄为的开端",使他取得了进入绘画艺术天地的"门券"。缘分初结之际,就在这一难一易之间。难之所以为难,是因为人们意识不到易之何能为易。作者这样来展示失败与成功系于一念之间的理念,富有哲理。

随后,作者用情趣盎然、富含诗意的笔触,表达出绘画赋予他的至高享受:首先,是"对自然景象观察能力的提高",对实体与色彩、形状与位置、光与影、明与暗、动与静、远与近所造出的自然世界生动的美能充分感受。其次,是"会用一种剖析的理解的眼光来欣赏一幅艺术杰作";还能在面临"目前的烦恼和未来的威胁"时,"一旦画面开始展开,大脑屏幕上便没有它们的立足之地","一个人被一盒颜料装备起来,他便不会心烦意乱,或者无所事事"。这都可见业余绘画使作者的精神世界富足而充实,是陶冶心志的"崇高的褒赏"。

本文表达了作者在绘画中体验到的"充实"和"崇高",显示了作者精深的艺术修养。他有很强的艺术创造潜力,一旦突破最初的心理障碍,便势如破竹地驰骋在绘画艺术的疆场上;他有很敏锐的艺术感悟力,尽管是业余爱好,但对绘画艺术理解得非常深刻,对油画的特点的把握,对自然色彩的观察,对绘画名作的鉴赏,都有独到之处;他有很强的文学感受力和语言表达能力,文学和绘画的创作原理在某些方面是相通的,他在自然景色中感受和领悟到的东西,既是绘画艺术也是文学创作的源泉,或者说,他从事文学创作本来就练就了一双敏锐的眼睛,这正好适用于绘画艺术,使他很快地进入了绘画艺术殿堂。(子夜霜、詹长青)

热血、辛劳、眼泪和汗水

上星期五晚上,我接受了英王陛下的委托,组织新政府。这次组阁,应包括所有的政党,既有支持上届政府的政党,也有上届政府的反对党,显而易见,这是议会和国家的希望与意愿。我已完成了此项任务中最重要的部分。战时内阁业已成立,由五位阁员组成,其中包括反对党的自由主义者,代表了举国一致的团结。三党领袖已经同意加入战时内阁,或者担任国家高级行政职务。三军指挥机构已加以充实。由于事态发展的极度紧迫感和严重性,仅仅用一天时间完成此项任务,是完全必要的。其他许多重要职位已在昨天任命。我将在今天晚上向英王陛下呈递补充名单,并希望于明日一天完成对主要政府大臣的任命。其他一些大臣的任命,虽然通常需要更多一点的时间,但是,我相信议会再次开会时,我的这项任务将告完成,而且本届政府在各方面都将是完整无缺的。

我认为,向下院建议今天开会是符合公众利益的。议长先生同意这个建议,并根据下院决议所授予他的权力，采取了必要的步骤。今天议程结束时，建议下院休会到5月21日，星期二。当然，还要附加规定，如果需要的话，可以提前复会。下周会议所要考虑的议题，将尽早通知全体议员。现在，我请求下院，根据以我的名义提出的决议案，批准已采取的各项步骤，将它们记录在案，并宣布对新政府的信任。

组成一届具有这种规模和复杂性的政府，本身就是一项严肃的任务。但是大家一定要记住，我们正处在历史上一次最伟大的战争的初期阶段，我们正在挪威和荷兰的许多地方进行战斗，我们必须在地中海地区作好准备，空战仍在继续，众多的战备工作必须在国内完成。在这危急存亡之际，如果我今天没有向下院作长篇演说，我希望能够得到你们的宽恕。我还希望，因为这次政府改组而受到影响的任何朋友和同事，或者以前的同事，会对礼节上的不周之处予以充分谅解，这种礼节上的欠缺，到目前为止是在所难免的。正如我曾对参加本届政府的成员所说的那样，我要向下院说："我没什么可以奉献，有的只是热血、辛劳、眼泪和汗水。"

摆在我们面前的，是一场极为痛苦的严峻的考验。在我们面前，有许多漫长的战争和苦难的岁月。你们问：我们的政策是什么？我要说，我们的政策就是用我们的全部能力，用上帝所给予我们的全部力量，在海上、陆地和空中进行战斗，同一个在人类黑暗悲惨的罪恶史上所从未有过的穷凶极恶的暴政进行战争。这就是我们的政策。你们问：我们的目标是什么？我可以用一个词来回答：胜利——不惜一切代价，去赢得胜利。无论多么可怕，也要赢得胜利，无论道路多么遥远和艰难，也要赢得胜利。因为没有胜利，就不能生存。大家必须认识到这一点：没有胜利，就没有英帝国的存在，就没有英帝国所代表的一切，就没有促使人类朝着自己目标奋勇前进这一世代相因的强烈欲望和动力。但是当我挑起这个担子的时候，我是心情愉快、满怀希望的。我深信，人们不会听任我们的事业遭受失败。此时此刻，我觉得我有权利要求大家的支持，我要说："来吧，让我们同心协力，一道前进。"

[英国]温斯顿·丘吉尔/文，王汉梁/译

品 读

温斯顿·伦纳德·斯宾塞·丘吉尔（Winston Leonard Spencer Churchill，1874年11月30日~1965年1月24日），英国前首相（1940年5月10日~1945年7月27日；1951年10月26日~1955年4月7日），英国保守党领袖，英国政治家、演讲家、传记作家、历史学家。1911年10月，丘吉尔被任命为海军大臣的职务；1915年1月，丘吉尔批准海军攻取达达尼尔海峡（位于欧洲加利波利半岛和小亚细亚大陆之间）的计划，但是海军最后无法攻下该海峡，并且付出了巨大代价，5月丘吉尔被免去海军大臣的职务；第二次世界大战全面爆发后，1939年9月，丘吉尔被重新任命为海军大臣；1940年出任首相，为打败德、意法西斯作出了卓越的贡献；1945年在大选中落选；1951~1955年再度出任首相；1953年，丘吉尔获得诺贝尔文学奖;1964年,丘吉尔退出政界。

  1940年5月10日,推行绥靖主义政策的英国首相张伯伦被迫下台,丘吉尔受命组阁。5月13日,下院召开特别会议,丘吉尔要求对新政府举行信任投票,发表了这篇他出任首相后的首次演说。演说结束后,整个议会大厅经过短暂沉默,突然爆发出一阵罕见而激动人心的欢呼,丘吉尔本人也禁不住热泪盈眶。

  危难受命,丘吉尔在二战中重组政府,重振英国雄风,以抗击以德国为首的法西斯集团。演讲语言朴实,但情感真切,以事述理,能让听众在情感上、精神上、思想上得以共鸣,没有豪言壮语,只有同仇敌忾,只有客观事实,紧凑的工作部署和精准的工作安排,无不让英国上下、政内政外感言动容。正如诸葛亮出师一表,忠心可鉴,诚意实然,正因为如此,演讲才获得了罕见的欢呼雀跃、高度认可,虽说不上是临表涕零,但以诚相待,方能得到民众的信服与喝彩。

  演讲词分为两部分,前三段是陈述组阁情形,以最为朴实真诚的话语"我没什么可以奉献,有的只是热血、辛劳、眼泪和汗水"撼动听者,实现了听众与演讲者之间的完美沟通;最后一段为第二部分,以设问的形式,闻释听众的疑问,然后以战斗的激情和充满必胜的信心、决心予以回答,对答之间,有效地实现了听者乃至全英国上下的共同心声和强烈愿望,因此得到举国欢呼。最后以呼告之语"来吧,让我们同心协力,一道前进"收束,极富号召性和震撼力,亲和而不乏强烈,充溢希望而又具昭示作用、真诚而不浮夸其谈,实现了危难之际登高振臂、一呼群起响应的演讲功效,对前政府早已失却信任的英国民众来说,可谓是曙光初现。

春 之 声

◇[日本]宫城道雄

读点

以盲人音乐家的独特感受,描述美好的声音的世界。

想象奇特,以美好的心灵表现美妙的生活。

我一向喜爱秋天,现在在四季中又喜爱起秋天来了。可是随着年事日高,有时也感到秋天过于苍凉,所以最近又常渴望着春天来临。我所盼望的春天一到,便感到无比的快乐。特别是正月里,各种热热闹闹的声音,令人迷恋。

春天一到,最先听到的声音便是:正月头三天白天能听到的演相声的日本鼓声,为神乐、狮子舞伴奏的大鼓和笛子声,还有打羽毛毽子的声音。

每年过新年的夜里,家人便围聚在一起玩纸牌,我有时就待在自己的房间里侧耳静听。那念纸牌上诗句的声音,让人产生一种怀旧之情。在听着诗中的词语时,某种音乐的情思也会油然而生。听他们读着《百人一首》(注:选一百个和歌诗人每人一首歌编成的诗歌集,日本纸牌中有种"歌纸牌",把《百人一首》中的和歌印在牌上,按歌抓牌,抓牌多者赢)的诗歌,心里或想着诗歌的意境,或庆幸每年全家平安地欢聚在一起,或惊喜原是幼童的人现在变成了正当年华的大姑娘。尤其是小姑娘念诗时,无拘无束,也不为表达诗中的

批:写喜爱秋天,是为写春之迷人。

批:苍凉,反衬春的迷人。

批:快乐,文眼之一。

批:迷恋,文眼之二。

批:一笔带过四种声音,用笔简约。

批:倾听家人玩纸牌,不仅感受到了家的欢乐,也更感受到了音乐的情思。

批:倾听的是念诗的声音,不仅音乐的情思会油然而生,而且心中也溢满了天伦之乐。

含义,而只是天真地专心致志地读着,这声音更让我神往。

听着这声音时,自己多年的往事,不禁涌上心头,与新年白天的庄重气氛相反,使人感到春夜的寂寞,于是心想,今年不觉又过去好几天了。

批:盲人老人春夜时分外敏感。

《百人一首》里的诗歌,每年被反复念过多次,可是每听一次,歌的语感以及歌的本身都给人以新的感受。虽说难免寂寞,但当听着人们嬉闹的抓牌声,美好的春夜便又回到了我的心田。

批:有新感受,只因是在用心倾听、用心感悟诗。

批:老人春夜,有另一种欢悦,为家人的欢乐而欢乐。

有时,心情愉悦地听着读诗的声音,竟感到这喧闹声宛似在那春雪融化的寂静的早晨,突然听见从房顶上掉下吓人的雪块来的声音。

批:对声音的联想,这是音乐家的特质。以上是写新年的春之声,充满了家的温情。

光阴荏苒,春意益浓,大自然的音响也越发增添了春的气息。鸟儿叽喳的鸣啼音,小河潺潺的流水声,这春之声,更加诱发我的欢快之情。

批:转入"春之声"的第二个阶段。

批:自然之声,无比欢快,春之声使"我"无比欢快。

有一次,正是春季里的一个好天,我在二楼上作曲,忽然传来黄莺悦耳的啭鸣声。尽管每天都有黄莺飞到我家附近鸣叫,我仍感到今年来得过早,心里有些纳闷。后来才知道那是邻居家喂养的黄莺。

批:自然转入对鸟声的特写,描述具有故事的趣味性。

批:原来如此。

黄莺美妙的叫声,霎时使我心旷神怡,兴味盎然,作曲也得心应手。从此便天天享受这无上乐趣。

批:化鸟声为妙曲,这才是春之声的妙处。写春之声使"我"作曲得心应手。

还有,在远处奔驰而过的电车的声音,听起来,使人蒙眬欲睡,颇有春之情趣。

批:春天,一切声音都是那么美好。

听西洋音乐时,我认为最善于想象鸟鸣声和流水声的是莫扎特的作品。他的作品具有任何音乐家所没有的明朗气氛。所以,我每次听莫扎特的曲子时,便想象着春天的音响。此外,外国的新作品里,斯特拉文斯基的《春之祭》等,我听着也感到饶有情趣。

批:莫扎特乐曲浸泡在春之声里。

批:由自然的春之声转写音乐家所创作的春之声,文意更深一层。这春之声使"我"感受到春的情趣、乐曲的情趣。

在国乐方面,我也想举出一两支表现春天的名曲来,筝曲生田流的古曲中有支叫《若菜》的曲子。

批:从西洋音乐到日本国乐,写出了春天的情趣,而音乐又是春

外行人听着也许感到没趣味,歌词是:

> 新年过罢才几日,
>
> 今朝丛竹舞春风。

唱这支曲子时,光头一句就需要三分多钟,要反复歌咏几个章节,歌中汲取了念经以及雅乐中的催马乐(注:日本平安时代的一种声乐)的曲调,使人产生春日和煦、悠闲舒适之感。

再一个叫作《春之曲》,是用《古今集》(注:大约在 905 年,受醍醐天皇之命,由纪友则、纪贯之等编选的和歌集)中六首关于春天的诗歌凑成一曲。第一曲的歌词是:

> 倘无莺声出幽谷,
>
> 何知春天姗姗来。

这曲子也把春天的情趣表现得极妙,是一般常弹奏的曲子,为人们所熟知。

在生田流中有《狩樱》一曲,也是歌咏春天的心情的;它是春天的节目单上不可少的代表生田流的曲子。此外,关于春天的名曲还有多种多样。

再谈谈听音乐的方法,这是经常盘旋在我脑海中的一个问题。人们最初只是感觉声音悦耳或旋律优美,渐渐地对演奏者的技巧、乐曲的形式、曲子的发展等产生兴趣,对于单调的曲子感到厌倦,听音乐的方法趋向于理性,已不再能像开始时那样,只是糊里糊涂地听了。

再前进一步,越过这阶段之后,渐渐懂得了音乐内容的深度,而不去理会乐曲的复杂或单调之类的问题,也不去纠缠技巧,而能恬然沉浸于其深刻的内容之中。

我听音乐时,不偏爱一种音乐,不论什么音乐,也不论哪个国家的音乐,都努力追求其中妙处。实际上,到如今我听什么音乐都感觉有趣。希望大家都能以这种心情听音乐。

之声——鸟鸣声引出的,行文思路清晰。

批:乐曲的舒缓、温暖、闲适之美。

批:乐曲《春之曲》的莺声绝妙地表现出春之声的情趣。

批:从听音乐到谈听音乐的方法,文意再进一层。

批:听音乐,是从感性到理性、从技巧到内容、从糊里糊涂到沉浸其中的过程,乃经验之谈。

批:音乐无国界,美妙自相通。

我最近听自然的声音也是以这种心情来听的。并且，同是春天的声音，过去没留意的声音，随着年龄日增，也感到听起来悦耳了。甚至今年听过的同一声音，我饶有兴味地期待着来年还能再听到它。

（程在礼/译）

聆听春天的乐音

这篇传记以艺术的笔调描绘了自己在春天里听到和感受到的美妙声音，展现了一个充满美妙乐音的春天，展示了自己对人生的积极追求和豁达胸怀，表达出了对春天的热爱和赞美之情。

作者写这篇传记，不同于一般传记的描述人物的生平和经历，而是借自己对春天的喜爱，对春天各种声响的描述，写出自己的生活经历、精神世界和独特的感受生活的方式。春天一到，作者以一个盲人音乐家的独特视角和敏感触角，以一颗健康、积极、美丽的心灵领略到了各种让人迷恋的美妙乐音。首先是演相声的日本鼓声，然后是《百人一首》的诵读声，还有黄莺美妙的叫声，远处奔驰而过的电车的声音，更有那让人陶醉的世界名曲的声音。现在的作者是听什么音乐都感觉有趣，甚至于对过去没留意的春天的声音，也随着年龄的增长感到听起来悦耳了。这些声音，让作者感受到了春天的美好、世界的美好、生活的美好。透过对这些声音的精彩描写，让我们感受到了春天的美丽和生活的美好，让我们看到了一个勇敢、乐观地面对生活的强者形象，让我们感受到了一个酷爱音乐、钟情音乐的大师形象。（子夜霜、詹长青、杨新成）

雪

春天到了，但在雪国有的地方积雪依然很深。

1月24日"始弹会"的这天早晨，一起床，便听说大雪铺地，积雪已经很深。打开玻璃窗，向院内探出头去侧耳细听，只听雪花飘落唰唰作响，雪下得正大。大概有的地方已经交通中断，吵人的电话一个接一个地打来，都盯问："今天有会吗？"我不知如何是好，急得在家里乱转。这时，鹤川的弟子——一个姓大竹的弹筝的人首先到来，他说："热心的人即便是下大雪也会设法赶来的，这个会还是开的好。"正说时，森雄士君尽管眼睛看不见，但拄着手杖踏着深雪到来。接着，操办这会的我的门生们也陆续来到。就这样，开会虽然推迟了一点，除了个别因为交通实在不便不得已而缺席的以外,全到齐了。听众也是座无虚席。外面雪越下越大,整天未停。

因为计划弹的曲子太多,长的尽量要求缩短,就这样直到天黑才散。我很担心人们步行困难,还说不定会遇上交通阻断的事,但留下来坚持听我最后一个弹毕才走的人很多。我对大家说:"如果你们回家道难走的话,就折回睡在会馆里吧……"可是结果都安全地回到了家。

我深感这一天大家热心的情景犹如洁白的雪花一样美丽,由衷感到高兴。

因雪使我想起原来的音乐学校改为今天的艺术大学以后不久发生的一件小事。也是一个下大雪的早晨,我由牧濑牵着手走进校门,发现很多学我这门课的学生早已到校,正在除雪。我说:"诸君来得真早呀!"回答说:"为了不让您脚下难走,大家赶在老师来到之前除雪。"我为学生们的这番心意感到欣慰。

日本自古以来就有生尊师、师爱生的美德,而这美丽的心灵大概也会渗进技艺里的吧。

西洋似乎对老师的情义也同样很深。这不应限于师生之间,父子、兄弟和其他人之间的也该如此,人对人应怀着一颗温暖的心,这种美好情操会自然地渗进筝的音色之中。

"地谣"的名曲《雪》的开头有这样的诗句:"拭雪拂花,长袖清香……"但愿我们能以白雪般纯洁的心灵对待人世的一切。

[日本]宫城道雄/文,程在里/译

品读

宫城道雄(1894年4月7日~1956年6月25日),具有世界声誉的日本民族音乐家、邦乐作曲家、筝演奏家和散文作家。7岁失明,因而不能上学,转学音乐。1918年5月在日本中央会堂举行宫城道雄的作品公演会,从此声名鹊起,致力于日本新音乐运动,成为日本国乐界的一代大师。他毕生致力于发展邦乐及改革民族乐器,曾发明十七弦短筝、八十弦筝及大胡弓琴,并对筝的传统演奏手法进行了革新。音乐代表作有《雨中念佛》《梦境》《戏水》《春之海》《越天乐变奏曲》《盘涉调协奏曲》等。

宫城道雄同时也是一位杰出的散文家。他虽已开始有些名气,但生活依然困窘,为维持生计,他把对生活、对自然的爱,随时即兴谱写成曲或写成随笔。他的散文集主要有《雨中念佛》《噪音》《春秋帖》《梦景》《房檐雨滴》《故居之梅》《明日之别》等。宫城道雄作为一个盲人音乐家兼散文家,其散文多从音响的角度展现日本自然的美,展现了作家的高尚心灵及其对自然与生活的热爱。《雪》一文虽题为"雪",但着力不在于描写雪景,而是借在雪的背景下写人事人情之美。

歌唱家舒曼·海因克

◇[美国]戴尔·卡耐基

读点

叙述身世,展现成就,表现名家风采。
特殊的视角,解读了成功的秘诀。

　　欧内斯廷·舒曼·海因克夫人以她坚韧不拔的品质,忍受着饥寒交迫的生活,最后获得崇高声誉的过程,是歌剧史上最动人心魄的故事。

批:概括了舒曼·海因克夫人的品质和重大意义,总领全文。

　　她的奋斗经历极为辛酸。她曾经绝望到了极点,几乎走上了自杀的道路。她的婚姻是一幕悲剧,她的丈夫离她而去,却把很多债务留给了她。当时德国的法律规定,妻子有义务偿还丈夫的债务。因此,当地法院拿走了她所有的家具,只留下一把椅子和一张床。当她得到了一个朝不保夕的歌唱职业后,法院又把她收入的大部分拿去还债了。

批:概括了舒曼·海因克夫人不幸的人生经历,她不仅要和孩子一起生存,还要偿还丈夫的债务,生活倍加艰辛。

　　她在生第三个孩子的前6个小时仍然在演唱,当时她已经感到了临产前的痛苦,但却不得不唱下去,因为她必须赚钱来养活她的孩子们。冬天,她的孩子们经常哭着喊饿,而且一个个冻得瑟瑟发抖,因为她没有钱买柴来取暖。

批:为了养活孩子,临产前6小时仍在演唱,具体事例表现了她艰难的生活状况。

　　她被生活逼到了绝境,打算带着孩子们一起自杀,尽早结束这种苦难的生活。

批:生活把她逼到了绝境,置之死地而后生的就是强者。

　　但是最后,她战胜了自杀的冲动,她决心和命运抗争到底,并凭着自己的不懈努力,终于成了世界上

批:决心与命运抗争,就能冲破绝境,铸就人生的辉煌。

最伟大的歌唱家。无论是最高音还是最低音，她驾驭起来都游刃有余，她是最善于演绎瓦格纳歌剧的歌唱家。

批：介绍了她的努力和所取得的巨大成就，对比鲜明，让人震撼。

在她逝世的前几个月，她邀请我到芝加哥和她见面，并和我一同吃晚饭，那顿饭是她自己亲手做的菜。她说："如果你说我是一位了不起的歌唱家，我会很高兴。但假如你吃完饭后说，舒曼·海因克，这是我这辈子吃过的最好的一顿饭，那么，你将永远是我的好朋友。"

批：生活中的舒曼·海因克平易近人，珍视友谊。

她说她之所以能成为一位著名的歌唱家，秘诀之一就是她爱她的听众，是宗教信仰教会了她怎样去爱别人。她每天都要读《圣经》，每天早上和晚上都会跪下来祷告。

批：揭示成功的秘诀——爱她的听众。这对其他人也具有启示意义。

她说，生活中的苦难反而对她的歌唱有好处，因为那可以使她更理解和同情别人的不幸。正是她的不幸遭遇，使她的嗓音中具有了一种神秘的质地，使她的歌声能打动千百万听众的心。如果你曾经听过她的演唱，就一定能感觉到那种震撼心灵的爱。

批：把逆境转化为对自己有利的因素方是了不起的伟大者。道出了生活中的苦难和成为音乐家之间的联系，富含哲理。

我问她当初为什么会想到要带着孩子们一起自杀，因为我知道她非常疼爱自己的孩子。下面是她对我讲述的故事："那时候，我们已经饥寒交迫了，我内心充满了绝望，我觉得自己无力改变这种状况，又不愿意让孩子们再遭受我所遭受过的痛苦。我觉得与其活受罪还不如死了好。于是，我准备抱着孩子们卧轨自杀。我一切都准备好了，我打听到了火车从那里经过的时间。孩子们哭着拉住我，跟着我跌跌撞撞地走着。我们走到了铁轨旁，我已经听到了火车的汽笛声。我俯下身来，拉着孩子们围成一团。就在我就要把自己和孩子们的身体往车轮下送的时候，我的小女儿突然爬了起来，站在我的面前哭着说：'妈妈，我爱你！这儿太冷了，我们回家吧！'她的话像闪电一样击中了我，我立刻清醒过来。我拉着

批：自杀故事令人心酸，不忍卒读；引述故事，揭示了她能战胜困难的真正原因——伟大的爱。"妈妈，我爱你！这儿太冷了，我们回家吧！"无论哪个母亲听到这话都不会再执迷不悟，无论哪个读者读了这话心里都会被深深地震撼。

所有的孩子,跑回了我那寒冷的家。我跪在地上祷告,失声痛哭。"

在那之前,舒曼·海因克夫人所做的每一件事都遭到了惨败,无论是她的婚姻还是事业。然而,她从铁轨上回来后没几年,柏林的皇家剧院、伦敦大剧院、纽约的帝都剧院都争相请她去演唱。在经受了多年的苦难之后,突然之间,她那巨大的成功就像是一道耀眼的光芒,照亮了全世界。

舒曼·海因克夫人的父亲是奥地利的一个小官吏,他必须以微薄的薪水养活一大家子人。因此,她在很小的时候就饱尝了饥饿和贫穷的滋味。如果能吃到黑面包,她就很满足了,黄油对她来说简直是不敢想象的奢侈品。她的母亲总是从汤的表层把油舀出来(如果那真是油的话)用以代替黄油来抹粗面包。在她的学生时代,她的午餐是粗黑面包加咖啡,晚饭是粗黑面包和汤,除此之外,再无其他。为了能够吃饱,她经常从学校跑到靠近城郊的一个小动物园里,替人打扫猴舍,以换取一点夹肉面包。

在这种贫困的环境中,她始终坚持练习声乐,经过多年的苦练,她得到了一个机会——在维也纳著名的帝国歌剧团的指挥面前试唱一次。听完这位未来的伟大歌唱家的试唱之后,那位指挥家说她根本成不了歌唱家,还说她表情呆板、缺乏个性,他挖苦说:"你居然想当歌唱家? 哈哈! 绝不可能! 我看你还是趁早回去买架缝纫机,准备当个裁缝吧。"

当她成了最负盛名的大歌唱家后,再次到维也纳的皇家歌剧院演唱,以她美妙的歌喉震惊四座时,那位指挥走上前来向她表示祝贺。他打量着她说:"我怎么觉得你有点面熟,难道我们以前在什么地方见过?"舒曼·海因克夫人对我说道:"哈! 我告诉他:'我们在什么地方见过? 就是在这里见过! 您难道忘了?'接着,我提醒他,他当时还劝我回家买架缝

批:舒曼·海因克夫人成名前后对比,突出其艰难奋斗后的辉煌。我们不要抱怨生活,上帝是残酷的,但也是公平的,他给你苦难,但也给你希望、动力、力量以及后来的辉煌。

批:补充介绍她的家庭情况,她过去经受过苦难的磨炼,这无疑对她以后忍受并战胜苦难有很大的帮助。

批:试唱时指挥家对舒曼·海因克夫人的评价,说明她先天条件的不足,这更能突出她后天付出的巨大努力。

批:以事实回应了那个指挥家,不仅生动地诠释了舒曼·海因克夫人的巨大成功,突出了不屈的奋斗精神,前后对照,也使行文颇有生趣。

纫机呢!"

（于阔、刘超／编译）

酸涩的苦难与幸福的成功

　　戴尔·卡耐基（Dale Carnegie,1888 年 11 月 24 日～1955 年 11 月 1 日），被誉为20世纪最伟大的心灵导师和成功学大师,美国现代成人教育之父,美国著名的人际关系学大师,西方现代人际关系教育的奠基人。他出生时的真正姓氏其实是"Carnagey",但在1922 年前后,他将其改为读音相近的"Carnegie",为取当时的巨富安德鲁·卡内基（Andrew Carnegie）之姓。代表作有《人性的弱点》《人性的优点》《快乐的人生》。

　　苦难造就了舒曼·海因克夫人的成功。其实何止舒曼·海因克夫人,我们熟知的贝多芬、海伦·凯勒、杰克·伦敦等都是从苦难中站起来的伟大人物。苦难其实并不可怕,可怕的是在苦难面前丧失意志和信念。面对苦难,舒曼·海因克夫人曾经绝望到自杀,但她最终战胜了苦难,用自己顽强的毅力、不懈的努力,笑到了最后,成为了世界上最伟大的歌唱家之一。舒曼·海因克夫人的苦难生活令我们同情,但她克服困难、于绝境中奋起的精神更值得我们敬佩和学习。

　　舒曼·海因克夫人的成功还在于她的歌声里饱含着爱。正是苦难,让她理解了人生,并用歌声阐释了爱,人们通过她的歌声能够抚慰心灵,这也是人们热爱她的原因。

　　苦难的确是一种不幸,苦难的确是一种糟糕的境遇,但走过苦难,我们就会发现,原来苦难也是磨炼人生的利剑,是成功的奠基石。有人曾形容:"苦难是一杯浓浓的茶,苦得让我们难以下咽,但只要咽下第一口,就会发现:更多的味道在等待着你……"的确,苦难的滋味不是一种,有苦涩的,有悲伤的,有甜蜜的,也有忧伤的……只要你有战胜它的信心,你就能够品味到成功的幸福滋味。（京涛、梁小兰、詹长青）

苦难与天才

　　是苦难成就了天才,还是天才特别热爱苦难,这是一个很难说清楚的问题。但是,任何事业和成就都不会凭空而来,而是经过艰苦努力得来的,帕格尼尼的故事就是一个有力的例证。

　　上帝像精明的生意人,给你一份天才,就搭配几倍于天才的苦难。

　　世界超级小提琴家帕格尼尼就是一位同时接受两项馈赠,又善于用苦难的琴弦把天才演奏到极致的奇人。

　　他首先是一个苦难者。4 岁时,一场麻疹和强直性昏厥症,已使他快入棺材。7 岁又险些死于猩红热。13 岁患上严重肺炎,不得不大量放血治疗。46 岁时牙床突然长满脓疮,几乎拔掉所有牙齿。牙病刚愈,又染上可怕的眼疾,幼小的儿子成了他手中的拐杖。50 岁后,关节炎、肠道炎、喉结核等多种疾病吞噬着他的肌体。后来声带也坏了,靠儿子按口型翻译他的思想。他仅活到 58 岁,就口吐鲜血而亡。死后尸体也备受磨难,先后搬迁了 8 次。

上帝搭配给他的苦难实在太残酷无情了。

但他似乎觉得这还不够深重,又给生活设置了各种障碍和旋涡。他长期把自己囚禁起来,每天练琴 10 至 12 小时,忘记饥饿和死亡。13 岁起,他就周游各地,过着流浪的生活。除了儿子和小提琴,他几乎没有一个家和其他亲人。

苦难才是他的情人,他把她拥抱得那么热烈和悲壮。

他其次才是一位天才。3 岁学琴,12 岁就举办音乐会,并一举成功,轰动舆论界。之后他的琴声遍及法、意、奥、德、英、捷等国。他的演奏使帕尔马首席提琴家罗拉惊异得从病榻上跳下来,木然而立,无颜收他为徒。他的琴声使卢卡观众欣喜若狂,宣布他为共和国首席小提琴家。在意大利巡回演出产生神奇效果,人们到处传说他的琴弦是用情妇肠子制作的,魔鬼又暗授妖术,所以他的琴声才魔力无穷。维也纳一个盲人听他的琴声,以为是乐队演奏,当得知台上只他一人时,大叫"他是个魔鬼",随之匆忙逃走。巴黎人为他的琴声陶醉,早忘记正在流行的严重霍乱,演奏会依然场场爆满……他不但用独特的指法、弓法和充满魔力的旋律征服了整个欧洲和世界,而且发展了指挥艺术,创造出《随想曲》《无穷动》《女妖舞》和 6 部小提琴协奏曲及许多吉他演奏曲。几乎欧洲所有文学艺术大师,如大仲马、巴尔扎克、肖邦、司汤达都听过他演奏,并为之激动。音乐评论家勃拉兹称他是"操琴弓的魔术师"。歌德评价他"在琴弦上展现了火一样的灵魂"。李斯特大喊:"天啊,在这四根琴弦中包含着多少苦难、痛苦和受到残害的生灵啊!"

上帝创造天才的方式便这般独特和不可思议。

人们不禁问,是苦难成就了天才,还是天才特别热爱苦难?

这一问题一时难说清。但人们分明知道,弥尔顿、贝多芬和帕格尼尼被称为世界文艺史上三大怪杰,居然一个成了瞎子,一个成了聋子,一个成了哑巴!——或许这是上帝用他的搭配论摁着计算器早已计算搭配好了的呢。

[中国]梦萌/文

品读

尼可罗·帕格尼尼(Niccolò Paganini,1782 年 10 月 27 日~1840 年 5 月 27 日),意大利小提琴家、作曲家,属于欧洲晚期古典乐派,早期浪漫乐派音乐家。他是历史上最著名的小提琴大师之一,对小提琴演奏技术进行了很多创新。

《苦难与天才》讲述的是帕格尼尼的故事。逆境往往激发人们不屈的精神,对于那些饱受苦难而成功的人们来说,苦难可谓是珍贵的财富。世界超级小提琴家帕格尼尼人生可谓多灾多难,但他是杰出的音乐天才。因此,从某一角度来说,苦难和天才是孪生兄弟。《苦难与天才》借帕格尼尼的人生经历,形象地阐释了"苦难"与"天才"之间的关系。

正面侧面描写相结合是本文的主要写作特点。比如,第四段主要是直接描写,第八段主要是间接描写。这种不同主要是由所写的内容所决定的,第四段写帕格尼尼的"苦难",正面叙述苦难,有利于读者直视苦难的本来面目,增强了真实性和感染力;第八段写帕格尼尼的"天才",从侧面来写听众的反应,对于演奏艺术,也只有从听众的反应中才能更准确地评价其表演才能。

第八段主要写帕格尼尼天才般的音乐造诣,但没有直接描写他的演奏技巧,而着力描写听众的反应。比如,帕尔马首席提琴家罗拉惊异得从病榻上跳下来,木然而立,侧重表现他演奏技艺之高超;意大利宣布帕格尼尼为共和国首席小提琴家,侧重说明国家对他在音乐界的地位的崇高评价;意大利、维也纳、巴黎等地听众的反应,侧重表现他不可思议的演奏魅力;大仲马、巴尔扎克、肖邦、司汤达等文学艺术大师都听过帕格尼尼的演奏并为之激动,侧重说明他的音乐影响之广;勃拉兹、歌德、李斯特等艺术大师的评价,侧重说明他的音乐艺术造诣极深。

鲁伊斯达尔

◇[苏联]尤·格·沙毕罗

读点

将对大自然的虔诚与真挚之情倾注到自己的风景画中，个性鲜明，备受后人尊崇。

荷兰画家雅可布·鲁伊斯达尔属于 17 世纪最杰出的画家之列，可是这位大师的生平，几乎无人知晓，他生于何年也不清楚，或许是生在 1628 年，或许是生在 1629 年，人们只是推测，萨洛蒙·鲁伊斯达尔(雅可布·鲁伊斯达尔的叔叔)是他的老师之一。关于画家后来的命运也几乎没有可靠的材料，仅仅知道他出生在一个框架工的家庭，在自己出生的城市哈雷姆度过了青春。40 年代末和 50 年代初，他曾在靠近德国的边缘地区作过旅行。大约在 1656 年至 1657 年间，他来到了阿姆斯特丹。雅可布·鲁伊斯达尔是个体质虚弱、性格孤僻的人，自己就经常不满意自己，喜欢孤寂。

鲁伊斯达尔在自己的早期作品里刻画了他曾经散过步的哈雷姆郊区的一些优美的角落。他不像他的前辈和同时代的画家霍恩、萨洛蒙·鲁伊斯达尔那样画一望无际的远方、平原、河流和拥有大量从事日常劳动的人们的城市，而注重于那些能给观众留下特别印象，并在他们的心灵上产生激情的个别地方。在这种情况下，画家几乎不去塑造人的本身，那

批：本段简介了鲁伊斯达尔的生平和性格，使读者对他有一个整体的印象。

批：生平缺乏具体记载，但留下了不朽的著作，形成对比。

批：古怪的性格也许是艺术家的特质之一。

批：对比，突出其画作的特点——关注让人的心灵产生激情的特别地方。

批：介绍鲁伊斯达尔早期作品的风

些罕见的、经常是孤单的旅游者(与之类似的还有鸟类、野兽)通常也不是他本人画的,而是他的朋友中的某个人画的(贝尔海姆、亚得利安·凡·德尔·维利德)。

在鲁伊斯达尔注明日期的作品里,最早的一幅是保存在爱尔米塔日博物馆里的风景画《灌木丛中的小房子》,这幅画作于1646年,是鲁伊斯达尔典型的抒情风景画,丛林中隐约可见的茅舍、路旁休息的过客和渐近的黄昏都造成了一种宁静的同时也稍带忧郁的气氛。但是随着时间的推移,在画家的作品里增加了紧张的因素,出现了激动不安的情调,这在50年代的《宾特赫姆城堡》(作于1653年,由伦敦某私人收藏)之类的作品中就已经显著地表现出来,在《犹太人的墓地》一画中(大约作于1655年,收藏在德雷斯登美术馆)表现得尤为突出。鲁伊斯达尔曾以"犹太人的墓地"为题创作了几种样式的作品。

在这幅广享盛名的作品(注:即《犹太人的墓地》)里,暴风骤雨的、狂放的大自然景象给人留下了深刻印象。大雷雨的天空,彩虹的条带,建筑的废墟,以及从荒凉的墓碑旁边奔腾而过的河水,所有这些都使人想到那种经常出现的生与死的密切关系。

歌德公正地把雅可布·鲁伊斯达尔称为美术家、思想家。鲁伊斯达尔在60年代,在自己的才华最旺盛的时期,刻画了处在辩证发展之中的大自然,刻画了大自然本身力量的形成和发展以及这种力量和一切注定要灭亡、要逐步让位于其他新事物的东西的斗争。

在爱尔米塔日博物馆所收集的鲁伊斯达尔的作品中,最好的一幅是《沼泽》。这幅画不是简单地依照实景内容次序画出来的,作者展现在我们面前的是大自然的概括形象,雄伟、苍劲,同时也充满了生机。苗壮的树木,枝条交错,向着阳光竞相生长,而

格——抒情性。

批:介绍鲁伊斯达尔作品风格的变化,由宁静忧伤型到激动不安型。介绍时结合其艺术作品,具体形象,易于读者理解。画面是静止的,但如果被注入或者说表现了某种情绪,那么这幅画就生动起来了。

批:此画体现了画家对自然与生命的思考,这样就赋予自然以生命,给观众以生命的深度感。

批:说明歌德称赞鲁伊斯达尔的理由。伟大的艺术作品与创作者的才华的旺盛期密切相关,才华的旺盛期创作的作品往往蕴含着某种可贵的精神和巨大的精神力量。

批:鲁伊斯达尔的《沼泽》体现了泛神论的思想倾向。传记作者对画面的描绘,生动形象,特点鲜明。

在下面窥视它们的则是泥泞沼泽。长满水藻的沼泽，陷入泥潭的朽木，折断了的柞树枝杈，以天空为背景的、光秃秃的、凄凉的树枝，所有这些都是暴风骤雨和连阴天的见证。在这幅宏伟的风景画上，猎人的身躯显得矮小和柔弱，鲁伊斯达尔的那种独特的泛神论观点得到了鲜明的反映。

鲁伊斯达尔的那种能把观众"带进"风景深处的构图，那种有代表性的、银绿、黑灰、棕褐的色调，大量的明明暗暗的"斑点"对比以及富有表达力的线条和形式，都加强了作品的动人效能。

批：评述鲁伊斯达尔作品的构图特色。

值得注意的是，在 17 世纪的后半叶，在荷兰艺术倾向于理想化和追求华丽优雅风格的时期，鲁伊斯达尔艺术上的真正的现实主义、深邃性和诗意得不到反应和广泛的承认。晚年，鲁伊斯达尔在自己的朋友、画家埃维尔金根的成就影响下（此人访问过斯堪的那维亚国家，并在归国的途中描绘过这些国家的大自然），创作了带有挪威山风景的作品和瀑布（收藏在爱尔米塔日博物馆的《挪威的瀑布》和《山景》等作品）。

批：鲁伊斯达尔作品的独特性正在于此，从众是没有独特的艺术的，独特的艺术品即使当时得不到世人的认同，但其独特价值是会得到后人的公正评价的。

但是，就是这些画也没有改变画家的处境。他在贫寒交加的情况下开始结束自己的生命，人们把他送进了一个免费的医院。鲁伊斯达尔的死几乎是无声无息的（他死于 1682 年 3 月 14 日），只是到了 18 世纪，特别是到了 19 世纪，他的创作才得到了应有的评价，开始被收集。目前知道的大约有 500 幅之多，除了写生画之外，鲁伊斯达尔还创作了很多优美的素描画和铜版画。

批：鲁伊斯达尔在贫寒交加中结束了自己的生命，若干年后其价值才被人们发现。卓越的艺术家，其成就往往在生前并不被世人所认同，这正是他的深刻、杰出之处，也正是世人的悲哀之处。

（佚名/译）

这边风景独好

雅可布·凡·鲁伊斯达尔（Jacob van Ruysdael，1628 或 1629 年～1682 年 3 月 14 日），

荷兰17世纪最著名的风景画家。主要作品有《灌木丛中的小房子》《宾特赫姆城堡》《犹太人的墓地》《沼泽》《挪威的瀑布》《山景》《麦田》《埃克河边的磨坊》等。歌德曾称其为美术家兼思想家。

雅可布·鲁伊斯达尔,一生创作了约500幅风景画,几乎每幅画都体现着画家热爱自然的感情。他的风景画一般构图宏伟,景物的容量较大,通过抒情的笔调作一些精细的描写,如汹涌的激流、茂密的森林、低洼的沼泽、彩云变幻的天空,甚至田舍与水车等。他之所以善于借物抒情,突出大自然的美与诗意,是和这位画家热爱故乡的感情分不开的。

鲁伊斯达尔的油画笔法坚实,用色纯朴和谐,有时还采用伦勃朗的明暗法去加强表现自然的生命力。有人把这种风景的内涵说成是具有古典主义的深沉与悲剧性的激情。他一生贫困,最终死于救济医院。活着的时候,几乎无人知晓他的作品,直到19世纪才受到人们的重视,他的作品才被人们惊叹而得到应有的评价。

当艺术家对风物的钟情达到一定境界,风物在其笔下便能达到出神入化的艺术效果。这样,艺术家即使为艺术奋斗充满了孤独与寂寞,甚至默默无闻了一生,但其艺术生命将会永恒。鲁伊斯达尔的艺术是不朽的。(子夜霜、臧学民、陈锦才)

自由为我而生,我为自由而死

希腊的典雅、罗马的庄严、近代的简洁,这一切都在19世纪初的艺术熔炉中被熔解、重构,产生了雕塑大师吕德成长的土壤。新古典主义的审美标准与激越的浪漫主义理想结合,铸造出了《马赛曲》这样历久弥新的雕塑名作。

《马赛曲》本是一首军歌的名称,用它来命名一件雕塑有深远的历史背景。1792年,法国爆发了反对波旁王朝专制的大革命,在法兰西民族寻求自决民主的关头,普鲁士军队进行干涉以维护法国的帝制。法国人民组织义勇军奔赴前线,他们广为传唱的军歌《马赛曲》激昂雄壮,战士们在它的鼓舞下勇猛作战,这首歌后来也成为法兰西共和国国歌。

作为一位出生于动荡年代的雕塑家,吕德心中一直酝酿着怎样用自己的作品表现大革命的风采。当法国政府让他创作一组四件浮雕并安放在夏尔格伦1806年设计的凯旋门上时,机会终于来了。吕德的构思富有连贯性。他的四个场景分别以义勇军出发、战斗以及对和平的期盼为题,奔放张扬的构图,血脉贲张的形象,让人相信作者是在饱蘸激情绘制蓝图,虽然最后由于种种原因他只在1836年完成了第一件《1792年义勇军出发》,但仅这件作品足令他声名远扬。后来雕塑的名称渐渐流传成了更加耳熟能详、朗朗上口的《马赛曲》,更进一步增强了雕塑的感染力,因为在每个法国人心中,它代表着法兰西最悲壮的一段岁月。

《马赛曲》采用高浮雕的形式,画面上方是代表着自由和正义的胜利女神,她展开无朋的双翼,手持利剑怒指前方,振臂高呼战士们奋勇向前。激昂悲愤的面庞,迎风扇动的翅膀,猎猎飘扬的衣襟,在她身后无数的旗尖、长矛代表着千军万马,有如钢铁洪流,摧枯拉朽势不可当。

如果说这画面上方是虚构的,带有象征意味的宏观情景,那画面下方的六个义勇军战士则采用了理想主义的构思和现实主义的塑造,表现的是大军中一个微观场景。在中央位置是一个中年人和一个少年,我们可以把他们理解为父子,父亲身材高大,飘扬的长发、浓密的胡须、刚毅的眼神都体现着浓浓的阳刚之气,精美的胸甲和胫甲为他本已魁梧的身躯又平添几分威武,他的眼神中既表现出对敌人的仇恨、对自由的向往,又流露出对儿子无限的期盼和爱护。他的儿子就在他身边,这是一个稚气未脱的少年,赤裸的身体展现着青年人那特有的健康活力。他的表情是激动和忐忑相交织,为实现自由的理想而激动,为初上未知的战场而忐忑,但他仰头看着他无比信赖的父亲,无比坚定地迈出脚步。这两个人物的塑造既有一往无前的豪迈,又有舐犊情深的温情,这就是真实的战争,这就是战争中真实的人性。

画面中的另四个人物虽是配角,但同样精彩,最左侧的战士扭转头颅,憋足了劲吹响进攻的号角。他旁边的战士正弯下腰去,用脚踏住弓身,用手绷紧弓弦,年轻男子特有的宽阔后背与坚实臂膀都显露出来。这两个年轻战士既丰富了画面,又成功地营造出那种大战在即的紧张感。在画面右侧是一只只露出头部的老人,虽然他已不再有战斗的力量,但他从那对父子的背后伸出苍老颤抖的手指,坚定地指向光明、指向未来。在最右侧是一个不再年轻的战士,虽然他戴着铁盔,但感觉他已花白了头发,他没有年轻人那样充沛的精力,但也不像年轻人那样激动毛躁。他有的是一种久经战阵的冷静,见过太多的流血使他变得刚强,盔帽下深邃的眼睛似乎若有所思,也许他在退想胜利后能放下手中的长剑和盾牌,去和妻儿尽享天伦,也许眼下的战斗结束,他就无法回来,从此失去他所爱的一切,但,他无怨无悔。

《马赛曲》以它气魄宏大的构思、独具匠心的布局、对人物性格的生动刻画而为人称道,在世界雕塑史上占有重要的地位。它是汇聚了人类勇气、信念和眼泪的一部史诗,它像那跳动不熄的火焰带给人不能自己的激情,又像那奔流到海的江水将战争中的人性情感娓娓道来。《马赛曲》恒久地诠释着一个真理:人会抛家舍业,人会牺牲生命,人会眼看他所珍视热爱的一切被卷进无底的旋涡而不流一滴泪,都是为了一种崇高不朽的信念——自由。

[中国]王家斌、王鹤/文

品读

弗朗索瓦·吕德(François Rude,1784 年 1 月 4 日~1855 年 11 月 3 日),法国雕塑家。

浮雕《马赛曲》是为凯旋门专门设计的装饰浮雕,位于凯旋门右方。凯旋门,位于法国巴黎的戴高乐广场中央,是拿破仑为纪念 1805 年 12 月 2 日打败俄奥联军的胜利,在 1806 年 2 月 12 日宣布修建而成的。1806 年 8 月 15 日破土动工,凯旋门工程中途辍止,波旁王朝被推翻后又重新复工,1836 年 7 月 29 日举行落成典礼。雕刻家吕德在最初设计时有四个草图,准备装饰在凯旋门的前后左右的四壁,内容是分别为《出发》《归还》《防卫》《和平》。草图的构思都很宏大、完整,每一幅都体现出艺术家的爱国主义思想。可惜有关部门后来改变了计划,只选用了其中的一个,装饰在正门右侧的墙上。吕德被迫改变原来的计划,不得不重新构思,并采用了新的题目《马赛曲》。最初设计的原稿草图现在保存在巴黎卢浮宫博物馆内。

　　浮雕命名为《马赛曲》与爱国歌曲《马赛曲》是密切相关的。歌曲《马赛曲》的作者是法国的鲁日·德·利尔,创作于 1792 年 4 月 25 日。同年 8 月 10 日,马赛志愿军在向巴黎进军途中,高唱这首战斗歌曲,因而得此名。1795 年 7 月 14 日,《马赛曲》被法兰西共和国定为国歌。吕德借用这一曲名作为浮雕的题名,无疑是要在这座雄伟的凯旋门建筑物上宣传革命,宣传法兰西人民的爱国主义思想,让这一尊浮雕成为象征人民民主思想的纪念碑。

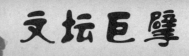

文坛巨擘

哥本哈根之梦

◇[丹麦]安徒生

读点

以坦然幸福的态度面对生活的苦难。
展现了一代文豪走上文学之路的人生历程。

1819年9月5日,一个星期二的早晨,我,一个瘦瘦的、长腿的14岁男孩子,手里拎着一个包袱,站在弗雷德里克斯堡山冈上,眺望着展现在眼前的哥本哈根:那一座座高塔、一个个教堂的尖顶、一栋栋高楼大厦……我想,在那些高楼大厦中,一定有皇家剧院——那是我梦想的舞台,是我朝思暮想的地方。我知道,一个截然不同的世界展现在我的面前了。至于身后的欧登塞小镇,虽然离我所站的地方不过32英里远,但俨然已经是在一个不可企及的远方了。

在我到哥本哈根的前一天晚上,爆发了所谓"犹太人的吵架"。那次"吵架"波及了欧洲的许多国家。哥本哈根全城到处都非常的混乱,街上拥挤着无数的人,令我感到超乎我想象的嘈杂和喧嚣。原来我想象中的对于大城市的印象可并不是这样,比这要平和、有序得多,但哥本哈根给我的第一印象却不是这样。

这个偌大的城市对我来说是如此的陌生,我在这个城市嘈杂的人流中是如此的孤单,如此的渺小,

批:安徒生14岁时只身前往哥本哈根谋生、闯荡。

批:点出自己的梦想——想当一名演员。

批:将矛盾冲突说成"吵架",语言幽默风趣。

批:城市的嘈杂烘托了"我"的孤单无助和渺小。

我不禁心有所动。那天马车吹响号角起程，母亲和祖母眼泪汪汪地挥手送别，只是相隔不远的几天前。但此刻，身处这个城市的只有我自己，她们的关爱只能是远远的期盼。我不觉要潸然泪下。不过我终究没有让眼泪流下来。我深知，现在不是哭泣的时候，我应该清晰明确地去做此刻最应该做的事。我的口袋中只有10块钱了。我在一家小旅店住下来，把自己的行李存放在那儿，然后刻不容缓地到剧院去。剧院，是我向往的地方！我曾无数次在它的周围踯躅停留，怀着期望的心情凝视它，设想终有一天我将登上它的舞台。当我再一次在剧院外逗留时，一个每天在附近卖剧目单的人走过来，问我需不需要一张剧目单。我是那么的幼稚可笑，还以为他是好心要赠送我一张，我因此非常感激并告诉他我接受他的好意。他却突然对我发怒，并说我这是在取笑他侮辱他。我被他吓坏了，赶紧逃跑，逃离这个城市中我最喜爱的地方。但是，10年后，就是在这个剧院，我的第一部戏剧公演，我在这个剧院的舞台上向丹麦观众鞠躬致意。对于当时的我来说，这是多么不可想象的一件事。

　　我急于拜访沙尔夫人，以得到她的帮助。因此，第二天我就穿上我的坚信礼礼服，还有我那双心爱的靴子——虽然它们已经变得有些旧了。这是我最好的穿着，再戴上一顶都快遮住眼睛的帽子，我就以这样的一身打扮，怀揣着艾弗森为我写的介绍信去登门拜访沙尔夫人。到沙尔夫人家后，我在门口跪下来祈求上帝，希望好运降临使我能从这里得到帮助和支持。这时，有一个女仆提着篮子从沙尔夫人家里走出来，她大概以为我是乞丐，非常亲切地冲我笑了一笑，在我手里放下一枚斯基林（丹麦硬币）之后，就转而离开了。我为此感到惊讶，愣愣地看看她的背影，又看看她放在我手中的硬币。我穿的是我

批：困境中的"我"几乎要流泪，但最终没让泪流下，这既说明了"我"的坚强，也说明自己非常清楚当务之急应该去做什么，而不是毫无用处地哭泣。

批：再次点明自己的理想，不同的是上次想象的剧院，而此次自己已在剧院"周围踯躅停留"，梦想是如此的迫近，却无法实现。

批：10年后终于实现了自己的梦想，在这个剧院的舞台上演出，而当初却是落荒而逃。

批：如此打扮是为了能给沙尔夫人一个好印象，以得到她的帮助。困境中，这也是必要的。

批：穿着"最好的穿着"，也被仆人看作乞丐，可见贫富差距是多么巨大啊！

批："惊讶"是因为沙尔夫人的女仆把他当成了乞丐。这也为下文

最漂亮的坚信礼礼服,瘦高的我应该是很英俊的。但是她怎么会觉得我是来行乞的呢?我于是向着她高喊起来。但她并不理会我,扭头笑笑向我说:"收下吧,收下吧!"然后就走开了。

在这个小小的插曲之后,我终于被引进沙尔夫人家去见这位著名的舞蹈家。我站在她面前,她有些诧异地看着我,然后听我要说些什么。我将艾弗森为我写的介绍信交给了她。她根本不知道艾弗森是一个什么样的人。看起来,她好像对我的整个表情和举止都感到奇特。我告诉她我非常地喜欢戏剧,喜欢表演。她于是问我都会演些什么角色。我郑重其事地说:"辛德里拉。"辛德里拉是古代神话中富于传奇色彩的女孩子,她从小受到她后母的虐待,后来一位好心人帮助她,使她从悲惨的生活境遇中走出来,并获得了幸福与富裕。在欧登塞曾经演出过皇家剧院排演的同名戏剧。我对辛德里拉这个角色十分喜欢,那次看过之后我就完完全全记住了剧中的台词,还靠着记忆独自表演过几次。我请求向她表演这个角色。另外我征得她的同意,让我脱掉我的靴子,以便能够十分灵巧地扮演这个角色。随后,我就开始了我的表演,用我那顶宽阔的帽子当手鼓,一边敲打一边且歌且舞起来:

> 在尘世间的显贵与财主,
>
> 都摆脱不了灾难与痛苦。

或许是因为我跳舞时动作太大,显得有些夸张而且奇特,使得这位著名的舞蹈家以为我简直就是个疯子,以至于毫不迟疑地把我打发走了。

我来到哥本哈根的第一个希望就这么破灭了。离开沙尔夫人家后,我无处可去。我想到了我天天在那盘桓逗留的剧院。于是我找到剧院的经理,请求他雇佣我。剧院经理名叫霍尔斯坦,看上去是一位仪表堂堂的先生。他听了我的请求,并没有显露

批:自己被沙尔夫人打发走埋下伏笔。

批:沙尔夫人的"诧异",她对"我"的服装感到奇怪,说明"我"根本就不是她所会接见的那类人。

批:也许是辛德里拉曾经的命运引起了安徒生的共鸣,也许安徒生也渴望自己将来也像辛德里拉那样获得"幸福与富裕",所以才对戏剧中的辛德里拉非常感兴趣。

批:毕竟安徒生尚未受过专业演练,况且粗野的举止与优雅的舞蹈本来就有所不同。

批:第一个希望破灭了,于是再寻找第二个希望,唯有这种不绝望的追求才可能叩开成功之门。

出什么兴趣。

"你太瘦了,总的说来您的体形完全不适合演戏。"他打量了像小鹳鸟般细高条的我一眼,用满不在乎的口气说道。

"哎呀,"我答道,"我很快就会长胖的,如果你以每月一百块钱的薪金雇我的话!"

我的建议似乎没有在他脑子里激起任何反应。经理先生疑惑地看着我,仿佛我是在说胡话,或者是在嘲讽他。总之我的口气让他简直无法接受!于是,这位经理非常严肃地告诉我说,对他们来说,有文化的人才是真正需要的。随后,他叫我立即离开。

当时我还想说几句,可是经理已经埋头看起公文来,再也不理睬我了。

我呆立在那儿,心灵深深地受了创伤。在整个哥本哈根城,我没有一个认识的人,也没有人能给我出主意或者安慰我。我甚至想到了去死,因为只有这样看起来才能使我彻底解脱。但就在那同时,我想起了上帝,我怀着一种虔诚的绝对的信任,就像是一个天真的孩子信任父亲一样,我将所有的期盼寄托在上帝那里。我痛哭了一场,然后自言自语起来:"当一切非常不幸的事情发生时,上帝就会伸出援助之手。我常常读到这样的话:'人们总是要经历了无数的苦难之后,才能够最终取得真正的成就。'"

从欧登塞出来时,我只带了 10 块银币。在哥本哈根的几天中,它们就像春天的融雪一样,很快就要花光了。我用最后的硬币买了张戏票——反正我已经不抱任何希望了!上演的是歌剧《保尔和维尔吉妮娅》。在剧院里,我看到了我梦寐以求的舞台,舞台是那么大,是那么漂亮,但我却无法走近它!在那个舞台上,一对不幸的情人唱着哀怨的抒情曲,倾诉着离别的衷情。旁边,楼座的常客一面嚼着夹心面包,一面发出同情的叹息。受着命运驱使的保尔

批:第二次希望就这样又破灭了。

批:多么孤独无援的人啊!多么痛苦的心儿啊!

批:面对挫折,千万不能让自己绝望!当自己请求剧院经理雇用自己的希望破灭之后,将希望寄托于上帝,但面对逆境,内心的强大才不会使自己倒下,他坚信"人们总是要经历了无数的苦难之后,才能够最终取得真正的成就"。

批:花掉了最后的硬币去看演出,可见安徒生对戏剧是多么的痴迷。

批:触景伤情,剧中的保尔的痛苦

的不幸使我想起自己的痛苦遭遇,我忍不住伤心地大哭起来。坐在我近旁的几个妇女安慰我说,这不过是演戏,不值得为他们悲伤。她们还给了我一块香肠三明治。我对她们每个人都很信任,因此我很坦率地告诉她们,我并不是真正为保尔和维尔吉妮娅掉眼泪。在我眼中,剧院就是我心爱的维尔吉妮娅,现在所有的一切都迫使我不得不与它分离。我就像保尔一样可怜。听完我的解释,她们似懂非懂地看着我,好像并不明白我的意思。我于是把来到哥本哈根的本意都告诉了她们,并说我在这儿是多么孤苦伶仃。

"哦,原来这样! 噢,别伤心,也许,一切还会称心如意的。"我旁边那位好心肠的太太深表同情地说,同时递给我一个甜馅饼。除此之外她就无能为力了。

尽管如此,我所受到的深切的同情和意外的款待重又使我勇气倍增。但是,前途何在? 办法何在呢? 看来,希望渺茫啊……
……

我在哥本哈根的街头四处徘徊。我一个人也不认识,深深的孤独感强烈地侵袭着我。然而,就在我正不知如何是好的时候,我的脑海里突然冒出了一个或许可能的新希望。这使我顿时振奋起来,我飞快地跑着。我想起了我在欧登塞的工厂里的经历。虽然我也曾在工厂里被那些工人作弄过,但我的歌唱却的的确确受到他们的欢迎,我美妙的嗓音曾经那么轻而易举地盖过了周围嘈杂的响声。是的,嗓音,我有着多好的嗓音! 我为什么只想到去找舞蹈家呢? 我为什么不借助我的嗓音获得新的希望呢? 我记得,欧登塞的报纸上不久前登过一则某著名歌唱家的消息……他叫什么名字来着? 对了,叫西博尼,他是哥本哈根音乐学校的校长,也许他能够给予

批:这些人的帮助,虽然不能使安徒生解困,但能使他有了在绝境获得活下去并且继续追求梦想的勇气。

批:穷则思变,在找舞蹈家帮助没有希望的时候,他想到了歌唱。这就是新的希望,于是他改变了方向,想立刻去找著名歌唱家西博尼校长。

遭遇引起了安徒生的强烈的共鸣,于是"忍不住伤心地大哭起来"!

帮助。我应该立即找到这位音乐学校的校长。否则，就在那天晚上，我一定要找到一位愿意再把我捎回家去的船长。一想起回家，我就极度紧张。我很快跑到剧院，从那里我打听到了西博尼教授的住址。之后，我就赶紧赶到西博尼教授家里去。

　　那天，西博尼教授家里正在举行一个盛大的晚宴。我们的著名作曲家韦斯在那里，还有诗人巴格森和其他一些客人。女管家给我开了门，我不仅向她讲了我想被雇佣为歌手的愿望，而且讲了我一生的全部历史。她极其同情地听我讲完，然后离开了我。我等了好一阵，她必定是向那些人重复了我的大部分话，因为一会儿工夫门就开了，客人们都走出来瞧着我。

　　我在西博尼的带领下，跟着女管家来到了前厅。我感到非常紧张，忧心忡忡地低着头，摆弄着我那顶可以说见过不少世面的帽子。

　　"别怕！别怕！到这儿来！"西博尼向我招手。他说的是德语，我听不懂他的话，但通过他的手势我大体能明白他是什么意思。我跟着他们来到一间屋子里，里面放着一架钢琴。大家一一坐下，准备听我唱歌。大家都非常乐意在聚会中增添这个意外的娱乐。西博尼掀开了钢琴盖。

　　"你想给我们唱个什么歌？"他问道。

　　"西博尼先生问你会唱什么歌。"见我疑惑不解地看着西博尼，韦斯便翻译说。我立刻活跃起来，我感到大家的关心与亲切，那份紧张的心态渐渐地放松了，或许我的脸上还因为羞涩而有点红，但我已经快乐而信任地向大家露出了微笑。

　　"噢，我会唱很多很多歌！连歌剧里面的抒情歌曲我都会唱；像《灰姑娘》里面的，《乡村的爱》里面的《别的少女从不……》，全都会。"

　　"好的，就唱这首吧！"韦斯把歌名定下来，告诉

批：女管家的善良和帮助，使得安徒生叩开了艺术的大门。

批：经历了数次挫折，此次能否获得成功不得而知，故而忐忑不安。

批：和蔼、热情的西博尼教授！

批：放松源自大家的关心和亲切，这样，安徒生才能展示本真的自我，从而得到众人的欣赏。

了西博尼。西博尼点了点头,弹起钢琴来。

我从没有在钢琴伴奏下唱歌。开始时,我感到很不习惯,总是跟不上节拍,唱得断断续续。但很快我就适应了,跟上了节拍,高亢的童声像一股股清澈的流水在大厅里自由流泻。听众对我的歌唱点头称赞,还合着我歌唱的节拍轻轻地应和。或许他们也像欧登塞的贵族们一样产生了同样的感受:真没想到,这孩子有这么好的嗓子!

批:"我"由紧张到适应再到充分发挥;听众的赞许和应和,既表现了"我"表演的出色,也表明这些听众的善良。

我的歌唱大受赞扬,这使我大受鼓舞。于是,我激动得结结巴巴地表示还想朗诵,这也受到了赞许。我的朗诵非常投入,以至于我真的动了感情。我的嗓音开始颤抖起来,眼泪夺眶而出。我声情并茂的朗诵,感动了在场的每一个人。

批:在西博尼教授的鼓励下,自己的歌唱受到大家的赞扬,使自己受到了很大的鼓舞,也有勇气进行朗诵,并感动了在场的每一个人。

巴格森听了之后,对我充满了信心。他大胆地预言道:"总有一天你会成为大人物的。当有朝一日所有观众都向你喝彩时,你可不要自以为了不起啊!"他很真切地告诉我人性中那些纯洁和本色的东西是非常可贵的。这种人性最可贵的东西有时会随着年龄的增长,或者因为人和人的交往而遭到破坏。我并不明白他的话的真正含义。但我绝对相信他们每个人都是善意的,他们对我给予了美好的祝愿,我不会把自己的想法藏在心里,而是常常坦率地把它说出来。

批:巴格森的"劝诫"看似玩笑,也说明安徒生具有成为"大人物"的潜质。

批:这些话对于14岁的安徒生来说,是难以理解的,但他明白都是善意的,这对他的人生无疑具有很大的影响。

"要有出息还得好好帮助他,"韦斯插了一句,"他的嗓子没有受过训练,他得经过长时间学习才行……"

"我来教他!"西博尼教授是一个容易激动的人,他高声接过韦斯的话,喊道,"是的,我朱塞普·西博尼永远愿意帮助喜欢缪斯的人!给他找些旧衣服,弄点吃的——生活这方面我也可以给予他帮助。就这么决定吧!"

批:西博尼教授既要给安徒生以精神的帮助,也要给予物质上的帮助,可以说解决了安徒生的困局。

韦斯把西博尼的话翻译过来,我简直被这突如其来的幸福弄得如醉如痴,我不知该如何是好,也不知道该说些什么,有些语无伦次地说了一些感谢的话。由于激动、疲倦和饥饿,我有点摇摇晃晃了。

"看来,该好好招待我们捡来的这个孩子一顿,是吗?"韦斯提议说。

"啊,当然喽!"西博尼把站在门边的女管家叫过来。

"给孩子准备一顿丰盛的饭菜!"他吩咐说,"以他的才华应该受到款待。"

我在他们微笑、点头和善意的祝愿下,跟着女管家来到了厨房里。

<u>啊,太顺利了! 甚至在几小时前,我还在为下一步该怎么办发愁。而眼下一切又都这样顺利,我甚至不敢相信这是真的! 几小时前,我还在为口袋里只剩下几文钱而不知所措。现在,我已经毫不担心了。</u>

在客厅里,善良的韦斯正在着手为我解决这个难题。他趁大家情绪好,招呼大家为我募捐,客人们都愿意解囊相助。很快募集了 70 块银币。节省一点用,这些钱足够我花九个月了。开头的生活已经有了保障了。

女管家领我出来时,看出来我既激动又苦恼的神情,她抚摩着我的面颊说,第二天我就可以上韦斯教授那里去,他有意帮我一点忙,而且我可以依靠他。

韦斯原是穷人出身,他深深地同情并且完全理解我的不幸遭遇。第二天,我给母亲写了第一封信。我以快乐的口吻写了这封信,我在信中述说我是多么的幸运,仿佛在突然之间全世界的好运气都在我身上汇聚。

……

为了这第一次的登台,我苦苦排练! 我果然没

批:巴格森善意的鼓励,西博尼教授愿意教自己,这一切对经受多次挫折的自己来说,感觉是多么顺利啊!

批:写信首先是因为感动,同时也是为了让母亲放心。

有白费工夫。大显身手的那个夜晚终于来到了。发给我的戏服是一件最旧的紧身衣，虽然不是很合身，我也并不在意。此时此刻我的兴致非常高。我站在后台，屏住呼吸，静候出场。旁边，扮演阿穆拉的伙伴们的那些姑娘，在交头接耳，偷偷地笑话我。在她们中间，有一个叫汉娜·别盖斯的身材苗条、头发乌黑的女孩子，她被认为是舞蹈学校最有才华的女学生之一。

"安徒生，您大概是第八个特罗利吧？最末一个，是吧？"一个小舞蹈演员招呼我说。

我并没有意识到她是在挖苦我。我快活而认真地回答道："不，我是第七个，第八个是威廉。你难道没有看海报吗？"

"安徒生，你穿的紧身衣背上要裂口子的。那会多可笑啊！"

我信以为真，担心戏服真的会裂开来。我掉转头从肩膀上努力往后看，想知道到底是不是会真的裂开。这时，那个淘气的女孩子拿大头针在我腰上戳了一下。

我顿时疼得差点儿叫起来。我生气地瞪了那个欺负人的小姑娘一眼。在最后彩排时，她又从后面踩了我一脚，把我的长袜子弄脏了。到那时我才终于明白，她一直是在故意捉弄我！但她为什么要这样做呢？我并没有招惹她呀？唉，我只当是我成为真正的演员过程中终要遇到的荆棘和困难，最终我是会迎来鲜艳绽放的玫瑰的，我深深地懂得这个道理……

这次演出非常成功，闭幕的时候，观众中爆发出经久不息的掌声，我快乐极了，脸上现出了幸福的微笑。尽管只有少数掌声是属于我的，但毕竟有我的一份啊！

这天夜里，我把那张写着扮演者名单的海报看

批：尽管衣服不合身，但自己依然非常高兴，毕竟这是自己人生的第一次登台。

批：人在愉快时对外界的事物总是以愉快的心态去对待，面对小女孩的一次次故意捉弄，自己总是麻木得毫无反应，要么意识不到，要么信以为真。当意识到是她在一直故意捉弄自己时，又很宽容地把这当作自己演员过程中的荆棘与困难。

批：演出成功后，自己沉浸在甜蜜

了一遍又一遍，因为那上面有我的名字，注明我扮演了第七个特罗利。直到很晚我才甜蜜地进入梦乡。就是在梦中，我还仿佛听到了舞台上悠扬婉转的音乐，看到了那绝顶美丽的仙女阿尔米达——不过她倒像汉娜，而不像沙尔夫人了！

的梦乡，自己在享受着成功的喜悦。汉娜，一个故意提弄他的女孩儿，他对她的刺激有好感，而拒绝他使他绝望的沙尔夫人，让他毫无好感可言。

（佚名/译）

挚爱让童话永生

《哥本哈根之梦》选自安徒生的自传《真爱让我如此幸福》（1852～1855），生动地叙述了安徒生到哥本哈根寻梦并走上文学之路的经历。

"人生就是一个童话。我的人生也是一个童话，这个童话充满了流浪的艰辛和执着追求的曲折。我的一生居无定所，我的心灵漂泊无依，童话是我流浪一生的阿拉丁神灯！"这是安徒生在其自传中的开篇语。安徒生14岁告别家乡闯入哥本哈根，是安徒生命运的转折点。但在最初几年的生活中，他刻骨铭心地体验了"丑小鸭"的艰难生存之路。

童年时代既是梦想的时代，又是迷茫的时代。歌唱与朗诵的才华促使安徒生到首都寻梦。然而，安徒生到哥本哈根的谋生与闯荡不是一帆风顺的，而是历经了许多波折。

安徒生去拜访著名舞蹈家沙尔夫人，并为其展示自己的舞蹈技艺时，人家以为他简直就是个疯子，毫不迟疑地将他打发走了。他又去皇家剧院请求当一名演员，仪表堂堂的剧院经理瞅了他一眼，用满不在乎的口气说："你太瘦了，总的说来您的体形完全不适合演戏。"从欧登塞出来的时候，他只带了10个银币，几天中它们就像春天的融雪一样，很快就要花光了。在绝望之中，他依然痴迷舞台，便一狠心，用最后的硬币买了张戏票，去看歌剧《保尔和维尔吉妮娅》。

苦难是一所大学。困境中的少年安徒生，并没有屈服于命运的折磨。他鼓足勇气，去拜访素不相识的哥本哈根音乐学校的校长，并得到了众多艺术家和其他人的帮助。安徒生终于开始圆梦了，当他第一次就要登台演出的时候，他是无比兴奋的，尽管服装不合身，甚至遭到同伴的捉弄，但他毫不在意。（子夜霜、杨七斤）

 **梦想从歌唱开始**

人生就是一个童话。我的人生也是一个童话，这个童话充满了流浪的艰辛和执着追求的曲折。

我的一生居无定所，我的心灵漂泊无依，童话是我流浪一生的阿拉丁神灯！我所走过的每一个城市就是我生命旅程中的一个个站点，记录着一个个丰富多彩、变化多端的故事。我体验过什么是贫苦与孤独，后来又经历过豪华大厅中的生活。我知道什么叫作被奚落与受尊重，我曾在冰冷的暗夜中独自流泪，承受失落爱情的苦痛；也曾在如潮的赞语中体味收获成功的快乐和幸福；也曾与国王驾车流连于阳光和煦的阿尔卑斯山中……这是我一生历史的一个个篇章！

菲英岛是我的祖国——丹麦的一个非常美丽的小岛。它位于首都哥本哈根所在的西兰岛和鸭脖子形状的日德兰半岛之间，是一个绿洲。从菲英岛纽堡附近的岸边登岸之后，朝东北方向走是一片山毛榉树林子，穿过它就来到一片开阔的田野，田野上到处盛开着美丽的三叶草花。再越过这片田野，就会在地平线上看到一座高大建筑物的尖顶。那是圣甘诺教堂的尖顶，它坐落在一座山丘上。在教堂尖顶的下面有一个美丽的城市，那就是我的家乡，一个记录着我童年时的甘苦和梦想的城市——欧登塞。

19 世纪初的时候，欧登塞是一个只有 7000 多居民的小镇。横贯镇中心的主要大街两旁，是贵族们媲美的展示台。沿着大街走下去，分布着几幢立着大理石雕像的古老的宅第，它们有着美丽如画的雕花的大门，高高的宽宽的台阶。菲英岛上的贵族们夏天的时候会在乡村的自家庄园消暑，而长长的冬天他们往往就在这里度过。贵族们的生活是惬意的，在郊野乡村，古朴典雅的美丽花园中，一只只悠闲自在的天鹅在池塘中游来游去、自得其乐。这里是那些达官显贵和富商们隐藏在万绿丛中的一个安乐窝，没有战争的干扰，只有自然的清新和漫步其间的安逸。

不过，在这个小城中的大多数居民却是住在矮小破旧的屋子里。他们是小镇中贫穷的手艺人，或者身无着落的短工：裁缝、鞋匠、泥瓦匠、挖土工、洗衣女工和织布女工。这些破旧的屋子四处是一种贫困的景象。坐落在欧登塞城门口的监狱，不断地关进一茬一茬的人犯。这座阴森可怕的建筑物，就像一个沉重的箱子，每天都给贫民区中的居民带来新的忧患。

这就是我的家乡，我既幸运又坎坷，既美好又曲折的一生的原点。

1805 年 4 月 2 日，我就出生在欧登塞小镇一间简陋的小屋里。我的父亲是一个鞋匠，还不到 22 岁。他是一个很有才华和想象力的人；我母亲比父亲年岁大，没有太丰富的经历，不了解外面的世界，但她很慈善。父亲喜爱文学，但他一辈子也没有实现自己的梦想，郁郁终生。为此，他把出人头地的期望都寄托在我身上，甚至在我出生的时候他也在为此努力。听母亲说，在我出生时，我的父亲坐在床边大声朗读丹麦文学家霍尔伯格的作品，而我只是无休无止地啼哭。"你是想睡觉还是想安静地听我念书呢？"我父亲开玩笑地这样问道。但我对父亲的朗诵和问话置若罔闻，依旧没完没了地哭个不停，即使当我被带到教堂接受洗礼时，我的哭声还是那样大，以至于热情的牧师感叹道："这小家伙的哭声就像猫的尖叫！"我的母亲为此尴尬不已。但忠于教父职守的贫穷移民戈马尔在一旁安慰她说："小时候哭的声音越大，长大后的歌声就越优美。我小的时候就是这样。"他的话俨然开启了我未来的人生之门。虽然我最终没有成为一名歌唱家，但我的人生之路的确是从对歌唱的梦想开始的。

在欧登塞郊外的河边上,有一座水磨坊,水磨的轮子哗啦哗啦地响,紧挨着小磨房有一幢不大的房子,房子里住着六户人家。其中一间小小的屋子就是我的家。屋子不大,但对于我们来说,它既是卧室,又是餐厅,还是工作间。小小的屋子里,被工作台、床头毛巾和我的小床挤得满满的。母亲从小就习惯于辛勤的劳作,所以我们家总是干净整洁,窗帘平平整整,这都得益于母亲不知疲倦地收拾浆洗。父亲喜好读书,因此在他的布置下,小屋呈现的又是另一番面貌:简陋的工作台上,挂着一个书架,上面摆着《一千零一夜》和霍尔伯格的喜剧剧本,还有一本歌曲集和几本已经读得破烂不堪、配不成套的言情小说,这是母亲喜欢读的书,而我最爱读的是故事书。小时候,父亲经常给我讲故事,这使我养成了爱听故事的习惯。

每次听他讲故事,我都非常专注。晚上,故事里的人物都会潜到我的梦里来,有时是戴着面纱的神秘女郎,长着一双黑色的眼睛,很漂亮,亲切地向我微笑;有时则是可怕的恶魔,凶巴巴地让我害怕。

……

父亲非常疼爱我。我就是他所有快乐的全部内容,他满足我所有的愿望,他为我而活着。每个星期天,他为我制作望远镜、玩具舞台和可以变换的图画。他为我读霍尔伯格的剧本和《阿拉伯故事集》。只有在这样的时刻,他才能感受真正的快乐,才会露出少有的笑容。对这一点,我至今还清楚地记得。在他作为手艺人的一生中,丝毫没有感到自己有什么快乐。他的父母原来住在乡下,但是一场意外的灾难改变了一切:牲口死了,农舍被烧光了,最后,丈夫疯了,妻子只好带着儿子一起搬到欧登塞这个小镇上来生活。他渴望着到小学去学习拉丁文。但那时,他的母亲没有别的法子,只能让她聪明而有才气的儿子去给一个鞋匠当学徒。虽然有一次几个有钱人曾许诺共同凑钱为他支付伙食费或学费,从而给他一个开创一生事业的机会,但那些话到底没有兑现。可怜的父亲心怀梦想却只能无可奈何地让它沉睡在心底里,不能指望它成为现实。他一生都忘不了这件事。

我记得在我小的时候,有一次,父亲想进却没有进的那所小学的一个学生来到我家,拿一双破了的鞋叫父亲修补。父亲一边补鞋,一边同他聊天。这位学生把一本课本拿给父亲看,夸口说自己可以毫不费劲地阅读拉丁文著作。

那个学生走后,我注意到父亲眼里噙满了泪水。

"我本来应该走那条路的!"父亲吻了吻我说,"孩子,等你长大了,一定要有股子顽强劲,不要怕穷怕苦,要不顾一切地直奔一个目的:念书! 我是没有这个机会了,你就沿着这条路向前奔吧……"

"喂,别给孩子满脑子灌输这种想法了!"母亲对父亲的话并不认同,她走过来干预说,"好像没有学问就过不成日子似的! 学会一门手艺,有吃有穿就已经足够了,还指望什么呢? 我像他这个年纪时,却要在大冷的冬天被继父撵到外头去要饭。我甚至没有厚实一点的衣服穿,只披一条围巾,穿一双旧树皮做的鞋,四处乞讨。晚上回家的时候,还经常因为没有讨来东西而挨打受骂。有多少次夜里,我因为空着手不敢回家,不得不一个人躲在桥下哭泣。"

"这都是事实,玛利亚,"父亲沉默了一会儿说,"一个人有吃有穿还不够啊,人的心灵也有自己的要求呢!"

[丹麦]安徒生/文,佚名/译

品 读

　　汉斯·克里斯蒂安·安徒生(Heinz Christian Andersen,1805 年 4 月 2 日~
1875 年 8 月 4 日),丹麦童话作家,世界童话之王。1830 年前后,安徒生先后写
了不少诗歌、剧本、小说、游记,但更多的是童话。他一生共写了 168 篇童话,著
名的如《拇指姑娘》(1835)、《海的女儿》(1837)、《皇帝的新装》(1837)、《卖火
柴的小女孩》(1843)、《丑小鸭》(1844)等。安徒生的童话被译成了 100 多种语
言,深受全世界儿童喜爱,成为世界文学的宝贵遗产。

　　《梦想从歌唱开始》选自安徒生的自传《真爱让我如此幸福》,本文标题为
编者所拟。安徒生的父亲不仅将文学之梦寄托在安徒生身上,而且还经常给他
讲故事、读书,鼓励他,安徒生以后能走上文学之路,可以说与他父亲有很大关
系。

远方来信

◇[奥地利]斯蒂芬·茨威格

读点

描绘深刻细腻、丰富多姿的人物心理。
语言简洁流畅，富有文学底蕴。

学生时代结束了，他再次面临人生道路的选择。虽然知识使他充实、振奋，可它尚未实现这位年轻艺术家最深的梦想：他比以往任何时候都更倾心于文学创作和音乐。亲身踏入那崇高的行列，成为一个以自己的文字和旋律开启灵魂之门的人、一个创造者、一个慰藉者，这始终是罗兰灼热的向往。但生活似乎更要求人循规蹈矩，以纪律代替自由，以职业代替使命。这个22岁的年轻人彷徨在生命的十字路口。

这时，消息从远方传来，那是他最敬爱的人亲手寄来了信。列夫·托尔斯泰，这位被整整一代人尊为导师，视为真理化身的作家，在这年发表了一本小册子——《我们究竟应该怎么办》，发出了对艺术最可怕的诅咒。他轻蔑地挥动双手，轻而易举地粉碎了罗兰最为珍视的东西：贝多芬，这位年轻人每天在琴键上顶礼膜拜的大师，被贬为引诱情感的诱惑者；莎士比亚被说成是一个害人不浅的四流作家。这位俄国人像清扫打谷场上的糠秕一般，抨击了整个现代艺术，他将当代人心灵中最为神圣的东西打入永无天日的地狱。对于这本震惊了整个欧洲的小册

批：罗兰徘徊在人生的十字路口，在梦想和现实之间，这个年轻人将如何抉择呢？

批：称列夫·托尔斯泰为"最敬爱的人"，可见他在罗兰心中的崇高地位。在彷徨之际，这封回信真可谓是"及时雨"。

批："抨击"一词，形象有力地写出托尔斯泰《我们究竟应该怎么办》一书对当时整个现代艺术

子,年长者可能只是摇头一笑,置之不理,但在这群将托尔斯泰尊崇为虚伪与令人沮丧的时代中唯一导师的年轻人心中,它无异于燃起了良心的森林大火,烧毁了一切。他们被迫在贝多芬和另一位他们心中的圣徒之间作出令人心悸的抉择。"这个人的善良、坦荡、绝对的诚实使他成为我道德王国中完美无缺的引路人,"罗兰后来这样描述道,"但同时,我从童年起就痴迷地爱着艺术,它——尤其是音乐,是我生命的滋养。是啊,我甚至可以说,音乐对于我像面包一样不可缺少。"正是这音乐在托尔斯泰那里——他敬爱的导师,最具人性的人那里,遭到了无情的诅咒,它成了"毫无责任感的享受",灵魂的圣地在他那里成了情感的诱惑者。怎么办? 这年轻人的心揪成一团:他到底是该听从雅斯纳雅·波里亚纳(注:托尔斯泰的家庭庄园所在地,届图拉省,在莫斯科以南约160公里)的智者,不再有对艺术的任何向往,还是该倾听自己心灵最深处的声音,将全部生命化为文字和音乐? 他必须不忠于其中之一:或是最尊敬的艺术家和艺术本身,或是最敬爱的人和最钟爱的理想。

　　陷入矛盾的年轻大学生决定实施一桩近乎发疯的举动。一天,他坐在自己的小阁楼里写了封信,寄往遥远的俄国,信中他向托尔斯泰描述了自己深深的疑惑和自己良心所受的困扰。他仿佛是一个向上帝祈祷的绝望者,只是出于内心忏悔的焦灼需求,并不期望能出现奇迹得到答复。几个星期过去了,罗兰早已将那鲁莽的事抛在脑后。但是有一天傍晚,当他回到自己的顶楼间里,却发现桌上有一封信,或者确切地说,是个小包裹。这是托尔斯泰对这位从未谋面的青年的答复,用法语写成,共有38页之长,是整整一篇论文。这封信写于1887年10月4日(后来这封信全文发表在贝玑创办的《半月丛刊》第三期第四卷上),它是以"亲爱的兄弟"开头的。它

的笔伐,"震惊"则突出了这本书在整个欧洲引起的强烈反响。

批:表明托尔斯泰对自己的影响之大,而自己所崇拜的音乐及音乐大师却被托尔斯泰所抨击。

批:心灵的矛盾和挣扎,为下文罗兰写下那封寄给俄国托尔斯泰的信作铺垫。

批:因觉得没有希望得到回信,所以把写信当作一件鲁莽的事抛在了脑后。

批:文学泰斗托尔斯泰对一个素昧平生的年轻人,不仅给予关注,而且用法文写了长达38页的回信,多么善良的心灵!

批:信中的称呼如此亲切,这位伟人的眼泪令人感动和震撼,而以"爱"来论"艺术"的独到见

首先表达了一位伟大人物对于求助者的呼声的深深震动和不安。"您的来信深深触动了我的心。我一边读，一边不禁热泪盈眶。"随后，他努力向这位素昧平生的人阐明自己的艺术见解：唯有那种将人们团结起来的艺术才具有价值，也唯有那种为自己的信仰作出牺牲的艺术家才称得上是艺术家。一切真正使命的先决条件并非是对艺术的热爱，而是对人类的热爱；只有充满这种爱的人，才有希望在艺术中作出有价值的成就。

　　这番话对罗兰的一生起到了决定性的作用。然而，对这个刚刚起步的年轻人来说，比这些教导——托尔斯泰在作品中曾不止一次阐述过，而且也更为清晰——更震撼他的，是老人热忱的援助，是这充满人性的行为本身，不仅是那些文字，而是这善良的行动。这位当代最著名的人物，面对一个素昧平生、来自巴黎某街巷的无名学生的请求，愿将自己的工作搁置一旁，用一天甚或两天，来答复、安慰这陌生的兄弟，这是一次令罗兰刻骨铭心的创造性的体验。他想到自己曾遭遇的困境，想到他人给予的慰藉，他学会了将每一次良知危机都看成某种神圣的存在，将任何一种帮助都看作艺术家首要的道德义务。从展开信纸的那一刻起，一个伟大的救助者、一个兄弟般的慰藉者便在他心中诞生了。这里是他的全部事业，他的人性威严的源头。从那一刻起，无论如何事务缠身，他都铭记着曾接受的慰藉，不会拒绝为陷入良心痛苦中的人提供帮助，托尔斯泰的回信衍生出无数封罗兰的回信，从一次慰藉中繁衍出无数次安慰，继续影响着整个时代。从此，做一个作家，在他眼中就变成一项神圣的使命，而他以他尊崇的大师的名义完成了这项使命。历史几乎还从未给出更精彩的事例，证明无论在精神世界，还是凡俗人世，一粒原子永远不会缺少力量。托尔斯泰花在一位不知

解，更是给罗兰以心灵的启迪。

批：突出说明了托尔斯泰对罗兰人生命运的决定性作用。

批：托尔斯泰的一封信，可以说决定了罗兰的一生。罗兰得到的，不仅是托尔斯泰的悉心教导，更重要的是他还学会了要用一颗爱心给予他人以精神上的慰藉。

批：以托尔斯泰为楷模，身体力行地慰藉那些需要帮助的人。

批：罗兰的成千封信，是爱心的延

名陌生人身上的数小时,在罗兰写给成千陌生人的成千封信中再生了,善意撒下一颗种子,如今,它在全世界长成无数秧苗,随风摇动。续、善意的撒播,在全世界传递着,生生不息。

(佚名/译)

改变人生的一封信

在人生的重要关头,我们需要爱的慰藉。幸运的是,在面临选择时,罗曼·罗兰收到了一封信,正是这封信改变了他的人生命运。

罗兰还是大学生的时候,他近乎狂热地倾心于文学创作和音乐。而列夫·托尔斯泰,罗兰心目中的导师,在新发表的《我们究竟应该怎么办》一书中,对整个现代艺术予以抨击,这粉碎了罗兰的梦想。于是,陷入困惑中的罗兰写了封信寄往遥远的俄国,向托尔斯泰描述了自己在心灵上所受的困扰。几个星期后,罗兰竟意外得到了那个重要人物的回信,而且长达38页。在信中,那位导师称呼这位求助者为"亲爱的兄弟",说自己被罗兰的去信"深深触动",以至于"一边读,一边不禁热泪盈眶"。然后,托尔斯泰努力向这个年轻人阐明自己对艺术的见解:对人类的热爱,才能产生真正的艺术;有爱并具有牺牲的精神,才能成为真正的艺术家。这番话给了罗兰心灵和精神的依托,将做一个作家变成了一项神圣职责,而后来他最终完成了这项使命。

托尔斯泰的一封信,给了罗兰精神的慰藉和力量;后来罗兰成名后写给陌生人的成千封信,同样温暖了无数人的心灵。一封信,传递和撒播着爱心;两个人,光耀并温暖着世界。(贺秀红、子夜霜)

致列夫·托尔斯泰

伯爵先生:

要是我单单为了向您表达自己对您的作品欣赏备至的感情,那我就不敢冒昧给您写信了,通过您的小说,我足以了解您的为人。如果向您表示俗套的恭维,您那伟大的精神境界对此是会不屑一顾的。像我这样的年轻、那样的恭维也许有失您的尊严。可是,一种强烈的求知欲驱使着我,我要了解怎样生活,而我只有从您那里才能得到答案,因为唯独您提出我所思索的那些问题。我差不多在您的小说的每一页上都看到了那么折磨我的死亡的念头,我怎能不对您说,您的伊凡·伊里奇(注:伊凡·伊里奇,《伊凡·伊里奇之死》的主人公)这个人物是多么强烈地打动了我的心灵,我甚至也不想再作这样的尝试,我不愿意您以为是在和一个平庸的恭维者打交道,那种人只是为了给您写信而写信,并竭力想捞取您的几行亲笔墨迹。我向您保证,我真心真意地告诉您,您的书激起了我对哲学的强烈兴趣。

我以为,世俗的生活、现实的生活既然以死亡而告终,那它就不是真正的生活;只有我们能够消灭死亡,生活才能成为幸福。生活的现实全在于放弃活人之间的利己主义的对立,全在于让我们成为"唯一的存在"的有机组成部分。让我们在这唯一存在的统一体中过着唯一真正的生活吧!把我们的生存融化到普遍的存在中去,我们也就消灭了死亡。

我深深觉得,先生,这就是您要说的话,这也就是我的思想啊!我懂得要做到这样放弃个性,就得尽可能冲淡个人意识,并且最终完全消除我们的个人意识,消除那些使我们感到自己的罪恶和我们那个可憎的自我的一切。我觉得,您的放弃个性的五项道德准则是非常正确的,尽管我认为,对于一个法国人说来,还必须补充一些内容。但这些不是至关重要的。道德的形式随各国人民的不同而不同。我所感兴趣的是您的学说实质本身。因此,您要我们避免徒劳无益的情感,希望我们不要通过爱别人而为所有人工作(这也许又过于看重了我们的那个自我,夸大了我们那个充满人类一切情欲的灵魂)。但是,由于我们希望的是不再思考,只有善良的行为、双手所作出的实际的仁慈以及体力劳动,才会使我们摆脱利己的自我的有害的思想,给我们以唯一的幸福,使我们思绪坦然,心灵安宁。

先生,这种忘我,这种治疗百病的心神宁静,正是我所全心全意地渴望和寻找的,我还希望终于找到它,但您为什么说要用双手的劳动去实现呢?请考虑。我还要向您提出一个我思考最多的问题:您为什么要非难艺术?为什么您不是相反,利用艺术作为达到放弃个性的最完美的手段!我以极大的兴趣刚刚读完您的新作《怎么办》(注:《怎么办》,即《我们究竟应该怎么办》),在该书中,艺术问题被放在靠后的位置上。您说您非难艺术,但您尚没有说明这样判断艺术的种种理由。我已等不及了(因为我是年轻人)。请允许我自己直接向您询问这些理由吧。据我的理解,您之所以非难艺术,是因为您在其中看见讲究享乐的利己欲望,仅仅适于百倍地加强我们的自"我"感,极度肯定我们的感觉。咳!我清楚地知道,大部分人,甚至一些艺术家都以为艺术的目的就是:贵族式的感觉论,那些感觉器官特别灵敏的人们的感觉论。但是,在艺术中,是否还存在着其他东西呢?存在着那些对某些人来说就是他们的一切的其他东西呢?先生,有,那正是忘掉个性和融化在感觉之中的个人的消失。当这感觉达到像音乐里所具有的无限复杂性的时候,那么个人就终于不会再被感觉到了,你不再存在了,你什么也记忆不起来,什么也不会意识到了;仅存在着一个极渺小的感觉的海洋。我可以说,这是不存在,这是消失在统一的整体中,造成神思恍惚,听觉或视觉的迷惘,或是整个精神的麻木。但是,这样我们岂不是达到您所说的心神宁静的境界?死亡能对我们起什么作用呢?我们一旦放弃了生命,我们也就勾销了死亡。

我知道,您会谴责我忘了艺术仅是一朵罪恶之花,是一切社会不义之果。别人劳动受穷,却是为了使我能够毫无用处地活着,只是关心自己的幸福。诚然,这种自己的幸福,我也可以在为别人谋幸福的同时,通过自己双手的劳动来达到,即使不算得到更好的效果。但是,您为什么想让我去为他人和自己的幸福去行动、去工作、去受苦呢?总之,为什么要延长这种生命呢?在劳动中我达到了忘我,可是我依然活着,也使别人生活着。我将有一些像我一样受苦的子女,像我一样一直挨到这样的时刻。那时他们将会看到,幸福在于忘却,幸福在于不再思考。为什么不马上就做到这样呢?您保存生命而取消死亡,而这生命之所以有保存价值,是因为它不受死亡的控制,为什么不跟死亡一起取消生命呢?也正因此,艺术既赋予我行动的死亡、思想的死亡,同时还赋予我死亡的死亡。为什么与无为相比,精神恍惚的状态就不能成为最高境界呢?

先生,请告诉我!如果您认为我错了,那是什么原因?在我读过的您的那些小说中,我从没有发现您涉及过这个问题。我酷爱艺术,因为艺术能使我可怜而渺小的个性放射光芒,因为在艺术里面我消失了,因为声音和色彩的那些无限和谐能融化思想,消除死亡。如果我想工作,想种地,那我总还是在思考。请想一想存在着古老的一些民族,他们无法恢复多少世纪来忘却的风俗习惯。您不认为,甚至在您的学说中,艺术对这些由于自己的感情复杂和过度文明而消逝的古老民族也起着巨大的作用吗?

先生,请原谅我写的这封长信。我知道您是亲切和善的,我相信您不会因这封长信而生气。深深敬爱您的一个法国青年人的种种疑团,敬请赐予澄清。

巴黎高等师范学校学生:罗曼·罗兰

1887年4月16日写于

巴黎于尔姆街45号

[法国]罗曼·罗兰/文,杨国璋/译

品读

罗曼·罗兰(Romain Rolland,1866年1月29日~1944年12月30日),20世纪的法国著名作家、音乐评论家。1915年,以"文学作品中的高尚理想和他在描绘各种不同类型人物时所具有的同情和对真理的热爱"而获得诺贝尔文学奖。主要作品有长篇小说《约翰·克利斯朵夫》(1904~1912),传记《贝多芬传》(1903)、《米开朗琪罗传》(1906)、《托尔斯泰传》(1911)等。

列夫·尼古拉耶维奇·托尔斯泰(Лев Николаевич Толстой,1828年9月9日~1910年11月20日),俄国小说家、评论家、剧作家、哲学家、思想家、教育家,同时也是非暴力的基督教无政府主义者、19世纪末20世纪初最伟大的文学家、19世纪中期俄国伟大的批判现实主义作家、世界文学史上最杰出的作家之一,他被称颂为具有"最清醒的现实主义"的"天才艺术家"。主要作品有长篇小说《战争与和平》《安娜·卡列尼娜》《复活》。

罗曼·罗兰从1887年到1906年,先后共给托尔斯泰写了七封信。这里所选的《致列夫·托尔斯泰》是第一封信。当时他是在学生时代。托尔斯泰在隔了半年之后,给他写了一封长达38页的回信。对以后的六封信,托尔斯泰没有回复。

爱好法国戏剧

　　纠纷、骚动与伤心过去,马上便又恢复了安心与轻松。特别是年轻人,只要日子过得下去,便能以轻快的心情打发一天又一天的日子。我对法国戏剧的热情越来越炽烈,到了每晚必看的地步。常常戏散后回到家时,家人们正在餐桌上,我不得不拿所剩无几的食物充饥,这时我便得忍受父亲的一场训斥了。父亲认为戏是百无一用的,叫人一无所得。每当此时,我得把那些戏迷们陷入和我同样窘境时所用的一切借口,原原本本地搬出来。虽然父亲和我都不能使对方屈服、同意,然而当父亲知道了我在短期间里难以置信地熟悉了法语的时候,马上和我握手言和。

　　无论是谁总是那样,只要看到别人在做事,便不顾自己有没有那样的能力,便想做一做。正如我在幼年时大胆地去试着模仿泰伦斯(注:泰伦斯(前190~前159),罗马的喜剧作家),如今我已长成少年,抵制不住比过去更活生生地迫向我内心的诱惑,禁不住想尽自己能力所及,来反复尝试法兰西风格的形式了。

　　我把精心修改的原稿交给我的朋友德洛奈斯。他装出一派保护者的样子,一本正经地接下,粗略浏览一遍,指出了两三处错误,说有些对白太长,最后答应我要找点时间,仔细审过,然后给我一些批评意见。我虚心问了一声,这篇作品到底能不能上演,他断然表示:并不是完全没有可能。

　　我这位朋友虽然是个轻率的人,可是碰上了这么一个可摆资历的机会,好像非常满意。他仔细看了那篇作品。他坐在我身边,为我修改了几个地方。可是说着说着,竟把整篇作品弄得面目全非了。又是删,又是加,去掉了个人物,另加了一个,随意地大改一通,使我心里很伤痛,但是我还是深信他在这方面懂得不少,所以任由他瞎搞。这是因为他此前已大谈特谈过诸如亚里士多德的"三一律"(注:三一律,指戏剧里情节、时间、地点三者的统一)、法兰西戏剧的规矩作风、真实感的问题啦、诗句的调和问题啦,以及其他有关戏剧的问题,所以我认为他不仅见多识广,而且肚子里确实有货。他大骂英国人,则根本不把德国人放在眼里。总之,他对我讲述了日后一生中被迫多次洗耳恭听的一大篇戏剧理论。

　　经过这一次失败的尝试,我变得能逐渐深刻思考问题了。人人遵循的这理论与法则,因为我老师自以为是的行为,使我开始对它有了些怀疑。我最终想到要靠原著来看看它的奥妙。这对我虽不算太困难,却是有点吃力。

[德国]歌德/文

品读

约翰·沃尔夫冈·冯·歌德(Johann Wolfgang von Goethe,1749 年 8 月 28 日~1832 年 3 月 22 日),德国伟大的诗人、戏剧家、文艺理论家、思想家。出生于美因河畔法兰克福。歌德是魏玛的古典主义最著名的代表;在戏剧、诗歌和散文的创作方面,他是最伟大的德国作家,也是世界文学领域最出类拔萃的作家之一。代表作有剧本《葛兹·冯·伯里欣根》、中篇小说《少年维特的烦恼》、诗剧《普罗米修斯》《浮士德》。

《爱好法国戏剧》选自歌德的自传《诗与真》。

《诗与真》分 4 部(即《呱呱落地》《年轻日子里的企望,年老之后的收获》《树可以长高但终不能抵天》《除了神自己之外,谁也不能与神为敌》)20 卷,作者 59 岁时开始写作第一卷,最后一卷是 81 岁时才完成的。歌德在本书中以写实主义的手法叙述自己从童年到 26 岁时动身去魏玛之前的生活、创作、思想和作为"狂飙突进"运动主要人物的活动经历以及对人生的体验和明睿的思考。

作者在这本自传中进行了深刻的自我解剖和坦率的披露,无论在社会生活、家庭生活还是恋爱生活上,无论是优点还是缺点,都毫不隐瞒,如实记录下来,确实可与书名《诗与真》相匹配。同时,作者文笔变化多趣,有时议论风趣,有时娓娓如儿女细语,有时插入戏剧性场面。关于他的恋爱故事的记述,又富有牧歌式的韵味,不仅给人以情感的陶冶,更给人以思想的启迪。可以说,本书是一部真实可信而又有较高文学价值的传记著作,是确切了解、深入研究歌德青少年时期的可以凭借的第一手材料。

我 的 一 天

◇［苏联］奥斯特洛夫斯基

读 点

通过对生活的浓缩和提炼，真实地展现了作家
的生活状况。
为读者打开了一扇透视时代的窗口。

……电话铃声闯入美梦，令人兴奋的幻觉恐惧
地消失了……醒来，我的第一个感觉就是我这被瘫
痪所钉住的身体疼得难以忍受。这就是说，几秒钟
之前还在做梦，在梦中我年轻，有力，骑着战马像疾
风一般奔向初升的太阳。我并不睁眼，这没有必要：
在这一瞬间我正回忆着一切。八年前，残酷的疾病
使我倒在床上，动弹不得，弄瞎了我的眼睛，把我周
围的一切变成了黑夜。已经八年了！

肉体的剧烈疼痛，向我猛烈攻击，既残酷又无
情。我本能地作着初步的反抗——紧紧地咬着牙。
第二次电话铃声赶紧地跑来援助我。我知道，生活
在号召我去反抗。母亲走进来，她送来早晨的邮
件——报纸、书籍、一束信件。今天还有好几次有趣
味的约会。生活要取得它应有的权利。痛苦滚开
吧！清晨短时间的搏斗结束了，同往日一样，生活战
胜了。

"快点，妈妈，快点！洗脸，吃饭！……"
母亲把未喝完的咖啡拿走。我马上听见我的秘

批："钉住"形象地表明"我"的行动
　　已不自由。

批：虽已瘫痪，仍渴望坚强有力的
　　生活，表现"我"的坚强不屈。

批：瘫痪又失明，可想而知，病魔给
　　"我"造成的痛苦有多大。

批：与病魔作顽强的斗争。

批：电话铃响了，提示新的一天的
　　到来，"我"应该工作了。

批：这些都是"我"生活的内容。

批：珍惜时间，珍惜生命！

批：比喻，写出了秘书忠于职守的

书阿列克山得拉·彼得洛夫娜的问安。她像钟一样准确。

人们抬我到花园的树荫下。这里一切都准备好了，预备开始工作，<u>赶快生活</u>。就因为这个，我的一切欲望才那样强烈。

"请读报吧。在意大利和<u>阿比西尼亚</u>（注：阿比西尼亚，1941年埃塞俄比亚国名正式确立，1995年改称埃塞俄比亚联邦民主共和国）<u>的边界上有什么消息？法西斯主义</u>（注：法西斯主义，这里指意大利的反动头子墨索里尼）<u>——这个带着炸弹的疯子——已经向这里猛袭了，没有人知道它什么时候、向什么方向扔下这个炸弹。"</u>

报上说：国际关系是错综复杂的乱蜘蛛网，破产了的帝国主义的矛盾无法解决……战争的威胁像乌鸦一样盘旋在世界上空。<u>日暮途穷的资产阶级已将自己仅有的后备军——法西斯青年匪徒——投入竞技场</u>（注：竞技场，这里指战场）。<u>而这些匪徒正在使用斧头和绳索，将资产阶级的文化很快地拉回中世纪去。欧洲非常沉闷，发散着血腥气味。1914年的暗影</u>（注：1914年的暗影，指像第一次世界大战爆发前的那样。第一次世界大战于1914年7月28日爆发），<u>甚至瞎子也能看见了，世界狂热地扩充着军备</u>……

够啦。请读一些我国的生活吧！

于是我听到了可爱的祖国的心脏的跳动。于是在我面前便显现出一个青春、美丽、健康、活泼、不可战胜的苏维埃国家。<u>只有她，只有我的社会主义祖国，举起了和平与世界文化的旗帜。只有她创造了民族间的真正友谊。做这样祖国的儿子该多么幸福啊！</u>……

阿列克山得拉·彼得洛夫娜念信啦。这是从辽阔的苏联遥远的尽头给我写来的——海参崴、塔什干、费尔干纳、第比利斯、白俄罗斯、乌克兰、列宁格

品格。

批："赶快生活"，就是赶快工作，使生活充实而有意义。

批：谈话表明作者虽受病魔折磨，但仍关注着时事。1934年12月，意大利即在意属索马里同阿比西尼亚边界蓄意制造边境武装冲突，而作者写这篇文章时，正是1935年10月3日意大利对阿比西尼亚不宣而战的前几天。

批：作者写这篇文章时，第二次世界大战尚未爆发，但他已敏锐地觉察到了严峻的国际形势，表现出了一个无产阶级革命家的高度的警觉性。

批：关注国内形势，表达了为祖国的和平建设自豪的情怀。

批：读报从国际到国内，再从读报到念信，一切都在有条不紊地进行着。而这种生活秩序也暗

勒、莫斯科。

莫斯科、莫斯科呀！世界的心脏！这是我的祖国在和他的儿子中的一个互相通话，和我，和《钢铁是怎样炼成的》一书的著者，一个年轻的、初学的作者互相通话。几千封被我小心保存的纸夹中的信——这是我最珍贵的宝藏。都是谁写的呢？谁都写。工场和制造厂的青年工人、波罗的海和黑海的海员、飞行家、少年先锋队员——大家都忙着说出自己的思想，讲一讲由那本书所激发的情感。每封信都会教给你一些东西，都会增添你一些知识。看吧，一封劝我劳动的信写道："亲爱的奥斯特洛夫斯基同志！我们焦急地等待着你的新小说《暴风雨所诞生的》。你快点写吧。你应当把它写得很出色。记住，我们等待着这本书哪！祝你健康和有伟大的成就。别列兹尼克制钾工厂全体工人……"

第二封信。这封信通知我说，1936年，我的小说将在几家出版社同时出版，印刷总数52万册。啊！这简直是一支书籍大军了！……

我听见：门外，轻微的喔喔声，汽车站住了。脚步声。问好。听声音，我就知道，这是马里切夫工程师。他正在建筑一所别墅，是乌克兰政府给作家奥斯特洛夫斯基的赠礼。在古老花园的绿树浓荫中，距海滨不远，将建造起一所美丽的小型别墅。工程师打开了设计图。

"这边是您的办公室、藏书室、秘书办公室、还有浴室。这半面是给您的家属住的。有很大的凉台，夏天您可以在那里工作。周围阳光很充足。棕树、木兰……"

一切都预备好了，就为着让我能安心工作。我深深体会到祖国的关怀和抚爱。

"对于这个设计您满意吗？"工程师问。

"这太好了！……"

示了作者"先人后己"的胸怀。

批：对祖国的热爱和自豪。

批："我"的著作对他人的影响，他人对"我"的影响，生命价值之所在。

批：读者朋友对"我"的鼓励，是"我"前进的动力。

批：印数之巨已充分说明了读者已充分地认同"我"，这必然激励"我"早点完成创作。

批：读者的厚爱，再加上政府的大力支持，无疑给了"我"莫大的精神力量，使"我"努力与病魔斗争并发奋工作。

批：国家对"我"的关心是这么的细致周到，"我"自然是更加珍惜生活和努力工作。

"那么我们就动工啦。"

工程师走了。阿列克山得拉·彼得洛夫娜翻开记录本子。现在是工作时间。在天黑以前谁也不到我这里来，都知道我在忙。几个钟头的紧张工作。我忘却周围一切。回忆着往事。在记忆中出现了动乱的 1919 年。大炮在怒吼……黑夜里火光冲天……大队的武装干涉者侵入了我国,于是我的小说的主人公,忘我牺牲的青年便和自己的父亲们并肩作战,给这种进攻以反击。

"四个钟头了,该停止啦!"秘书小声说。

午餐……一小时休息……晚间的邮件——报纸、杂志,又有来信。我听人们念小说。阳光消失了。我看不见,但我感觉到凉爽的黄昏在移近着。

许多人的脚步声在沙沙地响。洪亮的笑声。这是我的客人们,我国英勇的少女们,女跳伞家,她们曾打破了世界迟缓跳伞的纪录。同来的还有索契城参加新建筑工程的共青团员们。伟大建筑的隆隆声竟被带进了这幽静的花园。我暗中想象着,外面正在怎样用水泥和柏油铺着我这小城的街道。一年前还是旷野的地方,现在已经耸立着宫殿似的疗养院的高大建筑了。

天黑了,屋里静静的。客人走了,人们念书报给我听。轻轻的敲门声。这是工作日程上规定的最后一次约会。英文《莫斯科日报》的记者,他的俄语不太好。

"是真的吗? 您从前是一个普通的工人?"

"真的,当过烧锅炉的工人。"

他的铅笔很快地擦着纸响。

"请您告诉我,您很痛苦吧? 您想,您是瞎子呀,多年躺在床上不能动了。难道您一次也没有想到自己失去了的幸福,没有想到永远不能再看东西、走路,而感觉失望吗?"

批:工作就是要这样专注,有了特定的"工作时间",才能保证创作的正常进行。

批:生活是创作的源泉,而创作是作家的生命体验。

批:这一天的生活忙碌充实而有意义。

批:人们对"我"的关爱与热情,使"我"更加感受到了生活的美好。

批:天黑了,仍然会见客人,表明"我"对生活的积极态度。

批:记者的问话也不无道理,自然引出作者对幸福的看法。

我微笑着。

"我简直没有时间想这些。幸福是多方面的。我也是很幸福的。创作产生了无比惊人的快乐，而且我感觉出自己的手也在为我们大家共同建造的美丽楼房——社会主义——砌着砖块，这样，我个人的悲痛便被排除了。"

……黑夜。我睡下，疲倦了，但很满意。又生活了一天，最平凡的一天，但过得很好……

1935 年 9 月 27 日

（王语今、孙广英/译）

批：富有哲理，耐人寻味。

批：作者的幸福观，只有融入生活，努力贡献自己的才智，才能把小"我"化为大"我"，自然就忘记了自己的悲痛。

批：遥应开篇，揭示一天的意义，深化中心。

个人与时代脉搏一起跳动

尼古拉·阿列克塞耶维奇·奥斯特洛夫斯基（Николай Алексеевич Островский，1904 年 9 月 29 日~1936 年 12 月 22 日），苏联作家。1919 年 7 月加入共青团，同年 8 月随红军上前线。1920 年 8 月在战斗中腹部和头部受重伤。1927 年全身瘫痪。1928 年 11 月双目失明。1930 年 10 月开始着手创作自传小说《钢铁是怎样炼成的》，并于 1934 年 9 月出版。1934 年 12 月开始创作《暴风雨所诞生的》。

高尔基曾在 1935 年提议苏联出版界出版一本特殊的文集——《世界的一天》。奥斯特洛夫斯基是应邀而写下了这篇《我的一天》，文中记述了他 1935 年 9 月 27 日在索契城写小说《暴风雨所诞生的》时的情景。

一天只是在人生的行程中短暂的一瞬，人不是离群索居的怪物，而是生活在一定社会背景中的人，因此，即使这短暂的一瞬也总是不可避免、或多或少地反映出一定社会的本质内容。

奥斯特洛夫斯基虽然写的是自己的一天的工作与生活状况，然而却与时代紧密地结合了起来。

这篇作品的最大特点在于，它不是流水账式的生活记事簿，而是通过对一天生活的浓缩、集中和提炼，为读者打开一扇窥测时代的窗口。

作者用两条线索展开对生活的折射，一是"我"与社会的联系。为了照顾"我"这个盲人作家的创作，党和国家派了秘书负责记录；"我"收到了来自全国各地各行各业的热情洋溢的信；几家出版社决定同时出版"我"的小说；乌克兰政府委托马里切夫工程师为"我"设计建造一所别墅；女跳伞家、共青团员、记者来拜访"我"。通过这些，读者不难想象，一个伟大的社会主义国家正在为建造自己的美好家园而紧张地工作着，而且生活在这种优越的社会制度下的人们是那样的幸福、自豪和团结。

　　二是作者通过对自己一天生活的记叙,典型地反映出整个民族的精神风貌和火热的斗争生活。奥斯特洛夫斯基16岁就参加国内战争,在战场上负重伤。后来,他带病参加劳动,病情加重,于1927年导致全身瘫痪。1928年11月他又双目失明,他几乎成了一个废人。尽管如此,在他的一天中,梦呓中的他还是那样"年轻,有力,骑着战马像疾风一般奔向初升的太阳"。肉体的剧烈疼痛也不能使他屈服,他要起床,他要工作,他要读报,他要写作,他要"为我们大家共同建造的美丽楼房——社会主义——砌着砖块"。读到这里,人们也不难体会到奥斯特洛夫斯基身上表现出来的、社会主义土地上所有建设者共同的素质——火热的斗争情感,巨人般主宰命运的气魄和崇高的人生幸福观。

　　作者正是通过自己平凡的一天,透视了整个苏联如火如荼的建设生活,充分领略到一个社会主义国家的风采,感受到时代的脉搏。作者给读者的启示是,无论什么时候,我们都不能放弃对生活的热爱。只有勇敢地热爱生活,才能融入时代,才能有所作为。

（子夜霜、汪茂吾）

稟**母亲**

亲爱的妈妈:

　　你来的信他们都给我念了。我很高兴我能多少给你些快乐,我希望你正经地谈一谈。我请求你,亲爱的妈妈,我十分恳请你,甚至要求你,别再做任何重工作了。我再说一遍,任何重工作也不要做。我知道,在这一类事情上你总是不听我们的话,你总是按自己的意思做,继续着从早到晚做那种繁重的、得不偿失的家庭工作。现在你的健康既然彻底坏了,再这样做就不行了。几天之内我用电报给你汇去一千卢布,这些钱你要拿它改善全家的伙食,你需要什么就买什么。这笔钱只能用来改善伙食。你找一个女工帮助你,我们搬回去将有很多工作……亲爱的妈妈,执行我的命令吧!我们很快就去了,只剩不多几天了。不久汽车和钢琴都到新宅子了。我所寄去的书箱子,不要启封,那样容易搬送,等我们到了以后再安排图书室里的秩序。最要紧的,你要珍重自己。其他一切,和你身体比起来都不算什么。

　　亲爱的妈妈,你以为怎样,你到疗养院去不好些吗? 如果你愿意,就打电报告诉我,我立刻办一切手续。你想一想,立刻通知我。你愿意怎样,我就怎样办。然后你再写信告诉我,我们回去那天你希望我给你什么礼物。不必客气,写吧。

紧紧地拥抱你,我的可爱的女劳动者。

你的尼古拉
1936 年 3 月 26 日莫斯科

[苏联]奥斯特洛夫斯基/文,佚名/译

品 读

奥斯特洛夫斯基的母亲奥丽加·奥希保美娜是一个瘦骨嶙峋、满面皱纹、身材矮小但稳健可亲、意志刚强的人,她在奥斯特洛夫斯基等孩子还小的时候,就给他们的生活带来了信心和希望。她从不叫苦叫累。她一向温厚可亲,和颜悦色,关心他人。那时,奥斯特洛夫斯基的父亲经常外出到其他城镇去找活儿干,也很少关心孩子们。因此,一切家务和照料孩子的事全都落到母亲的双肩上。为了节衣缩食,母亲经常替人家做裁缝、当厨娘。

奥斯特洛夫斯基写这封信的时候,母亲已 63 岁了。母亲的一生是受苦受累的一生,作为儿子,奥斯特洛夫斯基不希望母亲仍然在劳累,他在这封信中就反复请求并强调母亲"别再做任何重工作",而且是和母亲"正经地谈一谈"。不仅如此,他还给母亲"汇去一千卢布"。他又千叮咛万嘱咐母亲"要珍重自己",并且说"其他一切,和你身体比起来都不算什么"。

这一切都可以看出,双目失明、全身瘫痪的儿子是多么爱自己的母亲。奥斯特洛夫斯基有一句名言是这样说的:"世上最可爱的人就是母亲——她的恩情我们永远报答不尽!"

后　记

　　读书,不仅是读读而已,而是关乎读什么、怎么读的问题;读书,不仅是对我们的人生观、价值观、世界观的洗礼,也是对心灵的一种抚慰;读书,不仅可以汲取思想精神方面的营养,也能获得一种审美的享受,并使审美能力得以提升。

　　读什么呢? 读古今中外最经典的作品。

　　怎么读呢? 欣赏性、评价性地品读。

　　做到这两点,自然能达到读书的目的。

　　读经典作品,读者尤其是学生读者往往觉其美,但美在何处,却说不出来。

　　"品读经典"系列不仅是要把经典作品遴选出来,而且在怎么读经典上为读者作些努力,这些经典作品都有旁批及针对整篇的专题性赏析,同时,比较阅读的作品也都有品读文字。为了更好地服务读者,在"品读经典"系列出版后,我们将在"未来之星"博客上刊发"品读经典"系列各类文体作品的品读要点、品读方法、作品评析的文章。这里我们也期待热心下一代健康成长的教师,能提供有评析文字的欣赏文章,我们适时将在"未来之星"博客刊发。

　　推崇经典、拒绝平庸,是我们一贯的主张,我们历时六载编写了"品读经典"这一系列,根本的目的就是要把最经典的最具阅读价值的作品奉献给我们民族的未来一代——广大青少年读者。当下图书可谓琳琅满目,但是,有品位的太少太少,真正适合青少年读者阅读的更是少之又少。基于此,"品读经典"系列是以世界眼光来审视古今中外作品的,把最经典的择选出来,呈现给青少年读者。

　　"品读经典"系列,学生、老师、学者等前后推荐经典性作品35670余篇,经过数次大浪淘沙式的遴选,推荐的作品最终入选的仅有3%。因此,入选"品读经典"系列的这些作品,可以说,篇篇皆是书山文海里最为璀璨的颗颗珍珠,是经典中的经典。浏览它,如雨后睹绚烂彩虹;欣赏它,如江岸沐温馨春风;品读它,如清晨饮清爽香茗。

历尽千百周折和万千艰辛,"品读经典"系列终于将与读者见面了,然而我们仍觉得有些遗憾。

遗憾之一:"品读经典"所选作品的读点、旁批、专题赏析、品读等皆是全国一百多位老师、学者苦心孤诣研究的结晶,虽然经过数个环节的斟酌、修改,再斟酌、再修改,努力使其臻于完美,但是,仍感觉似有不足之处,加之品评作品本来就是仁者见仁,智者见智,也难免会有失当之处。因此,我们恳望专家学者及广大读者批评指正,我们表示真诚的感谢。

遗憾之二:为了开阔读者视野,入选的国内经典作品较少,外国经典作品相对较多,然而这些外国经典作品有的还缺少译者,尽管我们努力查寻,有所弥补,但仍然有的作品的译者难以查到。为了帮助读者理解作品,需要作者的一些资料,但有的作者资料仍然未能得以完善。由于所选作品涉及面广、稿件来源复杂及时间地域等因素,出版前我们仍难以与所有作者(包括译者)一一取得联系。本着扩大作品的影响力和为读者打造最具阅读价值的一流读物的原则,冒昧将其转载,在此谨致以最深切最诚挚的歉意,恳请作者谅解!

为了弥补遗憾,出版后我们仍将继续联系作者,同时,也恳请作者或熟知作者情况的读者见到本书后能与我们联系,以便重印时弥补缺憾和按国家有关规定支付作者稿酬。

我们真诚希望所有作者都能联系上,也希望更多的优秀作者和专家学者能支持并参与"让下一代能读到真正有价值的书"的活动,为推动民族文化事业的健康发展贡献一份力量。

未来之星博客:http://blog.sina.com.cn/axbk2009
作者联系信箱:zhbk365@126.com
读者建议信箱:meilizhiku@126.com

本书编写者

图书在版编目(CIP)数据

跨越时空的灵魂：传记卷／子夜霜，京涛，屈平主编 . — 郑州：文心出版社，2014.6
（品读经典）
ISBN 978 - 7 - 5510 - 0464 - 0

Ⅰ . ①跨… Ⅱ . ①子… ②京… ③屈… Ⅲ . ①传记文学 – 作品集 – 世界 – 现代 Ⅳ . ①I15

中国版本图书馆 CIP 数据核字(2013)第 089840 号

跨越时空的灵魂：传记卷

出　版　社:文心出版社
　　　　　　（地址:郑州市经五路 66 号　邮政编码:450002）
发行单位:全国新华书店
承印单位:郑州市毛庄印刷厂
书　　号:ISBN 978 - 7 - 5510 - 0464 - 0
开　　本:720 毫米 ×1000 毫米　　　1/16
印　　张:15
字　　数:330 千字
版　　次:2014 年 6 月第 1 版
印　　次:2014 年 6 月第 1 次印刷
定　　价:28.00 元